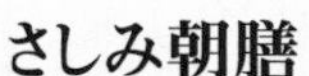

料理人季蔵捕物控

和田はつ子

角川春樹事務所

本書は、時代小説文庫(ハルキ文庫)の書き下ろし作品です。

目次

主な登場人物

季蔵　日本橋木原店「塩梅屋」の主。元武士。裏の稼業は隠れ者(密偵)。

三吉　「塩梅屋」の下働き。菓子作りが大好き。

瑠璃　季蔵の元許嫁。心に病を抱えている。

おき玖　「塩梅屋」初代の一人娘。南町奉行所同心の伊沢蔵之進と夫婦に。一児の母。

烏谷椋十郎　北町奉行。季蔵の裏稼業の上司。

お涼　烏谷椋十郎の内妻。元辰巳芸者。瑠璃の世話をしている。

豪助　船頭。漬物茶屋みよしの女将おしんと夫婦。

田端宗太郎　北町奉行所定町廻り同心。岡っ引きの松次と行動を共にしている。

松次　岡っ引き。北町奉行所定町廻り同心田端宗太郎の配下。

嘉月屋嘉助　季蔵や三吉が懇意にしている菓子屋の主。

長崎屋五平　市中屈指の廻船問屋の主。元二つ目の噺家松風亭玉輔。

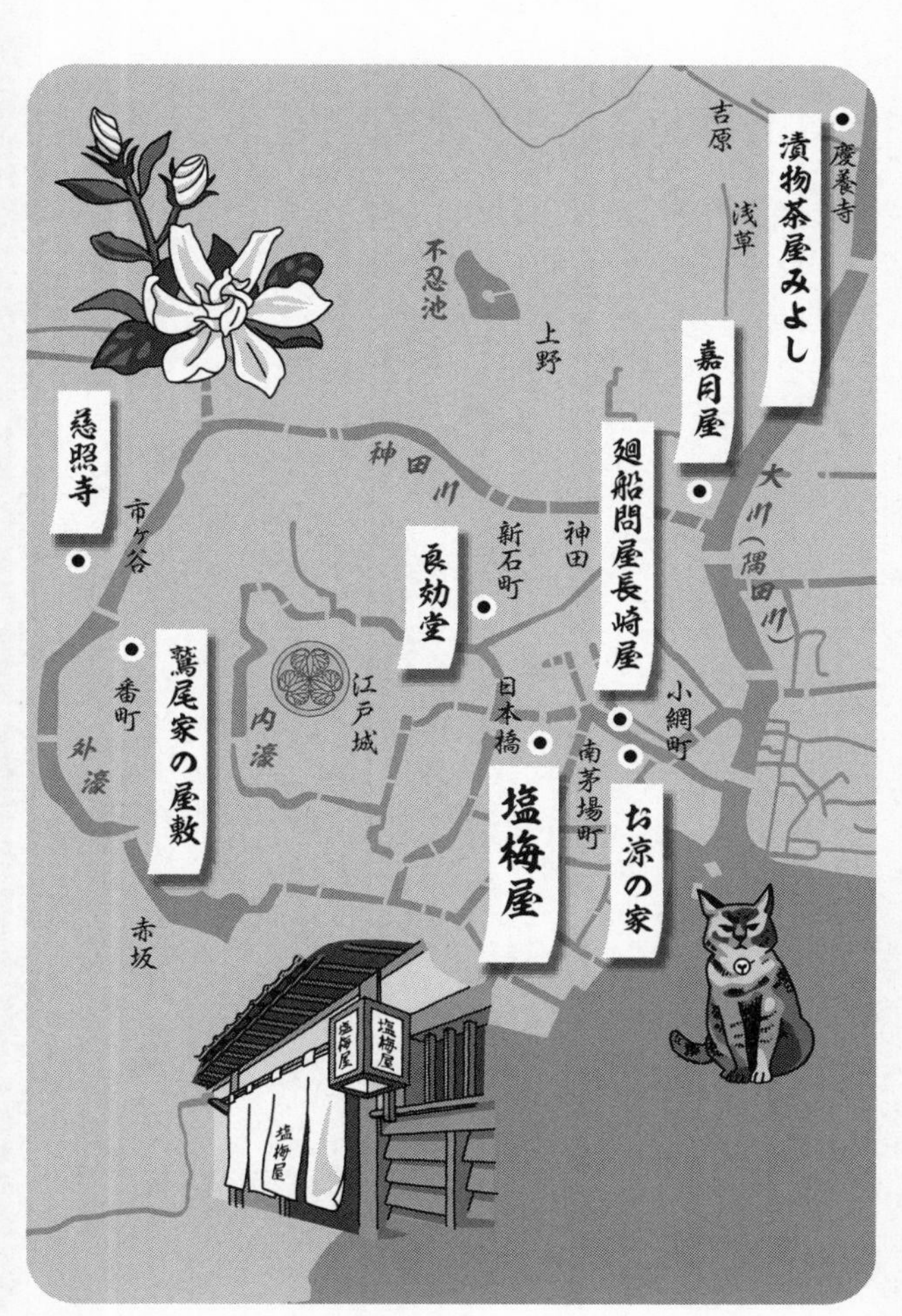

地図製作／コンポーズ　山﨑かおる

第一話　さしみ朝膳

一

江戸の夏は酷暑である。とはいえ、昼間こそ照りつける熱い日差しにうんざりさせられるものの、朝夕のそこはかとない冷気やほんの一時の涼風には殊の外、癒やされる。

このような日々を経て、笹にさまざまな願い事を書いた色鮮やかな短冊が結ばれ、家々の屋根に飾られる。七夕である。

これはまさにぱっと明るい昼間の日差しのような夏の華であった。だが、同じ華でも心地よい冷気や涼風を感じさせるひやり華もあり、こちらの方は幽霊噺であった。

この日昼少し前、日本橋は木原店にある一膳飯屋塩梅屋の主季蔵を廻船問屋の主長崎屋五平が訪れた。五平はかつて、大店の生家から飛び出して噺家を志し、二つ目まで昇進し、松風亭玉輔と名乗っていたこともある。そんな折、父親が急逝した。父親の家業への並々ならぬ想いを汲み取ったこともあるが、奉公人たちが路頭に迷ったりしないよう跡を継いだ五平は、今では立派に家業を繁盛させている。勘当されてもやり遂げたかった噺家業は断念したものの、自分の家の大座敷を寄席に見立てて噺の会を開くのが五平の生き甲斐であった。噺に合った料理を頼まれ、駆け付ける等、季蔵も助力を惜しまずにきた。

「ごめんください」

油障子の前で声を掛けた五平は中へと入ってきて、

「聞きましたよ、聞きました」

包丁を握っている季蔵と向かい合った。

「塩梅屋さんが幻の朝餉を振る舞うのだというもっぱらの評判です。聞いたからには駆け付けずにはいられません」

興奮気味の五平に、

「幻でも何でもないこの通りです」

季蔵は俎板の上で造っている刺身二種を器に盛りつけて五平の前に置いた。

そぎ切りにしたイワシにたっぷりの夏大根の千切りを添えたものと、皮目を鹿の子切りにしたアジに茗荷の極薄切りをふわりと載せたものであった。

「イワシもアジもこのところ獲れすぎで、足を棒にして売り歩いても余り、結局は捨てる羽目になり、市場での値も下がって困っていると、漁師さんたちから聞きました。勿体ない。といって塩梅屋で大量に引き取っても昼賄いや夕刻からの振る舞いだけでは使い切れない。それで思いついたのです。しばらく安くて滋養のある刺身の朝餉膳を品書きに入れてみようと。すると大勢のお客様がおいでくださいました。一時、粥や丼を朝から売っていたこともありましたが、あの時以上の反響で驚いています。お客様方の中には〝ここの朝餉膳に獲れ立ての刺身が出るなんぞと他人に言うもんか。そんなことをしたら明日はもっと行列ができちまう〟などとおっしゃる方もいます。たしかに朝餉膳のご常連は多いです」

季蔵はやや苦い微笑みを浮かべた。

「なるほど、それでわたしの耳に幻の朝餉などという話が入って来たんですね。しかし幻だなんて伝わったら、何だろう？　是非この目で確かめて食ってみようってますます人が集まるんじゃないですか？」

五平の言葉に、

「その通りです。今日はたまたま残ったので、昼の賄い分ができました。生姜と山葵は別添えです。お好きなように使ってください。どうぞ」

季蔵は二種の刺身と椀に盛りつけた飯、井戸水で淹れた煎茶を勧めた。

「どっちから食べたらいいものか」

迷っている五平に、

「アジも脂はありますが青魚にしてはクセがない方なので、まずはアジからいかがでしょう」

季蔵はたっぷりと小皿に醬油を注いだ。

「おや、いつもより醬油がなみなみですね」

「これで飯を食べていただくわけですから、刺身とはいえ菜にならないと」

「なるほど、しかし刺身といえば肴でしょう――」

相反する言葉を連ねつつ小首を傾げて五平は箸を取った。

「刺身に生姜醤油を付けて飯に載せて召し上がってみてください」

季蔵の言う通りにした五平は、

「おおっ――」

思わず感嘆した。

「これは凄い。アジの刺身にしっかり醤油が絡みついていて飯と相俟ってたいした旨味だ。これは飯が進む。何なんです？――どんな仕掛けがあるんですか？」

「アジの皮目の鹿の子切りです。皮目に格子状に切り目を入れてから切り分けると、醤油をはじきやすい脂の乗ったアジも醤油の付きがよくなるのです」

「アジの刺身は鹿の子切りで菜になるというわけですね。はてイワシの方はどうなんだろう？」

五平は興味津々にイワシの刺身の方を見た。

「大ぶりに切ってありますね。それに鯛なんかの切り方と違う」

「寝かせた包丁でそぎ切りにしてあります。そぎ切りですと三枚に下ろさず手開きにして小骨を取るだけですみます。イワシは傷みやすい魚なのでなるべく時をかけたくありません。そぎ切りにするとイワシの面が広くなって醤油の浸み込みもよくなります」

「やはりそうでしたか」

五平はイワシのそぎ切りを山葵醤油に浸して口に運んだ。次には飯の上に置いて夏大根の千切りを載せると搔き込むようにして食した。

「イワシの刺身がこれほど美味いと思ったのは正直、これが初めてです。いやはや素晴らしい。これでは市中で騒がれるはずです」

ふうとため息を洩らすと、

「皆さん、さぞかしこれは良い朝の糧になるでしょうね」

再び、ふうと満足そうなため息をついた後、アジとイワシそれぞれの刺身で各々飯一杯を平らげた。

「実は出張料理を頼まれてほしいんです」

五平は切り出した。

「噺の会のでしょうか？」

「まあ、そんなものの一つです。泉水寺で怪談噺をすることになりましてね。泉水寺は幽霊画の収集で知られていて、足を運ぶうちにご住職と親しくなって、幽霊画の観賞会の後、怪談噺を披露することを頼まれたのです。いくら暑い毎日でも幽霊画観賞に怪談噺では少々心身が冷えすぎましょう。それで、まずは七夕膳を食してから始めては、と持ち掛けました。本当は市中で大評判の幻の朝餉膳であるアジやイワシの刺身を主としたいのですが、こればかりは――。幽霊画観賞と怪談噺は夜ですし寺料理は精進と決まっておりまして――。そのうえ、ご住職ときたら華やかな七夕を想わせつつ、さわやかな七夕膳を味わってみたいなんぞとおっしゃっていて——小うるさいお願いで誠にすみません」

五平は項垂れるように頭を下げた。

「何とか考えて拵えさせていただきます。ところでお集りになるのはどのような方々なのかお教えくださ い」

快諾した季蔵にほっと息をついた五平は、

「幽霊画から始まったことなので皆さん、泉水寺へ幽霊画を拝見に通っていた方々ばかりです。幽霊絵師の河口幽斎先生と御新造のお里恵さん、泉水寺の檀家総代で高級寿司屋の若旦那高岡屋健斗さん、わたし、それと精進食道楽の泉水寺住職の松庵様、そうそう松庵様の遠縁の娘さんだというお由美さんもおいでになるとのことでした。計六人です」

「六人の皆さんについて少しお話しいただけると品書きの参考になります」

「松庵様のいいところは幽霊画を見せ惜しみせず、一年中、拝見したいといえば蔵に案内して見せてくださることです。それで、わたしは幽霊画の拝見で一緒になった方々と挨拶を交わす仲になりました。といっても、一番多くお会いしたのは河口幽斎先生と御新造のお里恵さんでした。何しろ幽霊画をお仕事になさっているので月の三分の一は通っておられるようです。口数の少ない静かなご夫婦です。あと泉水寺の檀家総代で高級寿司屋高岡屋の若旦那の健斗さんにもわりに多く会いました。何でもお父さんの高岡屋さんの代理で総代を務めていて通っているうちに、幽霊画に魅せられたとのことでした。年齢の頃は二十二、三歳、礼儀正しく凜々しい風貌の男前です。松庵さんの遠縁の娘さんだというお由美さんに会ったのは一度か二度です。可憐で優美な蓮の花のような娘さんでした。間違っても料理に文句をつけて声を荒らげるような方々ではありません。どうかご安心ください」

「わかりました」

応えた季蔵はその日のうちに以下のような精進料理の七夕膳を考えた。

口取り　七夕蓴菜
椀物　紅白蓮餅の澄まし汁
お造り　鼈甲生姜と二色のし梅
煮物　冬瓜の琅玕煮
揚げ物　紫陽花花茄子　織姫の鳴門巻き　彦星高野　二つ星　七夕長芋
飯　七夕短冊すし
菓子　葛切り黒蜜

二

泉水寺での幽霊画観賞と五平の新作幽霊噺披露の日まであと十日と迫って、季蔵は七夕膳の試作に入った。試食には精進料理好きで元看板娘のおき玖を呼んだ。

まずは口取りの七夕蓴菜から入る。蓴菜は季蔵自ら遠出をして、とある池から摘んで用意してある。水の澄んだ池や沼にしか生えない蓴菜の若芽はつるんとした咽喉越しの良さでことのほか清涼感があり、特に夏場もてはやされる。その蓴菜を寒天汁で寄せた料理が七夕蓴菜であった。

「あら、味はつけないの？」

季蔵の手順を見ていたおき玖は怪訝な顔をした。

「とっつぁんのやり方ですと昆布出汁と塩で寒天汁に味をつけるのですが、今回はこれを

使ってみるつもりです。蓴菜を採りに行った帰りに見つけました」

季蔵は適量の砂糖と千切った薄荷の葉を寒天が溶けて煮立っている鍋に入れるとすぐに

火から下ろした。

「あら、いい香り」

冷めてきたところでギヤマンの器にこれをとり、蓴菜をそっと浮かすように入れて井戸

で冷やし固める。出来上がったところで、

「薄荷の葉の薄緑色が涼やかで綺麗。なんてったって夏の御馳走は冷たさよね。これは口

取りじゃなしに大人のお菓子って感じ」

おき玖は木匙でぺろりと平らげてしまった。

二番目の紅白蓮餅の澄まし汁は夏の暑さにふさわしいさっぱりとした汁である。蓮餅は

蓮根の皮をむき、酢水にさらしてアク抜きをし、すりおろして水気を軽く絞り、塩と白玉

粉を混ぜて耳たぶくらいの固さに練り上げる。これの半量を食紅で薄桃色に染める。染め

ていない白い方には炒った黒胡麻を、薄桃色の方には炒り白胡麻を混ぜる。各々を団子状に作り、煮立てた昆布出汁に落として浮き上がったら取り出しておく。

白瓜を塩で板ずりし、さっと湯通しして色出しをしてから中をくり抜いた後、輪切りにする。これを二枚一組として、一枚の一か所に切り込みを入れ、もう一枚の輪に通して知恵の輪のようにする。茗荷は縦に薄く切り込みを入れて蓮の花形にする。蓮餅、白瓜、茗荷を器に盛り、昆布出汁を煮立てて塩味をつけた汁を注ぐ。

「蓮餅は紅白とも胡麻と蓮の相性がよくて美味しいけれど、これはなんといっても添えてある白瓜と茗荷の見た目の方が勝ってる。知恵の輪になった白瓜は見事だし、日頃何気なくそうめんなんかに使ってた茗荷がこんなに清楚で華やかな蓮の花に変わるなんて驚き」

おき玖はため息をついた。

「ああ、でも、精進料理ってお造りに困るんじゃない？　生湯葉とかこんにゃくの薄造りじゃ、ありきたりすぎるでしょ」

案じるおき玖に構わず、季蔵は鼈甲生姜と二色のし梅を拵え始めた。

鼈甲生姜は生姜を竹串でぶつぶつと刺して穴を沢山空けてから、何度か茹でて辛みを多少抜いておく。これをざらめ砂糖、濃口醤油で鼈甲色に煮上げ、薄く切り分ける。

二色のし梅には琥珀色ののし梅とその間に挟む緑色ののし梅が要る。琥珀色ののし梅に欠かせないのが梅の砂糖煮の用意である。これは熟した赤梅を半日水につけておき、竹串で刺すようにして所々に穴をあける。かぶるくらいの水で煮立てないように静かに茹でる。

茹でこぼして水にさらす。これを三回繰り返してから種を抜いて鍋にとり、梅と同量の白砂糖で煮詰めて仕上げる。一方、鍋に一晩水につけておいた寒天と水を入れて煮溶かし、砂糖を加え再度火にかける。砂糖が溶けたら裏漉ししておく。別鍋でその砂糖よりも多目の水飴と寒天液を煮詰め、最後に用意しておいた梅の砂糖煮と梅酒を適量混ぜ込み、流し缶で固める。もう一色の緑色ののし梅は青梅肉に白砂糖を加えて湯煎にかけ、のり状に煉り上げて水分を飛ばし、流し缶に薄く流し入れて自然に固まらせる。琥珀色ののし梅の間に緑色を挟んで供する。

「おとっつぁんの拵えてくれた鼈甲生姜、もっと甘かったな、お菓子みたいに。でも肴ならこの方がぴりっときていい、絶対。二色のし梅の方は青梅と赤梅を合わせるなんて憎いわね。おとっつぁんに言わせるとこれぞ江戸前の風雅風流なんでしょう？」

おき玖はしばし先代の塩梅屋主長次郎を思い出していた。

煮物は冬瓜の琅玕煮であった。まずは冬瓜を小さく切り、薄く皮を剝いて塩ゆがきし、昆布出汁、塩、醤油、味醂でさっと煮ておく。別鍋に昆布出汁を煮立て酒、醤油、味醂、水溶きした葛を加えてとろみをつけて餡を拵える。さっと煮た冬瓜をギヤマンの器に盛り、葛餡をたっぷりとかける。

「これも見栄え勝負のうちね。琅玕（翡翠色）そっくりに綺麗な冬瓜が何とも言えない。夏一番の御馳走ですよと言われたら、冬瓜と葛餡のすっきりした咽喉越しも絶妙だし、ほんとそうですね、なんて言っちゃいそうだもの――」

おき玖はしばし見惚(みと)れてから箸を動かした。

「来たあ、やったあ、次はいよいよおいらの大好きなお菓子みたいに綺麗で、でもお菓子じゃない夏天麩羅(てんぷら)の出番」

下働きの三吉(さんきち)が歓声を上げた。

「くれぐれも言っとくが、おまえの好きな天つゆで食べる夏の野菜の天麩羅とは違うんだぞ」

季蔵の言葉に、

「そんなこと知ってる。油餈(ゆじ)っていうんでしょ」

三吉は胸を張った。

「あら、よく知ってること」

おき玖が感心した。

「お菓子屋の嘉月屋(かげつや)の嘉助(かすけ)旦那にいろいろ教えてもらったんだ。油餈とお菓子は手間ひまかけて綺麗に仕上げるところが似てるって」

油餈とは禅宗に伝わる精進料理である普茶(ふちゃ)料理における天麩羅のことである。いわゆる野菜の揚げ物とは異なり、天麩羅の衣に凝って味がつけられているだけではなく、下拵えにも一手間、二手間かける。

「おいら、ほんと泣きの涙でここまで下拵えしたんだよね」

「ほう、それは感心だ」

季蔵が笑顔で褒めた。

「それじゃ、わりに簡単だったのから教えてよ。あたしも旦那様やすみれに拵えてあげたい」

おき玖は赤い表紙の手控帖を取り出した。

「一番簡単なのは紫陽花花茄子。これなんて茄子を賽子みたいに切って、味付け衣をつけて紫陽花の形に揚げるだけ。ほらね」

三吉は茄子の濃紫色の皮が紫陽花の花弁のように見える、揚げ立ての紫陽花花茄子をおき玖の前にある懐紙を敷いた小さな竹笊の上に置いた。

「たしかに紫陽花の花といえばいえるけど、名の割にはちょっとね」

おき玖は首を傾げつつも箸を動かして、

「ああ、でもたしかに味付け衣が効いてる」

うんうんと頷いた。

ちなみに基本の味付け衣は小麦粉を水ではなく昆布出汁で溶いて塩で味を調える。

「次に簡単なのは織姫の鳴門巻き。こいつは塩茹でした隠元豆を笊にあげて水気を切ってから、巻き簾の上に海苔を置いて何本か、その隠元豆を並べて巻くんだ。それに味付け衣をつけて揚げて、こうやって切り分けるんだ」

三吉は隠元豆の断面が綺麗に揃って見える織姫の鳴門巻きをおき玖に供した。

「味は隠元豆だけれど布をくるくる巻いてるみたいで、なるほど織姫の鳴門巻きっていう三吉は別の小さな竹笊の懐紙の上に彦星高野を置いた。

「織姫ときたら次は彦星、彦星高野。これはもうちょっと手間がかかる。まず高野豆腐は水で戻しといて、昆布出汁、酒、砂糖、塩、醤油、味醂で煮て薄味をつけておくんだ。食べやすい大きさに切っといてね。アオサ海苔も水で戻して水気を切っとく。水気を切った高野豆腐に胡麻衣をまぶし、アオサもところどころにまぶして揚げる。ほらね」

風情(ふぜい)あるわね」

三

「これって荒波砕ける磯の岩に見立てたものなんだってさ。荒磯高野っていうのが本当の名。男らしい感じでしょ。如何(いか)にも彦星らしいんでおいらは彦星高野って呼ぶことにした。気に入ってるんだ」

「それより味付け衣はわかってるけど胡麻衣って何？」

おき玖は懸命に手控帖に書き留めている。

「それなら味付け衣に炒り胡麻をいれたもので、彦星高野の場合、おいらなら黒胡麻」

「さあ、いよいよ最後だな」

季蔵は三吉を促し、おき玖は手控帖をとじた。

「どうせ大変すぎて出来っこないものね」

おき玖は自分に言い聞かせるように呟(つぶや)いた。

「それじゃ、織姫、彦星にちなんだ二つ星の方から。使うのは南瓜と人参。どっちも皮を剝いて小さな団子になるよう切って、塩茹でした後、昆布出汁、塩、醬油、味醂で煮ておく。これらに味付け衣をつけて揚げ、一個ずつを一組になるようにして笹の軸に刺して、はい出来上がり」

三吉は南瓜の橙色と人参の赤い色が付け衣から透けて見える二つ星団子を掲げて見せた。

「それだけ？」

おき玖は可愛らしい二色団子に目を瞠った。

「ん」

「だったら――」

ごくりと唾を吞み込んだおき玖は再び手控帖を取り出すと、

「茹でて潰してお団子にしなくてもいいのよね」

念を押すのを忘れずに拵え方を書き留めた。

「いったい大変なのはどれなんだ？　あと一品七夕長芋しか残っていないぞ」

季蔵が呆れると、

「そりゃあ、季蔵さんは塩梅屋の主だし、おき玖お嬢さんだって先代仕込みなんだから大変なもんなんてそうはないかもしれないけど、おいらにとっちゃ気合い入れないととてもとても――難しかったんだよね。これは七夕には絶対要る、夜空の天の川を表したものなんだから——。こういうの、嘉月屋さんとこじゃ、煉(ね)り切りなんか使って上菓子で売ってるんだ。負けられないでしょ」

三吉は歯を食いしばって説明をはじめた。

「七夕長芋には茶そばを使うんだ。茶そばはゆがいておく。人参はおいらの得意な桂剝(かつらむ)きにして紐(ひも)みたいに切っておく。長芋は四角に切って溝を三本入れ、水に晒(さら)してアク抜きし、酢水で湯がいてから、昆布出汁、砂糖、塩、醬油で煮て薄味をつけておく。長芋の汁気を拭(ふ)き取り、溝に茶そばを差し込み、さらに人参を中ほどに巻いて留める。味付け衣をつけて揚げる。とまあ、こんな風にして拵えるんだけど——」

三吉は悪戦苦闘しながら揚げ箸を使った。

「そうそう上手(うま)くはいかないんだよ」

三吉が揚げた七夕長芋は紐代わりの人参の留め位置が真ん中ではなく、左側に偏っていた。

「もう一回」

さらに揚げたが今度は右側に寄ってしまう。

「今度こそ」

やっと三度目で人参の帯が中央に留まった。

「たしかにこれ、むずかしい。天の川のようであり、典雅な帯を締めた織姫のようでもあり——どっちにせよ、見栄え命よね、これこそ——三吉ちゃん、頑張って」

おき玖は書き留めるのを止めた。

「この先も三吉に任せてあります」

季蔵は七夕短冊すしと葛切り黒蜜をも三吉に命じていた。

「このすしに飯は使わないんだ。代わりに蒸した唐芋とつくね芋を使う。ようは芋すし。両方とも皮をむいて小さく切り、水に晒してアクを抜いてから蒸して裏漉しして混ぜ合わせる。酢、砂糖、塩で味付けして握りずしの形にする。ネタは茗荷の甘酢漬け。煮たてた酢と砂糖に、湯通しした茗荷を漬け込んでおいたもの。これを握りずしの形にした芋に載せて出来上がり。これはこのまま嘉月屋さんでも売られてる。おやつにしたり、夏、ご飯の炊ける匂いが暑苦しいっていう人たちに評判なんだって。茗荷って食が進まないとか、寝冷えしたとかの夏バテにとっても効き目があるんだってさ」

「うちのすみれ、まだ小さいせいか茗荷は好きじゃないから惜しいけど――」

おき玖はこれも書き留めなかった。

「さあさあ、いよいよ大本番の本物のお菓子、おいらのだーい好きな葛切りの真骨頂だ」

疲れがみえてきていた三吉が最後の力を振り絞った。

「ほう、葛切りの真骨頂とは興味深い」

季蔵は楽しそうに洩らして、

「実は葛切りには瑠璃との思い出がありまして」

切り出した。

——おや、珍しいこと——

思わずおき玖は微笑んだ。季蔵は来し方の話をすることなど滅多になかった。瑠璃というのは季蔵の元許嫁で苛酷な運命の嵐に翻弄された挙句、正気を失い、今は北町奉行烏谷椋十郎の想い人で長唄の師匠お涼宅に預けられ、長い療養の日々を過ごしている。

「貴重な葛粉を瑠璃がわたしのところへ持ってきてくれて、二人で葛切りを拵えました」

葛切りの作り方は以下である。

葛粉を笊に入れ、塊を潰し、漉して深鉢に入れる。水を加えよく混ぜ合わせたら、再度漉す。流し缶に流し入れる。浅く広い鍋に湯を張り、流し缶を浮かせる。時々、揺すって表面が乾き白く固まっていたら、そのまま湯に沈める。透明になったら流し缶のまま取り出し、冷水に浸ける。冷水の中で流し缶から外し、濡らした俎板の上で切る。器に盛りつけ黒蜜をかけて供する。

「これは嘉月屋さんで時々店で待ってる時食べさせてくれるんだ。おいらそれが楽しみでなんなくてさ」

三吉は俎板の上で冷えて固まった葛切りを二分弱（約五ミリ）ほどの幅に切り揃えてギヤマンに盛りつけて黒蜜を掛けると、

「これも嘉月屋さん流なんだよね」

削った黒砂糖をはらりはらりとその上に掛けた。

「わーっ」

思わずおき玖も声を上げて箸を手にした。蕎麦にも似た長さと太さの葛切りがつるつると手繰られておき玖の口の中へと消えていく。

ところが季蔵は、

「そうだったのか――」

なぜか得心のいかない様子で、

「長さや太さの違いといってしまえばそれまでなんですが、たかが長さ、太さ、されど長さ、太さでもあるんです。わたしと瑠璃が拵えた葛切りはこんなものなんですよ」

自身の小指の先を見せると、俎板の上の葛切りを小指の幅大の三分強（約一センチ）ほどの厚みに切り分けた。

「烏賊のお刺身にそんなのがあるわね、そっくり」

おき玖が言い当てた。

「なのでこれは黒蜜にたっぷりと浸して召し上がっていただきます」

季蔵は丸くて小さな変わり重箱を用意した。上の段には冷水に浮く烏賊の刺身に似た葛切りを、下の段には黒蜜を入れた。

「さあ、二つ並べて召し上がってみてください」

「はいはい」

おき玖は言われた通りにしてまた箸を取った。

「何か食べ応えがありそうね」

おき玖は葛切りを噛み切りながら食べ続ける。

「柔らかいから一口で食べられてしまうけど勿体ないからじっくり味わってるの。お蕎麦に比べて、これだと一度に口に入る分量が多くて葛の風味や黒蜜独特の甘さも強く感じられる。葛切りを食べてるんだっていう醍醐味があるわね。こういうの、食べた気がするっていうのかもしれない。もっともあたし、嘉月屋さんで三吉ちゃんが振る舞ってもらっているっていうのは、おとっつぁんが拵えてくれたのにも似てて、ずっとあれが葛切りだって思ってたけど。あれはあれでさらりとお腹におさまるのよね」

三吉に気遣いを忘れなかった。

三吉の方はおき玖同様試してみて、

「たしかになあ」

うんと大きく頷いて、

「おいら、嘉月屋さんで食べさせてもらった時、嘉助旦那がいつも〝好きなだけ黒砂糖を削ってかけていいよ〟って言ってくれるんで、どっさり削り黒砂糖かけちゃうんだよね。なーんか黒蜜とつるつるだけじゃ物足りなくてさ。でも、この烏賊刺身風の切り方で黒蜜に浸すのだともうそれだけで大満足。黒蜜の丸くて濃厚な味が何とも言えない。これって塩梅屋ならではのたいした葛切りだよ、凄いよ、凄い。ああ、でもつるつるより実はクセになりそう。この葛切りのこと、旦那には黙っとくからね」

じっとまだ残っている切り分けていない葛切りを見つめた。

「好きなだけ食べてくれ。それにおまえの口に戸は立てられない」

季蔵は笑って三吉に告げると、

「そもそもこんな形になったのはわたしたちの包丁遣いが未熟で蕎麦のように細く切れなかったからです。黒蜜にしても瑠璃が持参した物で生家には蜜にしたり、削って使うような黒砂糖の塊なんて置いてなかったのです。他所で食べたり出回っている細かったり薄い葛切りもあっさりしていて美味でしたが、わたしには何ともこの葛切りがなつかしいのです」

おき玖に葛切りへの想いを伝えた。

「でしたら、美味しさが堪能できる最高のこの葛切りを是非、瑠璃さんにまた食べさせてあげて」

おき玖の言葉に、

「そうしましょう」

季蔵は穏やかに頷いた。

――季蔵さん、心身に刺さっていた棘が一つ抜けた感じ――

以前の季蔵にはこんなことは言えなかったはずなのにとおき玖は思った。ただしそのことは口に出さずに、

「七夕の綺麗な短冊や飾り物を想わせる料理も多くて、こうした料理に取り囲まれて目を閉じると市中の賑やかな七夕の様子が浮かんでくるわ。美男美女の織姫や彦星まで。夢の

ように美しく華やかで愛しい世界——。これ以上、この時季にふさわしく豪華にして清々しい精進料理はないわ」

ひたすら料理を褒めた。

四

七夕膳に大いに気を吐いた三吉だったが、幽霊画観賞と怪談の集いの折に供するのだとわかると、

「えっ？」

みるみる顔を青ざめさせて、

「嫌だ、嫌だ。おいら怖いもん苦手なんだ。取り殺されちまう、怪談はまだしも幽霊画だなんて嫌だよ。勘弁して」

両手を胸の辺りでぶらぶら揺らした。決してふざけているのではない、本気である。

——たしかに三吉の怖いもの嫌い、特に幽霊嫌いは筋金入りというか、図抜けているから心配だ。しかし、わたし一人では揚げたての油餓を皆様に運ぶことができない——

そこで季蔵は五平に向けて事情を伝えた文を出すと、それなら笑えるので有名な幽霊画噺を前座にするという応えが返ってきた。これを伝えられた三吉は、

「笑い噺なら面白いや、おいら聴きたい」

常の元気を取り戻した。

――これで一安心――

当日、季蔵は七夕膳のための下拵えを三吉と終えた後、離れにある仏壇の裏に密(ひそ)かに置いてある一幅の肉筆画を取り出した。

黒く塗られた背景は星が瞬く夜空である。描かれているのはうつむき加減の美女で白い髪飾りを髪全体につけている。特に両耳から長く垂れている白藤の花のような飾りが華麗であった。白菊の模様の着物を着て赤子を抱いている。ただし赤子は産着から頭が見えるだけである。この美女に足はない。

――たぶんこれも幽霊画なのだろうが――

ここに置いたのは先代長次郎のほかには考えられなかった。季蔵が見つけた時、おき玖に見せなかったのは、長次郎はわが娘が物心つく前に亡くなったおき玖の母親にして妻の姿をこの幽霊画に見ていたような気がしたからであった。長次郎には塩梅屋の主の他に北町奉行烏谷椋十郎の隠れ者という役目があったが、罪を犯した女と知り合って恋に落ちた。その女がおき玖の母親であったのだ。長次郎は自身の裏の顔についてだけではなく、おき玖の母についても何一つ真実を告げずに逝った。季蔵は自分が塩梅屋と隠れ者の両方を受け継いだことも含めて、母親が罪人であったことを終生おき玖に告げるつもりはなかった。

――そろそろ潮時だろう――

仏壇の中から長次郎の声が聞こえてきたような気がした。長次郎の呟きが聞こえている。

――おき玖は優しい亭主に恵まれて人の親にもなり、人並み以上に幸せになったのだから――

――たしかにそうですね――

季蔵はその幽霊画とおぼしきものをくるくると巻き、懐に入れると離れを出て、

「さあ、行くぞ」

大八車に詰め込む三吉の手伝いを始めた。

三吉には幸いなことに、泉水寺では幽霊画がかけられているのと宴の場は別になっていた。泉水寺は本堂が力強く清楚な蓮池に臨み、名刹とまでは言われていなかったが庭が広く手入れが行き届いていて、四季折々の眺めがいいことで知られていた。迎えてくれた住職の松庵は、

「ご苦労様でございます。精進の口福をいただけるとは感謝です」

色艶のいい福相を綻ばせて、

「この泉水寺を開いた初代住職は奥州は津軽の出身です。津軽では幽霊画は死者への供養に用いられてきたこともあって、代を重ねて収集してきました。ですので毎年この時季の幽霊画の観賞は本堂でいたしております。まあ、ご覧になってください」

季蔵と三吉を本堂に案内しようとした。

「ありがとうございます。ですが、わたしは拝見いたしますが、連れの者は準備がございますので先に厨へ伺わせていただきたいのですが」

慌てた季蔵の言葉に、

「それでは」

松庵は若い僧の一人に、一瞬全身が固まりかけていた三吉を厨へと案内するよう告げると、

「まあ、たいていの幽霊画は人の世の厳しさ、辛さを露わにしておりますから、心が傷ついてしまいご覧いただくのが無理なお方もおられます。大丈夫ですか？」

察した口調で季蔵を気遣った。

「どうか、お気遣いなく。それに今日はお願い事もございまして」

本堂へと向かう途中松庵は、

「このような形での幽霊画の観賞は年に一度、盆の頃だけでございます。その他の時季ですと、興味を惹かれておいでになる方々には専用の蔵にて観ていただくことにしております。皆様、専用の蔵を幽霊画蔵だなんておっしゃって、観賞会に備えての幽霊画の手入れ、日に晒しすぎてもいけないむずかしい虫干しのお手伝いを買って出てくださっています。その仕上げは今年も河口幽斎先生ご夫婦、檀家総代の高岡屋様の若旦那様、そうそうわたしの遠縁のお由美もどういうわけか、幽霊画好きで加わっていました」

他愛ない話をした。

ふと季蔵は、

――五平さんはこのお仲間ではないのかな。たしかこのところのご執心が怪談噺でそれで幽霊画に凝っていると聞いたが――、幽霊画の向こうを張る怪談噺の語り手だというの

に、どうして手伝いに駆け付けなかったのだろう？――

と思ったがすぐに、

――ああ、でも廻船問屋の主としての仕事がおありになるから、身体が二つない限り、趣味であるこの手の手伝いはできなかったろう。察しのいい松庵様は声をかけなかったのかもしれない――

思い直した。

本堂にはさまざまな種類、作者の幽霊画が所狭しと並んでいた。

「百点は優に超えましょう」

松庵の声は静かだったが季蔵の心は震えた。幽霊画に描かれているのは女が多い。幽霊画の女たちはそのほとんどが骨と皮で艶を失った長い髪を振り乱し、恨めし気な眼差しをこちらに投げかけてくる。柳の下に佇んでいたり、背景に彼岸花が描かれたりしている。変わったところでは幽霊が掛け軸から飛び出しかけていたり、病み衰えた宿場女郎の死相や、目の不自由な瞽女が三味線を片手に三途の川を渡っているもの、美人で有名な小野小町が白装束で髑髏を抱えている画もあった。

「幽霊の不気味な姿形は飢饉や災害で苦しんで亡くなる人たちに似ているという説も津軽ではあるそうです。それゆえ、これらの幽霊画が供養に使われるのでしょう」

松庵は告げた。

季蔵は順に幽霊画を観ていた。目が飛び出して青あざで顔の一部が被われ、口から血を流している幽霊は殺されたか、処刑された罪人を想わせる。

――たしかに三吉は観たくないわけだ――

正直、季蔵も背筋が冷えた。

「女の幽霊は死んだ妻が後添えを恨んで出てくる場合と、お産で亡くなった後、なお我が子を案じて成仏しきれない者とが多いのだそうです。お産で亡くなった母親は姑獲鳥と言われています」

季蔵は血の染みた腰巻を纏いつつ、我が子に乳を与えている幽霊の後ろ姿を観ていた。はっと気がついて、

「できればこれをこちらへ奉納させていただきたいのです。ところでこれも姑獲鳥でしょうか？　姑獲鳥にしては綺麗すぎるような気がしますが」

懐にしまっていた長次郎が遺した幽霊画を開いて見せた。

「これは――」

一瞬松庵は息を呑むと、

「南無阿弥陀仏、南無阿弥陀仏」

幽霊画のせいで見え隠れしている御本尊に向かって手を合わせた。

「今、拙僧は人と人の縁は出会いの不思議も含めて、やはり御仏がお決めになったものなのだという思いに到っております。今更のように御仏の偉大さに打たれました。お持ちいただいたものはお預かりいたします。そして、のちほどお話しいたします」

松庵の緊迫した口調に、

「わかりました。よろしくお願いいたします」

季蔵は頭を下げた。


幽霊画の観賞と怪談噺の宴は渡り廊下を経た離れの畳敷きで行われた。床の間には大きな青磁の花瓶に白百合がこぼれんばかりに活けられている。すでに幽霊画の絵師夫婦と檀家総代の高岡屋健斗、五平が座布団の上に座っていた。

「お弟子さんに伺ったところ、幽霊画の蔵出しで大わらわだったそうですね。お声を掛けていただければ参りましたのに。是非ともお手伝いさせていただきたかった――」

五平は真から残念そうに言った。

「昼間でも暗い蔵で幽霊画を観ているとよほど噺の想が湧きますかな？　今日は面白い噺が聴けますかな？」

河口幽斎が五平の言葉をやや皮肉な物言いで受けた。瘦軀の幽斎は年齢を経ても角ばったところが見受けられる。

「そんな言い方、あなた」

幽斎とは対照的に肥り肉の妻お里恵がたしなめた。

「まあ、そのあたりは後の楽しみとしておいて、まずはここで皆さんに、なぜ幽霊画に惹かれるのかをお話しいただきましょう。高岡屋さんの若旦那様からお願いします」

名指しされた高岡屋健斗は凛々しい面立ちの若者であった。

五

「それではここで」

前もって打合せができていたのだろう、松庵の弟子の若い僧たちが何幅かの幽霊画を運んできた。足があって右手を懐に入れておらず、濃淡で表現した柔らかな乱れ髪でさえなければ、到底幽霊画とは思い難い楚々とした美人顔が並んでいる。驚いたことにどれも一見は同じように見えた。そのうちに月夜が照らす背景が薄の荒野だったり、白い経帷子がぼかされたり、恨みの目つきが妖艶だったりしていて違いがあることに気がついた。

「高岡屋健斗でございます」

まず礼儀正しく挨拶をした後、健斗は、

「これらはこれはどれも享保（一七一六～一七三六）より寛政（一七八九～一八〇一）を生きた天才絵師丸山応挙（一七三三～一七九五）の幽霊画と伝えられているものです。父高岡屋信兵衛はたいそう応挙の画が好きで集め続けています。珍しい幽霊画は垂涎の的だそうで、わたしはご住職を説き伏せて譲ってもらうようにと言われているのですがなかなか
――」

救いをもとめるように松庵の方を見て言葉を詰まらせた。

頷いた松庵は、

「お申し出は有難いのですが、当寺にあるこれらのものは津軽で見つかったものだけに真贋が不明です。そうだ、長崎屋さん、いえ松風亭玉輔さん、ここいらで応挙の幽霊画にまつわる噺を一つお願いできませんか？　真贋見極めの助けになるかもしれません」

五平を見遣った。

五平ともまた話がついていたのか、

「はいはい、いたしましょう」

いとも簡単に返事が出て扇子を片手に『応挙の幽霊』が語られた。

「ちょうど盆まぢかの今頃、苦み走ったいい男の古道具屋が安値で仕入れた幽霊の掛け軸を結構な値で客に売りました。古道具屋はいい男ながらなぜかこれまで女房に逃げられる等家族運に恵まれてきませんでした。酒が好きなのに商いの甲斐性がそれほどないことも理由の一つでした。それが今、幸いにも驚くなかれ十両もの大枚です。品物は翌朝届けることになり、客は掛け軸を置いて帰りました。古道具屋は〝大儲けだ！〟と大喜びして幽霊の掛け軸の前で一人、祝い酒を飲み始めました。しばらくすると、なにやら後ろに人の気配がするではありませんか。素面ではないのでそう怖くは思わず、振り返ってみるとなんと幽霊の女が掛け軸から抜け出して座っているではありませんか。悲しげではかなげなとびきりの美女です。女は〝幽霊画の中に一人でいてずっと寂しかった。掛け軸の中に入ってあなたの元へ来た時から、一目惚れしてしまっていたのです。そんなあなたがこうして、わたしを見てくれてお酒を飲んでいるのを見て嬉しくなって出てきてしまったんです〟と言うのです。〝自分は丸山応挙先生の妾で名は花。先生はわたしを描いてこうして遺してくだすったんです〟という打ち明け話もしてきました。古道具屋は〝応挙の掛け軸なら、数倍の価格で売れたのに――〟と悔しくなってきました。

そこで障子の向こうからことりと軋んだ音がした。

――三吉だな――

五平は先を続けて、

「〝わたしもいただいてよろしいかしら?〟、どうやら美人の幽霊女はイケる口のようで、〝もちろんだともさ、あんたは俺にとっちゃ幽霊じゃない、二度と会えない福の神だ。存分にやってくれ〟古道具屋は女に盃を渡しました。差しつ差されつ一緒になって楽しく酒を飲むうちに、幽霊女はすっかり酔っぱらってしまい、〝わたし酔い過ぎました、眠くなってしまいました〟と掛け軸の中へ帰ってしまいました。何と朝になっても掛け軸の中の幽霊は眠ったままです。やがて古道具屋は件の客のもとを訪れます。掛け軸の代わりに十両を手にしています。約束の刻限よりも遅くやってきた古道具屋に客は尋ねました。〝どうして早く来てくれなかった?〟古道具屋が答えます。〝女房をもう少し、寝かせておきたかったのです。お約束の時までに起きれば連れてくるつもりでした〟『応挙の幽霊』または『甲斐性なし男の幽霊女房』でございました」

最後の一言は扇子で顔を隠して幽霊女の時の声音を使った。

「それでは次はいよいよ河口幽斎先生」

松庵は河口幽斎の方を見て頭を垂れた。

「それではあれを」

幽斎の仕切りで松庵の弟子たちがまた幽霊画を運び入れた。今度は二幅である。ただし、何とも醜悪極まりない代物であった。首がろくろ首のように長く伸び、前に出ていて、ざんばら髪で囲まれた顔は三白眼のうえ、出っ歯で欠けた長い歯が口から飛び出している。へえーっと腰を抜かすやや大きな音がして障子の隙間から中を覗いていた三吉が逃げ出したのがわかった。

「美人幽霊画とは似ても似つかないこれらの不気味な幽霊画も応挙の作と伝えられている。応挙の幽霊画には優美と怪異の二種類あったと言うのだ。幽霊絵師になると決めての修業中、わたしは身投げして溺れて間もない若い女の骸を描いたことがある。応挙の美人幽霊画に通じるものがあった。それからさまざまな骸を描いた。骸描きに幽霊画の真髄があると信じていたからだ。骸骨まで描いたこともあった。描いた骸で多かったのは病み衰えて亡くなったり、引き取り手がなくそのまま捨て置かれて朽ち果てるまで肉が腐り続けるものだった。つまりわたしは応挙の作と伝えられているこれらのものより、もっともっとずっとずっと人離れした怪異の形相や様子を見て描いたことがある」

――えっ？――

そこで幽斎はお里恵が手にしていた掛け軸を取り上げてするすると一幅の画に直した。

――まさか――

季蔵と五平は顔を見合わせて驚いた。応挙の怪異な幽霊と酷似していたからであった。

「幽斎先生、あなたがこれらを描かれたのですね」

五平の声が掠れた。その目は二幅と一幅の怪異を行き来している。

「ええ。身すぎ世すぎのためです。応挙の幽霊画といえば弟子たちをはじめ、多くの絵師たちが贋作に手を染めたはずです。わたしもその一人でした。まさか、これほど名を成すとは思っていませんでしたが——。好事家たちが世の中に出回り過ぎた、応挙らしい清々しい美人幽霊画の真贋を疑うようになったせいでしょう。いつの間にか応挙には怪異そのものといった幽霊画もあるはずだという、根も葉もない話が独り歩きしてまかり通るようになっていました」

幽斎は皮肉に笑った。

「先生にはまだこれらのほかにお描きになったものがございます」

そこで松庵は季蔵から預かっていた、先代塩梅屋主長次郎所有の幽霊画を幽斎に手渡した。

「見つかったのですか？」

幽斎の声が弾んだ。

「あなた——よかったですね」

お里恵が爪の間に岩絵の具が滲んでいる夫の手を取った。

「何とも美しく温かい画ですね」

高岡屋の若旦那が素直に褒めた。

「わたしは常からずっと幽霊絵師として名を遺したいと考えていました。しかし応挙がここにあるような美人画に幽霊画を近づけたので、一時この世の幽霊画は美人画ばかりになりかけたこともありました。そこでわたしは反骨精神から男の幽霊ばかり描くことを絵師としての信条にしました。悲運に生きてこの世に未練や恨みを遺している歴史や芝居の中の男たちの幽霊を描いてきたのです。善良な役者だった小幡小平次が妻とその情男によって奥州安積沼で水死させられ、その恨みを幽霊になって晴らす山東京伝や鶴屋南北作の戯作や、鍋島猫騒動でたった一手遅れたせいで殿様に斬り殺される碁打ち、重税に喘ぐ百姓の代表として一揆を起こして一族郎党が処刑された下総国（千葉県）の義民佐倉宗吾、藤原氏の陰謀によって太宰府に流されて憤死した菅原道真公、兄頼朝に疎まれた義経の船出の前に甲冑姿で現れる、源氏に滅ぼされた平家の頭領平知盛等です」

告げた幽斎の表情は絶望で占められていた。

「ああ、でも、今は信じて進んできた我が道は虚しかったと思われてなりません。なぜなら若き日、伝えられている応挙の幽霊画を拒みつつ魅せられて描いた、たった一幅の美人幽霊画のことが忘れられずにいたからです」

「それがこれですね」

季蔵は塩梅屋の仏壇の後ろに置かれていた幽霊画を見つめて念を押した。

「わたしを産んですぐ亡くなったという母を想いだけで描いたものです。その日は雪の深い日で雪の神様に連れて行かれたのだと、近くに住んでいた親切なおばさんの話を大人になるまで信じていました。描いた時はもうさすがに信じてはいませんでしたが、雪の神様の元で幸せに暮らしているといいな、そして時にはわたしを思い出してほしいと思って描いたのです。当時は独り身でしたが思うように売れる画が描けず、食い詰めていた時でした。そんな折、宿賃は幽霊画でよいからと先代のご住職に勧められて光徳寺（こうとくじ）でお世話になりました。描いた画のことがここのところ気になりはじめたので、お訪ねしたのですが、先代のご住職はすでに亡くなっていて、宿賃代わりに差し上げたこの画もなくなっていました。どなたかに譲られたのだろうと今のご住職はおっしゃっていましたが、どこのどなたかまではわからないとのことでした」

――光徳寺といえば安徳和尚（あんとくおしょう）のところでとっつぁんは先代住職とも親しかった。だからきっととっつぁんはこの幽斎先生の想いが籠（こも）った幽霊画においき玖お嬢さんのおっかさんを重ねたのだろう。それで譲り受けたのだ――

季蔵は幽斎と長次郎の想いの深さに感じ入った。

六

幽斎の目はまだその幽霊画に注がれている。涙がこけた両頰（りょうほお）から滴り落ちた。季蔵は松庵を見た。

――奉納せずに河口先生に差し上げた方がよろしいのでしょうか？――

目で訊こうとしたが松庵の目は伏せられたままだった。

——ここはご住職にお任せしよう。おそらく——

季蔵は松庵が幽斎に掛ける〝差し上げましょう〟という言葉を待ったが、代わりに高岡屋健斗が、

「そうなると応挙に怪異な幽霊画はなしということになりますね。これでこちらを特に欲しがっていた父を説得できます。あとはもう一枚『返魂香之図』をと言ってきかないので困っています」

やや緊迫気味過ぎた流れを変えた。

「『返魂香之図』ですか——、お描きになるだけではなく、ことのほか幽霊画に詳しい先生は世に数多くあるこれについてどう思われます？」

松庵は幽斎に訊いた。

「返魂香とは隣国の故事で焚けば煙の中に死者の姿が立ち現れるという香のことで、『返魂香之図』はこれを元に応挙が幽霊画を描いたとされています。いわば応挙の落款代わりなのでしょうが、高岡屋さんの言う通り、応挙の作と言われている優美な幽霊画には数多く『返魂香之図』と記されています。当寺にある『返魂香之図』の真贋は定かではありません」

幽斎は立ち上がって『返魂香之図』と記されている一幅に顔を近づけた。健斗もそれに倣って、

「そう言われてみると、たしかに特に他のものと違いがあるようには見えません」

なるほどと得心しつつも、

「しかし、それを言って父がわかってくれるかどうか――常から応挙通で自分は目利きだと自負しているので――」

困惑顔になった。

この間に松庵はごくさりげなく、季蔵が持参した若き日の幽斎の画を収めた。そこで幽斎が、

「幽霊画の価値は名ではなく好みと出来栄えだとわたしは思っています。あなたのお父様もいずれは幽霊画は誰が描いたかではなく、どのように描かれているかの方が大事なのだと思ってくださるといいのですが――」

健斗に向けて微笑み、

「当寺にある幽霊画が乞(こ)われて、他人(ひと)様の愛蔵品になるお手伝いをするのが、御仏から託されたわたしどもの役目と任じているのですよ」

松庵も倣って目尻に皺(しわ)を寄せた。

――住職の言葉のわたしどもとは？　幽霊画商いをしている自分と弟子のことか？　それとも河口幽斎夫婦が頻繁に訪れる理由がそれなのか？　住職が真贋に自信が持てないものは売れないと言ったり、幽斎が応挙の怪異ものは自分の作だと断言したのも商いの手口の一つ？　いずれとっつぁんの幽霊画が応挙のものか、それ以上で売られる企(たくら)みなので

は？――

季蔵は長次郎の想いそのものの幽霊画の先行きが案じられてきた。

「ところでさっきの雪女みたいな幽霊画はどこの誰からここへ持ち込まれたのです？　この経緯（いきさつ）は噺になりそうで興味が惹かれます」

五平が興奮気味に口を開いた。

「そうでした、うっかり聞きそびれていましたな。いったいどなたから当寺への奉納を頼まれたのです？」

松庵は季蔵の方を見て応えを促した。

――光徳寺の安徳和尚ととっつぁんの縁は、とっつぁんが裏のお役目で深手を負った時逃げ込んで助けてもらって以降だった。安徳和尚は薄々とっつぁんの裏の顔に気づいていたはず。安徳和尚が河口幽斎にこの幽霊画の行先を語らなかったのはそれゆえだった。だとすれば――

「いえ、参勤交代で江戸においでになったお武家のお客様に託されたものです。詳しいことはわかりません」

季蔵はさらりと躱（かわ）した。

「それだけ？」

五平は追及したが、

「ええ、それだけです」

季蔵はしらっと応えた。

「何とも残念‼」

五平が大袈裟に肩を落とすと、

「ここへ持ち込まれる幽霊画はたいていがそんなものです」

松庵は慰めつつ、

「いかがでしょう？　夜も深まって参りましたし、そろそろ皆様楽しみにしておられる宴になさっては？」

次へと趣向を進めた。

「それではそうしていただきましょうか。季蔵さん、よろしくお願いします」

五平に促されて季蔵が席を立ちかけると、

「遅いですね、お由美さん」

健斗が案じた。

「もう来てもいい頃なのですが――。お針上手のお由美はどうしても早く仕上げなければならない、ご近所から頼まれた浴衣が溜まっているとのことです。きりのいいところで駆け付けるとは言っていたのですが――」

松庵がお由美が遅れている事情を説明した。

「ご用意いたします」

そう言って、季蔵は三吉の待つ厨へと入った。

七夕膳は順調に供されて、

「その名の通り華やかなご精進ですな」

松庵は目を細め、

「これほどのものがいただけるとは想ってもみませんでした」

幽斎も大満足で、

「あなたの物言いときたら——失礼ですよ」

お里恵に窘められた。

健斗は気もそぞろに、

「お由美さんも早く来て口福にあずかってほしいものです。それから噺好きなお由美さんがことさら楽しみにしていた、長崎屋さんの怪談も聴かせてあげたいです」

廊下の物音にばかり耳を澄ませていた。

最後の葛切り黒蜜はさまざまな葛切り談義を呼んで、

「いやはや、葛切りよりも皆さんのお話を堪能いたしました。皆さんのお話にわたしの怪談も負けないようにいたしませんと」

途中から五平は手控帖に書き留めてある、新作の『当世四谷怪談』に目を落としている。

「わたしはちょっとそこまで——」

幽斎が厠へと立ち上がった。

なかなか戻ってこない。

「どうしたのでしょう？　わたし見てきます」

お里恵も席を立った。

この後すぐ、〝きゃーああ〟というお里恵の叫び声が厠のある庭の北側から上がった。

茶の用意をしていた季蔵は手を止めるとすぐに廊下から庭に飛び降りた。五平も厠へ向かって走った。

「これは――」

季蔵は絶句した。河口幽斎が、いや正確には首と右の手首から先のない幽斎の刺殺体があった。

「これはなんという――」

五平の声が掠れた。

「着ているものはたしかに幽斎先生のものですね」

季蔵が念を押すと、お里恵はこくりと頷いて、

「下手人はまだすぐ近くにいるはずです」

気丈にも言い切ると池のある方へと走り出した。

この時、

「誰かぁ」

三吉の切羽詰まった声が宴が催されていた客間の方から聞こえてきた。季蔵と五平が急

いで戻ると三吉と健斗がこれ以上はないと思われる青い顔で突っ立っていた。二人とも恐々と縁先を凝視している。

「こ、ここで見たんだよ、お、おいら」

三吉の声は恐怖で弱々しくつっかえ気味だ。

「見たって、いったい何をだ？」

季蔵の問いに、

「そりゃあ、下手人でしょうが」

五平が応えて掛けてあった手燭（てしょく）を下ろして、縁先を照らした。

「土がこすれた跡はありますが足跡や履物の痕（あと）はありませんね」

「そ、そりゃあ、そ、そうだよ、あ、相手は幽霊だもの、ねえ？」

三吉のこの言葉に健斗は身を震わせながら力強くかぶりを前に振った。

「まあ、落ち着け」

季蔵は三吉の肩に手を置いた。それで多少恐怖と興奮を抑えられた三吉は、

「さっきの女の人の悲鳴、何かあったの？」

事の流れを思い出して冷静さを取り戻した。

季蔵は厠の前で幽斎が腹部を刺されて亡くなっていたとだけ告げた。

「だったら殺（や）ったのはゆ、幽霊だよ」

三吉は全身をぶるっと震わせた。

「あなたも幽霊を見ましたか？」

五平は健斗に訊いた。

健斗は無言で頷いた。

「くわしく話してくれ」

季蔵は三吉に迫ったが、

「お、おいら、おいら――」

三吉は口だけぱくぱくと動かしている。

七

「ゆっくりでいいから」

季蔵の言葉に大きく頷いた三吉は、

「あの――悲鳴が上がった時――おいら――片付けの皿小鉢を運んで――廊下に出ようとしてた」

ここまでを何とか言い終わると、

「その時、ひょいと庭の方を見たらほ、包丁を持ってて、し、白い着物の袖を赤く濡らしてるのが見えた。や、やっぱりこんな時にはで、出るんだ。幽霊画から抜け出てきたのかもしんない。おいら、もう怖くて怖くて――。金縛りにあったみたいに立ってるのがやっとだった」

その後はわりにすんなりと先を続けた。

「今日は満月だもん、月明りで包丁からも赤いものが滴ってて、着物にべったり付いてんのもたぶん血だろうってわかった。そん時高岡屋の若旦那が座敷を飛び出ておいらとぶつかりそうになった。おいら、思わず庭の幽霊を指差したんだよ」

こうした三吉の言葉を受けて、

「間違いありません、あれは幽霊でした。実はわたしも大の幽霊嫌いでして、あっと思ったとたんぐらっと来て、縁側から地面に落ちていました。この通りです」

健斗はやや恥ずかしそうに泥にまみれた背中や片袖を見せた。

「おいら、若旦那を助け起こしたくても身体が動かなくて——すいません」

三吉は健斗に詫(わ)びて、

「そのうえ、口まで動かせなくなってて——」

季蔵には目を伏せた。

「だから絶対何もかも幽霊の仕業だよ」

三吉は言い切り、

「そうですね」

健斗も同意した。この後、

「この寺は広い。まだ庭にいるかもしれない。幽霊の後を追いましょう」

季蔵は五平に告げた。

三吉と健斗から離れて歩き出すと、

「あなたは幽霊が禍をもたらすと信じていますか？」

季蔵は五平に訊いた。

「実は怪談なんてものに嵌まってはいますが、まだ本物の幽霊には会ったことがないんです。勘当された不肖の倅が跡を継いで店をそこそこ栄えさせてるんですから、親父の幽霊がいるんなら出てきて喜んでもらいたいんですが、一向に現れてくれません。安心してるんで見守ってるだけなんだと思ったこともありましたが、嵌められて牢に繋がれた時でも夢枕にさえ立ってくれません。結果、幽霊は実はいないんだとわたしは思っています。人が骸になると恨みや想いまで消えてなくなるなんていうのは余りに寂しいしつまらないでしょう？　それで人は皆、幽霊を信じていてわたしも怪談を噺し続けるのですよ」

「なるほど」

季蔵は共感を込めた。

二人は庭道具が入っている道具小屋を通り過ぎて裏門へと向かっていた。五平は手燭で地面を照らしている。

「おや、ここに目立つ轍が見えます。女物の草履の跡もある。幽霊は大八車で送り迎えされているようですね」

五平は言い、

「急ぎましょう、地面を照らし続けてください」

こうして二人は轍と草履の跡を追った。

その幽霊は大八車の上に立っていた。長い髪が顔半分を隠している。見えている目や鼻を怪異に見せているのは額から首にかけて流れ落ちている血のせいだった。三吉が言った通り白装束の片袖にも血はべったりと付いている。

幽霊は何やら大きなものを背負っていた。それが何であるかわかったのは幽霊が季蔵たちに背中を向けて座り、大八車が裏門へ向かって走り出したからであった。季蔵たちは後を追った。

「あれはお由美さん」

五平も追いつこうと走りながら叫んだ。

「お由美さん？」

思わず季蔵は振り返った。

「着物が黄八丈でしたから。一度ここで一緒になっただけですが、初々しくて可憐なお由美さんに黄八丈がよく映っていました。松庵さんの遠縁の娘、お由美さんに間違いありません。大きなもののように見えたのはぐったりしていて気を失っているからなのかも――」

言い切った五平はお由美を案じた。

――お由美さんは遅れていたのではなく幽霊に囚われていたとは。何とか連れ去られないようにしなければ――

さらに季蔵は懸命に走った。

あと三間（約五・四メートル）まで追いついたところで五平が地面を照らした。石礫が見えた。季蔵は素早くそれを拾う。五平の手燭は大八車を照らし出している。季蔵は前方の大八車の後方に狙いを定めた。車軸に向けて投げつけると大八車がぴたりと止まった。

幽霊は背中のお由美を大八車の上に置き去りにして飛び降りて逃げていく。

「お由美さんをお願いします」

季蔵は足のある幽霊を追いかけた。逃げ足はそう早くない。はあはあとすぐに息を切らして地べたに屈み込んだ。追いついた季蔵が肩を摑んで顔を上げさせると、

「無念でした」

胸元に呑んでいた匕首を振り上げた。慌てて季蔵は手首を捉えて匕首を放させると、

「無念です」

立ち上がった幽霊は頭から長い髪の鬘を外して白装束を脱ぎ捨てた。鬘の下は小さく結った丸髷でその顔は幽斎の妻お里恵だった。

「これはまた――」

季蔵が絶句した時、五平が隣に来ていた。

「どうやらこれと関わりがありそうですね」

五平はくるりと後ろを向いて張り子の人形を見せた。こけしのように目鼻口を描かれた

張り子の人形が、桃割れの鬘を被せられて黄八丈を着せられている。

「あなたは少しも悪くなどないのですから、どうか、幽斎先生が何者かの手に掛けられた後、あなたが追いかけた相手に何をされたか、わたしたちに話してください」

「あの後、幽霊を見つけました。すぐに仇をと思って立ち向かおうとしたのですが、どんなに抗っても相手の魔力で身体がぴくりとも動きません。幽霊はこのように言いました。〝河口幽斎は幽霊たちに断り一つなくさんざん幽霊画を描いてきた報いを受けなければならない。あのように無残に殺したのは幽斎を地獄へ落とすためだった〟と。わたしは〝それならいっそわたしも夫のように殺してください。そうしたら一緒に地獄へ行けます。夫と一緒ならたとえ行先が地獄でも少しも怖くありません〟と願い出たのですが、〝そんな情けは断じてかけない。いっそ、おまえを天上の極楽の蓮池の花にでもしてやろうか。蓮池の花になったらもう未来永劫動けず夫とも二度と会えぬのだぞ。もっとも言う通りにすればおまえの願い、叶えてやらぬこともない〟と。でも、その言う通りがこんなことになってしまって――。せめて自害でもすれば夫の行く地獄へ行けるかもしれないと思いましたのに――」

放心してしまったお里恵は精魂尽き果てた目を宙に泳がせていた。

「お里恵さんをお願いします。わたしはお由美さんを探さないと」

季蔵は急ぎ寺に戻り、道具小屋や蔵を検めていった。

泉水寺の蔵は二つある。お由美は幽霊画だけがしまってある蔵と隣り合って、僧たちの日々の暮らしに欠かせない漬物や味噌の樽等が置かれているやや広めの蔵で見つかった。

「お由美さん、お由美さん」

季蔵は気を失っているお由美に声を掛けた。するとほどなくお由美はぱっちりと黒目がちの綺麗な目を開けた。

「どうして？」

お由美は寺の山門を入ると幽霊の白装束が見えたとたん、なぜか、足が前に進まなくなり気がつくとここにいたのだと話した。

不審を感じた季蔵はまずはお由美を本堂まで伴った。すでに五平はお里恵を客間で落ち着かせていた。三吉は若い僧に送ってもらい先に帰らせた。

「お由美さん」

健斗が駆け寄ってきた。

「お里恵さんに降り掛かった幽霊難、今、長崎屋さんから聞いたところです。お里恵さんばかりかあなたまで難に遭われたとは——。わたしはあなたに何かあったらともう案じられて案じられて——」

健斗は涙ぐみ、

「あたしだって身体が動かなくさせられた時はこれで死ぬんだ、もう二度とあなたと逢えないんだと思うとたまらなくて切なくて——」

お由美のぱっちりと美しい目から珠のような涙が湧いて出た。

八

「事情は伺いました。お由美が無事で何よりでした。お由美、助けていただいたお二人にお礼を言いなさい」

遅れて駆けつけた松庵がごほんと一つ空咳(からせき)を響かせるまで、健斗とお由美は抱き合わんばかりに身体を寄せていた。

松庵に促されたお由美ははっと気がつき、

「わたしとしたことが――」

健斗も相手との距離を取った。

「失礼いたしました。とにかく怖くてずっと無我夢中で――ありがとうございました。この通りです」

畳に手をついたお由美は深々と二人に頭を下げた。

「お上にはわたしが届けましょうか？」

健斗はきまりの悪そうな顔で言い出したものの、

「ああ、でも幽霊が人を殺したなんぞと届けても捕らえようがないですね」

しきりに首を傾げ、

「たしかに」

松庵は苦笑した。

「人が幽霊のふりをしていたということも考えられます」

五平が言った。そこで季蔵は、

「これが幽霊の仕業かどうか、届ける前にもう少し調べてみます」

言い添えて二人で本堂を出た。すでにもう空が白んできている。

「しかし、幽霊の仕業かどうかを見定めることなどできるのでしょうか？」

五平が不安そうに訊いてきた。

「幽霊がお里恵さんの言う通り、幽斎先生を積年の恨みで殺したのなら、戦利品である幽斎先生の首や右手はあの世へ持ち帰ったはずです。おそらくどこを探しても出てはこないでしょう。また、本当に幽霊ならば白装束のまま掻き消えてしまい、何の跡も残さないはずです。これらのものが何一つ見つけられなければ幽霊の仕業だと認めるほかはありません」

季蔵の言葉に、

「なるほど」

五平は大きく頷きつつも、

「とはいえ季蔵さん、これだけの広さですよ。ここの若い僧たちの手を借りて虱潰しに探したとしても探し尽くせるものかどうか――」

同時に小首を傾げもした。

「実は目星はすでにつけてあるのです」

季蔵は告げてお由美が気を失っていた蔵の前に立った。二人は中へと入った。季蔵は漬物樽の前に立った。

「これが何か――」

五平は怪訝な顔をしている。

「仕事柄なのか、食べ物に関わってのことはよほど慌ただしい時でも目に焼き付いて忘れないのです」

季蔵の目は漬物樽ではなく近くの漬物石に注がれている。

五平は漬物樽を覗き込み、

「漬物の上に中蓋が載っている。漬物を取り出した時うっかり漬物石を外したままにしていたのかな。このままでは漬物が傷んでしまう」

ふと洩らした。

「五平さんのお内儀さんはそんなうっかりをなさいますか？」

季蔵に訊かれて、

「漬物は梅干しと並んで常に飯の友だからそればかりはしませんね。しかし、疲れている若い僧が賄い当番だとやるかもしれない」

五平は応えた。

「まあ、この漬物樽の石はわたしたちがここでお由美さんを見つける前から外されていたという考えは成り立ちます。けれどもそうではなかったとしたら――」

季蔵は五平に代わって漬物樽を覗くと中蓋をひょいと持ち上げて取り去った。まずはらっきょうの塩漬けの強烈な匂いが立ち上った。

「これは——」

五平が絶句した。

見えているのはらっきょうではなく、切り刻まれた白い布片と畳まれて蛇のようにとぐろを巻いている長い髪の毛だった。季蔵はその蛇を取り出して広げた。足首にまで届きそうなほどの長さがある髪であった。

「それは舞台の『安珍清姫(あんちんきよひめ)』等で女心が夜叉(やしゃ)に変わる際、役者が大蛇に変身したりする時に使われるものです。伝手(つて)を辿(たど)れば入手先はわかるでしょう」

五平は目を瞠(みは)った。

「持ち帰りましょう」

こうして二人は漬物樽の中にあったものをそっくり本堂に持ち帰った。

「大事なことを明らかにしなければならないので、しばしここをお借りいたします」

季蔵は一刻（約二時間）ほど松庵に人払いを頼んだ後、

「勝手を申して申しわけありませんが、ここへ皆様にお集りいただけませんか。お報(しら)せしたいことがあります」

再び皆を集めた。

まだ顔の青いお里恵、ぴったりと寄り添っている高岡屋健斗とお由美、松庵が本堂の中へと入ってきた。板敷の上にはあの長い髪と二着の白装束が広げられている。白装束のうち一着は漬物樽から回収した白い布片を季蔵と五平とでつなぎ合わせたものだった。

これらを目にしたお里恵の顔はますます青くなった。健斗とお由美はあっと洩らして驚愕したただけではなく、しまったと言わんばかりの顔になった。松庵はひたすら俯き加減で経を唱えたがその声は呟きにしかならなかった。

皆は押し黙り続けていた。その重苦しい空気の中で、

「こうした代物があの世にあるとは思えません。調べれば出処はわかると思います」

五平が沈黙を破った。

「この説明はまずはお由美さんにしていただきたいのです」

季蔵はお由美を促した。

お由美はお里恵の方を見た。

「ああ、でも、でも――」

「いいのですよ、もう話すしかないのですから」

お里恵は無理やり微笑んだ。

「それでは――」

お由美の話はこうだった。幽霊に化けるための変装の長い髪の鬘、白装束、お由美の普段着である黄八丈の着物はすべて二組、漬物樽のある蔵に用意してあった。三吉が見た庭の幽霊はお由美が蔵で着替えて幽霊に化けた様子だった。もう一着の黄八丈の着物はお由

美の等身大の張り子の人形に着せて、失神しているお由美を幽霊がさらおうとしているように見せかけるのに使った。この時の幽霊は夫の仇を追いかけたように見せかけてその場を離れたお里恵が化けていた。季蔵と五平が見た大八車には幽霊に化けたお里恵が乗っていて、同様の姿のお由美が大八車を引いてとりあえずは逃げようとしていた。

「とりあえずとはどういうことなのでしょう？」

季蔵は訊かずにはいられなかった。

「寺の裏門を出てほどなく行ったところに朽ちかけた武家屋敷があります。皆さんで連れ去られたわたしを八方手を尽くして探してくださり、いずれそこで見つかることになっていたんです」

お由美は恥入りつつ真実を告げた。

——そうか、わたしさえ石礫を投げなければそうなっていたのだな——

季蔵は松庵を見つめた。

「朽ちた武家屋敷に詳しい方はあなたよりほかにいないように思われます」

「そうですな」

松庵は応えた。

「何のためにこのような騒動を？　なにゆえ幽斎先生を幽霊の刃で殺す必要があったのでしょう？」

季蔵は追及した。

松庵は呟きの念仏を止めて、

「たしかにこれは御仏もお許しにならない所業かもしれません。そして全ての責は拙僧にあります」

真っ直ぐに季蔵を見た。

「いいえ、ご住職に責などありはしません。これはわたしたち夫婦のお願い事だったのですから」

お里恵が口を開いてきっぱりと言い切った。弱々しかったお里恵の物言いは同じ人とは思えぬほど強い。

「どうか話してください」

季蔵は相手を促した。

「夫河口幽斎は才がありながら不遇な絵師でした。幽霊画は幽霊絵ともいわれ、人の心や魂を描かなければならないゆえに、花鳥風月画等とは比べようもないほど難しいとされていたのです。それでも人は花鳥風月画の大家である応挙の幽霊画を、幽霊画の中で最も評価して高みに置こうとします。こうした風潮を夫は常から悔しがっていました。ですからこちらのご住職が応挙の作とされてきた、優美とはかけ離れた怪異そのものの幽霊画に疑念を抱き続けていると知って、先ほどのような真実、実は自分の作であるということを告げたのです。あの時、ご住職に信じていただけて幽斎は歓喜の極みでした。ここへ通い続けたのはご住職が幽斎の幽霊画の最も良き理解者であったからです。その幸せな日々は夫が不治の病に冒されていると本人が気づき医者におおよその寿命を知らされるまで続きました」

九

そこで一度お里恵の言葉が切れると、

「幽斎先生ほどではありませんが、拙僧も自分なりに幽霊画の真髄に迫ろうとしていて、それぞれの幽霊画の表現の違いを見極めておりました。そして以前から応挙の怪異幽霊画と先生の筆使いや表現は酷似していると思っておりました。ですからそのようなことを聞かされた時も心から合点がいきました。高名な作者名だけで幽霊画の価値が左右されるのは良いことではありません」

松庵は言い切った。

「しかし、なぜこのようなことを企てたのです？」

五平はわかりかねるという顔をして先を続けた。

「わたしなら残り少ない命とわかったら商いから身を引かせてもらって、命の灯火が消えるまで、まずは日々人を呼んで噺し続け、いよいよそれが無理な身体になったら、ひたすら噺を作り続けたいですね。幽斎先生だってきっと死を迎える時まで描き続けたかったのではありませんか？」

「幽斎先生のお家は関ヶ原以来のお武家でした」

松庵のこの言葉に、

――なるほどそれで――

季蔵は得心した。

――武士を捨てたわたしには無縁なことだが、武家の心意気は好きな事に打ち込む楽しみではなく、後世に伝える我が名の誉につながっている――

「〝このままでは怪異幽霊画は応挙の作とされるだけではなく、精魂込めて描いた数々の画も一部の好事家に好まれているとはいえ、月日を経れば蔵の肥やしにされて風呂焚きの薪と一緒に炎と共に焼失しかねない。そもそも花鳥風月画が光なら幽霊画は陰にしかすぎないのだから〟と余命の短い夫は悲嘆にくれて、〝最後の最後でこれはわたしの中に流れている武士の血によるあがきだとわかった。だから何としても幽霊絵師としての名と生きた証を遺したいのだ〟と言ったのです。夫はそのために武士である幽霊絵師の錦を飾る段取りを考えたのです。〝長年幽霊画ばかり描いている奴に、幽霊が腹を立てて無残に殺すというのも悪くないだろう？　以前に、いわれなき責めを負わされてその場で取り押さえられ、腹と首を同時に掻き切られた下級武士の骸を描いたことがある。あそこまでの無残さがいいな。腹は自分で斬れるが首は切り落とせない。お里恵、お前が頼みだ〟と――。わたしは薙刀の心得がございましたので、切腹の作法通りには行きませんでしたが、夫が果てた後、何とか望みを叶えてやれました」

お里恵は意外に落ち着いた口調で淡々と告げた。

「幽霊を見た者がいなければいくら幽霊画のある寺で幽霊絵師が幽霊に惨殺された、酷くも斬られた首や手首から先を持ち去られたと言っても眉唾ものとされてしまう。それであなたはお由美さんと二人で幽霊を演じたのですね。この経緯を大々的な幽霊の幽霊絵師殺し譚として世に遺すために——」

五平の言葉に、

「その通りです。当初、幽霊はお里恵さんだけがなることになっていたのですが、一人で何もかもやり遂げるのは無理ではないかということになりました。それであたしがもう一人の幽霊になったり、元の黄八丈姿になったりして、幽霊をここに集まった方々に見てもらおうと思いついたんです。より強く幽霊の仕業と思ってもらうためでした。大八車さえ止められなければ——」

お由美は知らずと唇を噛んでいた。

そこで健斗が口を挟んだ。

「幽霊だと信じられて退治されたらお由美さんが危ないので、本当はわたしが幽霊をやりたかったんです。でも背丈がお里恵さんと違いすぎるので諦めました。三吉さんの幽霊嫌いに便乗、一緒に怯えてみせたのは芝居でしたが、縁先にわざと落ちて、幽霊のお由美さんがうっかり履いてしまっていた草履の痕を消すことぐらいはできたのです」

——なるほどそれで縁先の土の上に草履の跡や足跡がなかったのか——

季蔵は合点した。

最後に松庵が、

「このような絡繰り、もちろん拙僧も存じておりました。知らなかったなどと惚けはいたしません。けれどもこれは当寺と縁の深かった幽斎先生への生き供養であったと、御仏にお許しいただけるものと思うのです。お二人もそのように思われませんか？」

重々しい口調で締め括った。

「さて、どうしますか」

季蔵は五平と共に厠の前をもう一度視ることにした。朝の眩い光の下に倒れている骸は首や右の手首から先が無いこともあるのか、流れ出た夥しい血に無数の蟻が集まってきていて残骸そのものに見える。片や骸近くの低木の深緑はどれも艶々と輝いていた。

「そこのヤツデの前に立ってみてください」

ヤツデはちょうど五平の背丈ほどに伸びていた。

「五平さんの首と腹の位置にあるヤツデの葉に血が付いていないか、調べてください」

言う通りに一枚一枚見ていった五平は、

「ありません」

きっぱりと応えた。

「では次は腰を下ろして、ヤツデの隣にある紫陽花の根元の方の葉をご覧ください」

「はい、はい」

五平は紫陽花の根元を丹念に調べ、

ます」

「血が葉の上で固まっています。かなりの数の葉ですが血付きの葉は帯のように並んでい

「ありがとうございました」

季蔵は五平に礼を言ってから骸を検めた。

「血が飛び散っている木々の葉の位置から切腹のように座して亡くなったのは明らかです。立っていて幽霊に殺されたのなら、血はもっと高い位置にある葉に飛び散っているはずだからです。夜のうちは暗くて見えなかったのですが、膝にしごきで縛った痕があります。やはり幽斎先生は自死です。死ぬのに時がかかりすぎて、苦しがっているのを人に見つかっては元も子もありません。計画が台無しです。お里恵さんが駆けつけてきた時にはもう死んでいる手筈でした。それで幽斎先生は最も早く死ぬ方法として腹だけではなく足の急所も刺し通しています。お里恵さんがおっしゃった通りです」

「なるほど。はて、この顚末、届けるべきか否か――」

五平が季蔵を見遣ると、

「五平さんはどう思われます？」

逆に季蔵が問うた。

「わたしは面白い噺が大好きなので武士道に殉じたかのような幽霊絵師の最期より、幽霊に恨まれ続けた挙句、惨殺の憂き目に遭ったという方が好ましい。そうしてくださるところの話、わたしが噺にいただけますし、わたしが内々で噺しているうちに話題になって広が

り、いずれ寄席や芝居小屋でも大人気の演目になりましょう」

五平の目は真剣であった。

「そうですね、そうすれば本当の供養になりますね」

季蔵は賛成した。

二人は本堂へと戻って幽斎の自死の証を告げた。

「ですので幽斎先生の亡骸の供養は御新造さんとこちらにお任せしてよろしいですね」

季蔵が念を押すと、

「もちろんです」

松庵は大きく頷き、五平は、

「ところで幽霊が切って持ち去ったのは首だけではなく、右手首もでしたね」

意味ありげにわざと首を傾げつつ、住職の隣に控えていたお里恵の方を見た。

「あれは類い稀だとわたくしが信じてきた夫の才の形見にするつもりでした」

応えたお里恵に、

「わたしの噺では長年、何の断りもなく、絶妙な筆致で自分たちを描いてきた幽霊絵師の利き手を幽霊たちが呪い続けた挙句、首同様恨みの証と見做していたことにしたいのですが――」

五平は微笑んだ。

「それは何より――ありがとうございます」

堪(こら)えきれずにお里恵は涙を流した。

こうしてこの経緯(いきさつ)の真相は秘されることとなり、

「そろそろ漁師さんが魚を運んできてくれる頃です。急ぎ店に帰らねば」

「わたしも今日は大事な取引があって準備が要ります」

二人は境内(けいだい)を掃いていた若い僧たちと朝の挨拶を交わして山門へと急いだ。

第二話　醤油水

一

その時であった。

　山門から十人ばかりの男たちがどやどやとなだれ込んできた。先頭に立っているのは健斗とそう年齢の変わらない若者で、やや背は低いものの、大きな鋭い目に頰の肉を削ぎとったような逆三角の顔に凄みがあった。浪人者二人と暑い盛りとあってだらしのない身形をしたごろつきたちを従えている。

「てまえは大房屋の手代蒼汰でございます。ここにおられるはずのお波留お嬢様をお迎えにまいりました」

　蒼汰は箒を手にしていた若い僧に告げた。

「それは――わたくしどもでは――」

　青ざめて俯いた若い僧に、

「ならばご住職　松庵様にお伝えください」

「は、はい」

その若い僧が背中を向けたとたん、

「娘を迎えに来たぜ」

「どこへ隠したぁ？」

「早く出せえ」

浪人者たちは腰の刀に手をかけ、ごろつきたちがいっせいに語気強くまくしたてた。

——これは——

五平は顔色を変えた。

——只事ではなさそうです。放っては行けません——

二人は目配せし合うと山門を一度出た後、走って裏門へと廻った。相手とは反対側から本堂の方へと向かう。

「出てこーい、松庵、クソ坊主」

「大房屋の娘の拐かしでお上にお縄にしてもらうぞ。坊主だからって容赦しねえ」

「どうせ、高岡屋の小倅も居るんだろう？」

「よりによって大房屋の娘に手を出すなんてとんでもねえ」

「拐かしの罪はおおかた高岡屋の倅も同じだろうから、坊主と二人、ひとまとめにひっくくってもらおうや」

「そうだ、そうだ」

酒もそこそこ入っているのだろう。ごろつきたちは執拗に悪態雑言をついた。

するとと本堂の戸が開いて、

「高岡屋健斗はわたしだ。ご住職に罪などないし、わたしだって逃げも隠れもしない」

健斗が一人、多勢の前に立ちはだかった。

「するってえと拐かしの罪を認めるんだな」

「こりゃあいいや」

「今すぐ、誰か番屋まで走れっ」

「あの大店の高岡屋の倅がお縄になって首を刎ねられるんだからな」

「見ものじゃねえか」

「芝居より面白えってぇのはこのことだ」

ごろつきたちは大声をあげて笑った。

「まあまあ、皆さん、そう怒らずに」

ごろつきたちの方を振り向いた蒼汰は顎をしゃくった。しゃくった先には小僧が三人、ごろつきたちから離れて指示を待っていた。三人とも背中に幾つもの大徳利が入った頑丈な籠を背負っている。

「お疲れでしょうからそろそろ喉でも潤してください」

小僧たちが大徳利を配りはじめた。浪人者二人とごろつきたちは地べたに座って大徳利を傾けはじめた。

「ひとまず皆さんの気持ちは鎮めました。これですぐには番屋には駆けこまないでしょう。それにわたしたちはお波留お嬢様にお帰りになっていただきたいだけなのです。お帰りにさえなっていただければ拐かしなんぞという物騒なことは申しません」

蒼汰は貼りつかせたままの笑顔で冷ややかに健斗と対している。

「それからこれは御住職に伝えていただきたいのですが、お波留という名の娘はおらずともお由美ならここに居るはずです。騙りもまた罪になりましょう」

蒼汰は傲然と言い切った。

季蔵と五平は大銀杏の後ろに隠れて話を聴いていた。

「お由美さんがあの大房屋のお波留さんだったとは――」

五平が小声で驚いて続けた。

「大房屋さんの娘さんで器量好しは器量好しでも、無垢な可憐さの小町娘ですよ。釣りあいのいい大店の息子たちは言うに及ばず、縁談が降るほどあって大奥からも声を掛けられそうになったとか――。父親の大房屋さんがあちこち義理を通して何とか断ったという話を聞いています」

「そしてお波留さんの本命は健斗さんだった――」

それはもう一目瞭然であった。

「こりゃあ、いけない」

「そうなんでしょうね」

高級寿司店の高岡屋とお茶漬け天麩羅屋の大房屋の反目は同業者である季蔵も耳にしていた。市中の飲食業の頂点に君臨している二店であった。

「天下の大房屋の手代が迎えに来ている以上、ここはうっかり手出しはできないですよ」

五平の言い分はもっともだったが、

――しかし、このままでは――

季蔵は一歩も引かない健斗の身が案じられた。

――番屋よりも朝酒で勢いづいた浪人者やごろつきたちの暴走の方が怖い――

しばし季蔵が焦れていると、

「蒼汰、もう止して」

由美と名乗っていた黄八丈姿のお波留が出てきて、健斗を庇うかのようにその前に立った。

「あたし、帰りますから」

覚悟を決めた様子のお波留は巾着袋を手にしている。

「それはそれは何よりでございます。大房屋では一日でもお嬢様がおられないと火が消えたようだと皆が申しております。旦那様もたいそうご心配で昨夜はろくろくおやすみになられませんでした」

蒼汰はまた小僧たちに向けて顎をしゃくると、何度もお波留に向かって頭を垂れて、

「今、駕籠がまいります。お嬢様のお荷物は巾着一つではございませんでしょうし――。

ご住職様にお願いしてそれらもここへお運びくださーい」

棒立ちになったまま、成り行きをじっと見ていた若い僧たちに呼びかけた。

こうしてお波留が持ち込んだ旅支度のための諸々が蒼汰の目の前に積まれた。

――何とお波留さんと健斗さんは駆け落ちしようとしていたのか――

季蔵は思わず目を瞠った。

「金輪際、こんなことをなさっては困ります、いけません。わかりましたね」

蒼汰は健斗の方を睨んで言い切った。

お波留は唇を嚙みしめて健斗をちらと見て駕籠に乗った。健斗の方は両の拳を握りしめつつ、必死で哀しみの混じった悔し涙を堪えていた。

「何とも堪らない幕切れですね」

感無量な五平の言葉に、

「二人は諦められるものでしょうか？」

季蔵も複雑な思いで応えた。

「はてね――。ですが、あのまま駆け落ちしたとしても行く末は――、あの二人、相対死（心中）だって覚悟の上だったんじゃないですかね」

五平は切なげで、

「相対死？　そんな――命が勿体なさすぎる」

季蔵もたまらなくなった。

「そうでしょ。だから何とか諦めてほしいとわたしは思ってます」

五平はぽつんと洩らした。

それからしばらく過ぎた。あの後また二人に何か起きていたらと季蔵は案じられてならなかった。

——五平さんもきっと同じだろう——

それと若い二人が河口幽斎夫婦の想いに手を貸したのも、この世では遂げられない無念の想いに共感してのことと思われた。

——幽斎先生ご夫婦にとって幽霊絵師としての切ない生きざまは、長年かかって育て上げた愛の証でもあり、その想いに健斗さん、お波留さんは自分たちの想いの行く末を重ねたのかもしれない。だとすると——

駆け落ちどころか、即相対死ということもあり得ると季蔵は懸念した。それでこのところ、

「市中で何か起きてはいないか？」

瓦版をはじめ噂好きな三吉に始終聞いていた。

「大したことは起きてないよ。かき入れ時の金魚売りが暑いせいで火噴いてるってのがあったな。今までは買わせるまで何とか保ってた金魚が売ってるうちに茹だって死んじまうんだってさ。死んじまった金魚じゃ、魚みたいに食い物にはなんないし大変みたいだよ。

それはそうと、ここんとこ季蔵さん、おかしくない？　いつもはおいらにこんなこと訊いてこないのに――。毎年やってる干し青物だってやんないし、冬に仕込んだ醬油のしぼりの話も出ないし、夏の薬膳だって品書きにまだ入れてないでしょ。そうだ、季蔵さんがおかしいの、泉水寺から帰ってからずっとだ。たしかにあの幽霊の幽霊絵師殺しは凄かったよね。一時は瓦版、あればっかりだったもん。ま、それももう終わっちゃったけど。もしかして、季蔵さん、幽霊って信じてなかったからよほど響いちゃった？　だったとしたら心配。おいらは信じてたから実はそれほどでもないんだよ」

あれが幽霊の仕業と信じ込んでいる三吉は意外にも立ち直りが早かった。

「そうかもしれないな」

幽霊を認めることにした季蔵は、

「たしかに忘れっぽいのは幽霊に取りつかれたからかもしれない。夏はいろいろやらなければならないことが多いんだったな。三吉、頼りにしている。手伝ってくれ」

早速仕込んだ醬油のしぼりを試みることにした。

二

先代長次郎の料理日記に以下のようにあった。

昨今江戸の醬油は上方からの下り醬油（薄口醬油）は値が張り過ぎるため、下総国の野田等の安価な関東地廻り醤油（濃口醤油）が主でこれをもとめて使っている。大量に造られる野田の醤油に文句を並べる気はないが、いつか塩梅屋ならではの醤油を拵えてみたいと思っている。酒と昆布、鰹節、梅干しを煮詰めて拵える煎り酒とは異なる重厚な風味に惹かれる。野田から運ばれてくる間に失われているであろう、繊細にして深い風味を是非自家製醤油で味わいたいものである。それと自家製醤油への憧れは絞りの妙にもあるような気がする。こればかりはやってみなければわからない。

こうした長次郎の果たせぬ想いに釣られて季蔵は昨年の夏から本格的な醤油造りに挑むことにしたのだった。

醤油造りは暑い時季でなくてはならない。猛暑が理想だった。そこで、季蔵は昨年の猛暑の折、「今だ」と思い切ったのであった。

醤油造りの肝は仕込みで材料は大豆に小麦、種麹だけである。素材選びやその扱いに出来不出来がかかってくるので手順にかかる時はきっちり守らなければならない。

丸一日水に浸した大豆は水を切って九百数える間そのままにしておく。実のままの小麦は平たい大鍋で焦げないように気をつけて炒り続け千二百まで数える。大豆を半刻と四半刻（一時間半）蒸籠で蒸す。六百数える間に小麦を砕く。この後、大豆と小麦を混ぜて種麹を振るのだが難儀なのは種麹なのであった。種麹はコウジカビの胞子であり麹菌とも称される粉状の乾燥品である。これには良し悪しがあって麹菌に雑菌が混じっているとせっかく手間ひまかけても腐ってしまい食べ物にはならない。幸いなことに折よく、菓子屋嘉月屋の主嘉助が懇意にしている種麴屋から入手できた。

ただし大豆と小麦、種麴は高温多湿の場所で混ぜなければならない。猛暑の中、損料屋から借りてきた大薬缶を七輪に、大盥を竈にかけ放し、戸口を板で覆って、何とか乗り切った。それほど醬油のための種麴の扱いは難儀であった。

「もやし、とにかくあいつにはまいったよね」

思い出した三吉は大袈裟に額と首に手拭いを使って、

「今年も暑いけどあん時はもう——身体が溶けてなくなりそうだった。汗が熱い雨みたいだったし」

「たしかに麴室のようにするのは大変だったな」

野田では醬油造りを麴室と称される徹底した高温多湿の部屋で行っている。

「その上、店を休みにして三日三晩、昼も夜も交替で大きな団扇で扇ぎ続けたんだもんね。おいら、〝出ろ出ろもやし、出ろ、早く〟ってずっと念じてたよ」

醬油麴は出来上がるまで振りかけてからひたすら扇ぎつつ、三日間かかることから三日麴とも呼ばれている。

種麴の胞子は大豆や小麦に振りかけてから二刻半（約五時間）ほどで発芽する。白い菌糸がするするともやしのように伸びて、さらに二刻半ほど経つと、混ざっている大豆や小麦が白い菌糸にすっぽりと覆われるのがわかる。これが醬油麴である。ただし、

「最後には白かったのが黄緑色になったよね」

醬油麹ができあがる頃には、ついた胞子が散って全体が黄緑色になっている。

「あの醬油麹には醬油に欠かせない旨味の魔術が詰まっているのだと聞いた。ところでどうして、三日三日晩、扇ぎ続けたのかの理由だ。〝手入れ〟を覚えてるか？」

季蔵はふと訊いてみたくなった。

「〝手入れ〟？　その言葉は覚えてないけど、もやしがびっしり大豆と小麦の上で育って伸びてくと、風の通りが悪くなって息がしにくくなるからやったんじゃなかったっけ？　おいら、夢中でもやしを掻き分けて風を通したの覚えてる。あれも大変だったけどせっかく育ったもやし、熱すぎて萎れたりしたら可哀想だもん、必死でやったよ。二回やるのはきつかったけどここまでやったんだから、やり遂げようって思ったさ」

その言葉に、

「たしかにそうだった。三吉、たいした根性だったな」

季蔵は微笑んだ。

四日目は七輪や竈の火を落として戸口を覆った板も取り外す。それでもまだ暑いが三日三晩ほどではない。ここまでくるとあまりに熱すぎては醬油麹の働きが鈍くなる。半日ほどそのままにして醬油麹が出来上がる。塩水を加えて仕込み、七日間は毎日混ぜる。三月までは七日に一度混ぜ、四月を過ぎると月に一度混ぜる。これを一年続けて絞ると醬油に仕上がる。塩梅屋の離れの納戸にはもろみ醬油の小さな樽が入っている。

「だからさ、今が絞り時でしょ。おいらとっても楽しみ――。おいらねえ、甘辛醤油をつけたお餅、だーい好きなんだけど、自家製の醤油だったらもしかして砂糖入れなくても甘ーい風味でいけちゃうんじゃないかって――」

　これを聞いた季蔵は、

「それなら絞りは損料屋で絞り機を借りずに一つ、ここでやってみるか？」

三吉にもろみ醤油の樽を取ってこさせて、広口ギヤマン瓶とその瓶の口より大きい、目の粗い布巾を用意した。瓶の口にそっと布巾を載せるとはみ出ている布地で固定する。その上に木匙で掬ったもろみを平たくたっぷりと載せる。

「えっ？　絞らないの？　醤油って絞るもんだって聞いてるけど」

三吉が首を傾げた。

「絞りは汁と大豆等のもろみを汁だけにするのが目的だ。大豆は姿形がある。小麦だって多少は形を残しているだろう。それをぎゅーっと絞り機で絞り、六百数える間、火入れをして、その後二、三日置いて沈ませた澱を取り除いて仕上げるのが玄人の仕事だそうだ。とっつぁんは自家製醤油の良さは絞りの妙にあると書いていた。醤油造りの野田ではできないことも、自家製ではやれるという意味ではないかと思う。そもそも大豆や小麦なんかを絞ったら潰れてしまう。それを玄人はさらに加わる旨味だなんて言うのだろうけど、一年間熟成させてきた自然の旨味とは違うんじゃないか？　だから塩梅屋のは絞らずにこうして出来上がるのを待ちたい」

季蔵は広口ギヤマンから自然に滴っている様子に見惚れた。

「それ、いいよね」

三吉は目を輝かせて、

「このぽたぽた、濁ってないのがいい。絞って大豆とか潰したら絶対濁るよね。それ嫌だな。これは醬油じゃなくて醬油水だよ、琥珀色でとっても綺麗だもん」

出来上がった一滴を舐めると、

「香りが柔らかーい。やっぱ砂糖と混ぜるのは勿体ないや」

満足そうに片目を瞑った。

同様に味わった季蔵が、

「これを活かせるのは刺身だ」

断じた時、

「ちょいと邪魔するよ」

岡っ引きの松次が入ってきた。

「どうかされましたか？」

季蔵は思わず声を掛けずにはいられなかった。特徴的な平たく鰓の張った四角い顔がぷっと膨れている。目が怒りの骨頂であった。

「お一人で？」

昼時の今時分訪れることの多い松次は、北町奉行所定町廻り同心の田端宗太郎と一緒のことが多かった。

「いいや――」

松次が振り返り、

「どうぞ」

季蔵が声を掛けると、長身痩軀の田端が油障子をのっそりと潜り抜けた。

すでに松次は床几に腰を下ろしている。田端は常と変わらず隣に腰かけた。

「お待ちを」

焦った三吉は素早く田端には湯呑で冷酒を、松次には甘酒を振る舞った。

二人は無言である。

「賄いですが召し上がりますか？」

田端は滅多に菜も肴も口にせずひたすら冷や酒を飲むが、下戸で食道楽の松次は甘酒だけではなく、肴をも菜にして大飯を食うのがいつものことだった。

「今日は要らねえ」

松次は言い切った。

「どこか、具合でも悪いのですか？」

季蔵は訊かずにはいられなかった。

松次はふてくされた様子で甘酒をがぶ飲みしている。三吉は季蔵の耳元で、

「甘酒、もうあんまり残ってない。おいら、松次親分に叱られちまうよう」

泣き声のような呟きを洩らした。

「こんなものもよろしいかと――」

――そうだ――

季蔵は薄荷湯を勧めてみた。蓴菜採りに行った際、摘み取った薄荷を塩梅屋の裏庭に植えてみたところ根付いて青々と爽やかに葉を茂らせていた。これを煎じて井戸で冷やしたのが薄荷湯であった。

三

「胃の腑は気分次第と言われます。薄荷は気持ちを鎮めてくれる上に胃の腑の働きをよくするのだと聞いています。いかがでしょうか?」

季蔵が湯呑に注いで塩梅屋特製のはげ団子を添えると、

「仕様がねえな」

松次はちらと団子の方を見て差し出された薄荷湯を啜って箸を手にした。松次は三吉と肩を並べるほどの甘味好きであった。

この頃、季蔵は三吉に指示して切れ目なく小豆餡を拵えている。塩梅屋を訪れて暑さを訴える向きにはまずは井戸水、それでもまだ暑がる場合は薄荷湯、軽い霍乱(熱中症)が落ち着いてきたところで、水分だけではなく滋養補給のために、このはげ団子を供していた。もっとも松次にはまだ供したことはないし、今の松次の不機嫌が霍乱とは見受けられなかったが——。

「こいつは手抜きだな」

松次ははげ団子を平らげた。

季蔵は察して二皿目を出す。

「はげっていうのは頭の禿のことなのかい？」

松次は箸を取り直す。

「いいえ、元は讃岐国（香川県）で農作業を終える半夏生（七月二日）の頃に作られていたものだそうですが、今こうしてわたしが手抜きで重宝に拵えているのははげと呼んでいただいてかまいません。小麦粉をこねて木匙で熱湯に落とすだけの小麦粉餅に小豆餡を絡ませるだけなので。小麦粉餅はつるんとしているので小豆餡が上手く絡まらず、小豆餡は赤黒いので髪のようであり、まあ、それを禿とおっしゃるのも無理からぬことです」

季蔵は大真面目に応えた。

——これで何とか流れが変わっていつもの松次親分に戻ってほしいものだ——

しかし、

「なるほどな」

松次は三皿目に入ったが寡黙であった。

とうとう痺れを切らした季蔵は、

「市中で何かございましたか？」

口にした。

岡っ引きの松次と同心の田端が塩梅屋を訪れるのはお役目中に一息入れるためではあったが、進展しない調べの愚痴等をつい洩らすこともあった。そしてそれらを聞いた季蔵は独自の推量を巡らせて数々の事件を解決に導いてきた。いわば二人の相談相手でもあった。

「何もねえ」

機嫌が直りかけていたはずの松次は口をへの字に曲げて、

「相変わらずの事件日照りよ、それでいいんだろ？　奉行所はさ」

ふてくされた物言いになった。

――何か――

季蔵はうつ向き加減の田端の方を見た。一貫して寡黙な田端ではあったが、伝えるべき事柄については毅然（きぜん）として理路整然と話すのが常であった。

「これは今のところ事件ではない。けれども事件であることも考えられる」

思い切った様子で何杯目かの湯呑の酒を呷（あお）った田端が語り始めた。

「このところ市中から子どもが三人続けていなくなっている。親たちは迷子石に日参しているがまだ見つからない。奉行所は拐かしならともかく迷子は調べない。許しが出ぬからな」

田端は肩を落とした。

「たとえ拐かしだってお上が本腰を入れて調べるのはお大尽の子に限ったもんなんだ。長屋住まいの子どもが人買いに拐かされたって、狐に化かされたんだとか、ようは全部神隠しってことにされちまう。四年前も似たようなことがあった。あん時も三人だった。親たちはただただ案じ続けてさ、中には自分が目を離したのが悪かったんだって悔いて悔いて首を括った母親もいた。真っ正直に生きてきた父親が酒や博打に溺れて借金まみれになり、見せしめに簀巻きにされちまったこともあった。せめてお上が調べて、人買いを突き止めていたらと俺はずっと思ってた。おおかた今度もそんな具合になるだろうよ」

松次ははげ団子の五皿目を一気に掻き込んだ。

――わかる――

松次は口は悪いが人一倍情に脆いことを季蔵は知っていた。田端とて幼子を持つ父親である。何とかしたいと思い詰めているに違いなかった。

「人買いをお縄にするのは至難の業だ。なぜなら奴らは市中だけで動いているわけではない。各地を渡り歩いて拐かしを続けている。たとえ末端の一人、二人を捕えて首を刎ねてもトカゲの尻尾を切るのと同じこと、次の格の奴に行き着いてもまだまだ先がある。全く底知れない。お上が調べようとしないのは見当がつかぬからだろう」

田端は松次だけではなく自分に言い聞かせるように言ったが、

「俺はとりあえず、今回のおりんとお光、お奈津、四年前の美咲とおとよ、お加代がどうなってるのかを調べたい。人買いの大元締めとかあっちこっちにいるっていう大勢の子分のことなんて知ったこっちゃねえっ」

相手は語気を強めた。

「たしかに物事は自分の足元が大事です。大きな悪について想いを巡らせると無力感に襲われるばかりですから」

季蔵は松次に同調して、

「今回のおりんちゃん、お光ちゃん、お奈津ちゃん、前回の美咲ちゃん、おとよちゃん、お加代ちゃんの年齢と住まい等を書き出してみてください。今回と前回、三人の女の子たちが同じ頃、同時にいなくなったという事実以外に共通している点が見えてくるかもしれませんので」

紙と筆を三吉に運ばせた。

松次は筆を取って以下のように記した。

今回
おりん　十一歳　八官町　青物屋の娘　貸本屋の手伝いをしていて神隠しに。
お光　七歳　両国　龍五郎長屋　父親は大工　花火見物の時、いなくなった。
お奈津　五歳　神田松枝町　母親は妾、庭で遊んでいていなくなった。

前回——四年前
美咲　七歳　芝神明　草紙屋の娘　縁日で神隠しに。

おとよ　六歳　旅籠なかむら　両親は旅芸人　買い物に出てそのまま。
お加代　五歳　日本橋　次兵衛長屋　父親は代書業　手習いの帰りにいなくなる。

「松次親分のことですから調べはもうなさっているのでしょう？」

季蔵の言葉に、

「まあな」

への字の口のまま松次は頷き、

「どうか、わかっていることをお話しください」

「四年前から話すよ。大人も子どもも、とにかく人が多く外に出る頃だった。最初にいなくなったのは草紙屋で母親が女手一つで育ててた美咲だった。参勤交代の田舎侍が大勢出て来てて、役者の浮世絵や江戸名所絵なんかの土産物を売る草紙屋はどこも繁盛してた。美咲んとこもおおわらわだった。そんなわけで美咲をあまりかまってやれなかった母親は大客が一段落した日、美咲が大好きな縁日に連れ出した。そいつが運の尽きでさ、母親は大売れの役者絵をおろしてもらってる版元にばったり出会うと商いも兼ねた世間話、気がついたら美咲がいなくなってたってわけさ。首を括ったってえのはこの母親でね、ちょいといい女だったもんだから、版元との仲まで世間に疑われて店まで畳むことになったのも、死にたくなった理由だろうね。次がおとよなんだがこいつは両親にも腹が立ったよ。まだ六つの娘が五日も帰ってこねえってえのに、迷子石を探すこともしねえ。訊きただしたら、父親が〃親分、あたしたちは明日も明後日もずっと舞台です。舞台に出てなきゃおまんまの食い上げです。探す時なんてありゃしません。おとよはおぎゃあと生まれた時からあたしたち旅芸人の娘ですよ、始終あちこちを動いてるんです。買い物には五つの頃から出してますから、迷子になってもきっと帰って来ます。帰ってこないのは帰る気がないんですよ。どこぞで幸せに暮らしてるかもしれません。いいんですよ、それで。芭蕉も言ってますよ、『月日は百代の過客にして、行き交ふ年もまた旅人也。舟の上に生涯をうかべ、馬の口とらへて老いをむかふるものは、日々旅にして旅を栖とす。古人も多く旅に死せるあり』ってね。人生は旅なんですよ〃とも言った。まあ、明日をもしれねえ浮き草稼業の旅芸人ともなりゃあ、仕様がねえのかもしんねえが恐れ入ったぜ」

「お加代ちゃんは？」

「これは応えたね。母親はお加代を生んですぐ死んじまって、父親がせっせと代書屋をしながら、男手だけで育ててきた掌中の珠のような娘だったんだろうから。父親は縁に恵まれるのもいいが、年齢のわりに読み書きがよくできる賢い娘なんで、縁がなければ手習いの女師匠にするつもりだって言ってた。お上が動いてくれねえとわかると、迷子石巡りにも疲れ果てて貯めた金を酒と博打に注ぎ込んだ挙句、さっき言ったような情けない死に方をした。二代前はれっきとした侍だったし学もあった男なのに、まるでどう仕様もねえ与太者みてえに恥をさらした。この男の無念と悔しさがずんと胸に響いたよ。せめて娘を拐かした奴がわかったらなあ――」

知らずと松次は涙ぐんでいた。

四

松次は掠れた声で先を続けた。

「そんな気の毒すぎる四年前と同じことがまた今年起きてる。まずはおりん。青物屋の両親に厳しく育てられたんだろう、親の仕事は手伝うは、貸本屋の手伝いで働くはでてえした働き者だ。もっとも本が大好きで片時も本を放したことがないそうだ。拐かされた時も貸本屋の手伝いで客筋を廻っていたんだとさ」

「その貸本屋は調べたのですか？」

「もちろん。これが五十歳を過ぎた爺さんでね、その年齢で本を担いで歩くのは骨が折れるんで、こづかいを貰うと通ってくるおりんに、得意先廻りを手伝ってくれたら本は読み放題、銭はとらないともちかけたんだそうだ。爺さんとおりんは商いの本を二つに分けて市中を廻ってた。昔気質の爺さんは本を読み放題にするだけではなく、毎日菓子が買える程度の駄賃を出した上、両親にも挨拶に行ったそうだ。このところ近くに大きな青物屋ができて商いが翳ってた両親は爺さんの律儀さに感謝してた。ところがある日おりんは貸本屋の仕事を終えた後、家に帰らなかった。いなくなってからそろそろ二十日になる。両親は貸本屋の手伝いを許したのを悔いている。爺さんが人買いの手引きをしたんじゃねえかと考えもしたが、爺さんはおりんの両親に合わす顔がないと言って本を売り払い、商いを止めちまった」

「両親の仕業だということは？」

「まあ、青物屋なんててえして儲からねえ商いだろうから暮らしはよくはなかったろうさ。本さえ買ってやってたら貸本屋の手伝いなんてしなかったろう、いなくなったりもしなかったはずだって両親とも口を揃えてた。俺はひょっとして下働き代わりに使うつもりで貰った養女じゃないかとも勘繰ったんだが、産婆に聞いて長年子のいなかった夫婦にやっと生まれたのがおりんだとわかった。近場の神社の神主や長屋の奴らがおりんの七つの祝いのことを覚えていた。神主に金子を渡した上、両親は〝ちょいと分不相応なんですけどね〟〝でもまあ女の子ですから〟なんて言いながら、古着とはいえ手毬と御所車が描かれた上等な友禅の晴れ着をおりんに着せて目を細めてたんだそうだ。おりんの両親は出来る限り精一杯娘を可愛がっていたんだと思う。両親は交替で日々迷子石に通っている」

「なるほど」

頷いた季蔵は暗に次を促していた。

「お光は大工の娘だ。大工は稼ぎが悪くないんでそこそこの長屋に両親と住んでた。若いってこともあって評判の仲のいい夫婦だよ。ただお光が母親の腹に宿ったから相手の男が女房にしたという事情はある。孤児だった母親は元仲居なんだ。そのせいで母親は父親の家、これが大工の頭領の家なんだが、そこととかく折り合いが悪かった。向こうの方で釣りあわないと決めつけた嫁を寄せ付けねえんだな。それもあって二人目の子を流産した母親はこのところふさぎこんでた。些細なことでお光に当たったこともあったそうだ。それで案じた父親はぱーっと気分晴らしになるだろうと一家で花火見物に繰り出した。花火見物で父親は母親と知り合ったからだ。もちろんお光も花火は大好きだった。とはいえ一家はこの何年か見物の桟敷が取れず遠くで見ていたんだそうだ。父親は銭を算段しただけではなく、無理をしてあちこちに頼み込んで桟敷を取ったんだと。けどこれが仇になった。父親と母親が上がる花火を見ながら思い出話に耽っている間にお光がいなくなっちまった。気がついた二人は花火が仕舞いになった後も探し続けたが見つからなかった。これが十日ほど前のことだ。母親はさらにふさぎこんで家から出られなくなり、迷子石には父親が一日置きに訪ねている」

「桟敷の傍にいた人が不審な奴がお光ちゃんを連れ去る様子を見てはいないのですか？」

「あんた、両国の花火見物だよ。老いも若きも男も女も皆、熱くなって歓声を上げて夏の華を見てる。花火見物の桟敷から子どもが一人いなくなっちまっても誰も気がつかねえ。気の毒だが両親が七歳の子を見張っていなかったのが悪いんだと奉行所は言ってる。たしかにそうかもしんねえが、迷子だと決めつけるのはどうかと思うね。けど見てたもんがいねえ以上、どうしようもないのさ」

松次はまたここで唇をへの字に結んだ。

「で、お奈津ちゃんは？」

季蔵は話を進めた。

「母子とは別に住んでるが父親はいる。薬種問屋佐竹屋の婿養子宗右衛門だ。家付き娘のお内儀お宇乃との間に血を分けた子はいない。母親のお芳は元は佐竹屋の女中だった。器量と気立てがいいのを見込まれて妾になってお奈津が生まれた。女の子なのでそう目くじらを立てることもねえんだが、お宇乃は当てつけのように親戚から跡取りにする男の子を養子に迎えた」

「だとしても佐竹屋さんほどの大店なら奉行所を動かすことができるはずでは？　体面だってございでしょうし」

奉行所が富裕な家の子の拐かしに限って調べるのは、ふんだんな付け届けが積まれるからであった。

「それがねえ」

松次は苦虫を嚙み潰したような顔になって後を続けた。

「佐竹屋には隠居の先代がいる。娘のお宇乃を宗右衛門と添わせたのはこの先代で、お宇乃が一目惚れした色男を差し置いて宗右衛門を婿にしたというのさ。その色男ってえのが結構な大店の三男で佐竹屋とは釣りあいがとれているにもかかわらずだ。そこまでして店を繁盛させるべく継いでもらった弱みなのか、さっぱり娘に頭が上がらねえ。宗右衛門には自由になる金に限りがあるそうだ。それ以上はお宇乃の許しが要ると先代が決めている。これでは宗右衛門は女房にも先代にも金繰りでは頭が上がらない。お芳とのことを知ったお宇乃は宗右衛門のこづかいを減らそうとしたが、これぱかりは見苦しいと先代が止めた。

そんなわけで宗右衛門はお芳の妾宅の家賃を払うのがやっとだと聞いている。お芳の方は本気で宗右衛門に惚れているんだろう、針仕事で何とか暮らしを立ててるそうだ。宗右衛門が妾を持つのは無理からねえと言う向きも多い。どうやら、宗右衛門とお宇乃は最初っからしっくりいってねえ夫婦のようだな。いくら宗右衛門が出来物でも元は小僧で成り上がったんだから。片やお宇乃ときたら乳母日傘だろう？　生まれ育ちが違いすぎるもんな。佐竹屋の先々への想いが過ぎたんだろう、先代も罪つくりなことをしたもんだ」

「だとしたらお芳さんは気が気ではないはずです」

「猫の額ほどの庭だからって安心してたんだろうな。反物を持って来た客と話をしている間に、いつの間にか庭に出て猫と遊んでいたはずのお奈津がいなくなった。つい五日前のことだよ」

「猫は飼い猫ですか？」

「いいや、そこらの野良の一匹だろう。お奈津はどんな猫でも餌付けしてたいそう可愛がってたそうだ。お芳も今のままでは二人目は到底つくれないんで、猫たちが一人っ子で友達のいない娘の寂しさを紛らわせてくれて有難いと思っていたんだとか——」

「誰かがわざと野良猫を庭に送り込んでお奈津ちゃんをおびき寄せたのでは？」

「あり得ねえって決めつけはできねえが、野良猫はそう簡単に人にはなつかねえもんだぜ。それと残ってたそいつは、やたらみゃあみゃあと切なげに鳴いて、もうそこにいなくなったお奈津を探してたそうだ」

「まさか――」

「ん、俺もそのまさかを疑ったさ。坊主憎けりゃ袈裟まで憎いってやつだろ。ちょいと調べてみたところ佐竹屋のお内儀お宇乃は養子と一緒に江の島へ行ってた。跡取りとはいえその子はまだ四歳。お奈津より一つ年下の可愛い盛りだ。江の島で本物の親子になった気分で水入らずを楽しんでいたんだと思う」

――そんな余裕があるのだったら、お奈津ちゃん探しを手伝ってくれてもよさそうなものだが――

知らずと季蔵は唇を尖らせていたのだろう。

「前のは三人が三人ともお上への付け届けとは無縁だ。今度は妾腹とはいえ佐竹屋の娘だから、出すものを出してもらえば、大がかりに探せるんだよな。そこから見えてくるもんがきっとある――」

察した松次は唇を噛んだ。

――だったらせめて――

季蔵は前回と今回を比べて気がついたことを整理してみた。

似ているところ
四年前の美咲と今回のお光の年齢が共に七歳。

四年前のお加代と今回のお奈津の年齢が共に五歳。

住まいはまちまち。

書かれたものを見ていた松次は、

「たしかに住まいはいろいろだったが、どの娘も末は小町かってぇ評判のそりゃあ器量好しで可愛い娘だったって皆が言っていた。俺は知らなかったが幼子観音なんて言われてたそうだ。物堅い代書屋だって着飾らせてお披露目したくて、娘の七つの祝いの支度はあれこれと考えてて、長屋のかみさん連中に相談してたってさ」

ふと思い出したように言い、季蔵は似ているところの末尾に〝幼子観音、将来小町候補〟と書き添えた。

五

似ていないところ

いなくなった三人のうち残る一人、四年前おとよは六歳、今回のおりんは十一歳、年齢が異なる。

「もしかしておりんちゃんは小柄な方だったのでは？」

季蔵が思わず問うと、

「おう、そうさ。背丈も伸びてなかった上に大きな目の童顔そのもの。小難しい本を七歳にもいかないような幼い子が読んでるって、瓦版屋が書こうとしたことがあったってえから馬鹿野郎っ、呆(あき)れるったらない」

おりんが小柄で七歳ぐらいにしか見えないことを書き加えながら、

「女の子の七つと六つは感じが違うと思いませんか？　うーん、何だろう？」

季蔵は知らずと首を傾げていた。

「そりゃあ、あんた、七つの節句さね。子どもは皆、七歳までは神の内って言っていつ病で死ぬかわかんねえってことになってるけど、女の子の七つはまた別だよ。よくぞここまで育ったってことだけじゃなしに、人形みてえに化粧して綺麗な着物を着せると、女の子から女になったってえ変わりようなんだよ。親たちもはっとするだろうけど当人たちもこれぞ女の醍醐(だいご)味(み)だって思うんじゃあねえのかい？　七つの祝いを境に皆妙に色っぽくなってくるんだよ。そうは言っても十歳を過ぎた娘たちほどは強気じゃない。まだまだなついてくれるし、可愛さの極みってとこだろうな。ここを過ぎると父親なんてうるさい爺(じじい)と思うようになるのか、あんまり話もしてくれなくなるし、そのうちに相手ができて嫁に行っちまう。寂しいもんだよ」

早くに女房に死に別れた松次は一人娘を育て上げたが、年頃になると市中を訪れていた川越(かわごえ)の布団屋と知り合い早々に縁づいてしまっていた。

「だとしたら六つの子が七つになるのを見ていたいという不埒(ふらち)な理由が、拐かしにつながってもおかしくはありませんね」

これを聞いた松次は、

「あんた、まさか——」

さっと緊張して絶句し、

「今回のおりんを拐かしたのは間違いだったと？　年齢を六つと間違って拐かしたのだと？」

田端がはじめて口を開いた。

「前のおとよちゃんが六つだったのには意味があるような気がするのです」

「間違えたとわかったらまた、前のように六つの子が拐かされるとでも？」

「あり得ないことではないと思います」

季蔵は不安を言葉にした。

松次はもう何皿目かわからないはげ団子を自棄になって食べ尽くすと、

「縁起でもないこと言ってくれるなよな」

入ってきた時と同じ膨れっ面で立ち上がった。

それから何日かが過ぎて、

「季蔵さん、季蔵さん」

季蔵は油障子を叩く音に眠りを妨げられた。目を覚ますとすでに家の中はほんのりと白い。

「お初にお目にかかります」

起き上がった季蔵が油障子を引くと小柄な若者が立っていた。無邪気が顔に出ているかのような童顔で年齢の頃は十四、五にしか見えない。

「てまえは高岡屋の手代で重七と申します。ひょんなことから松次親分の下っ引きを務めることに相成りました。どうか、お見知りおきを」

重七は見かけに似合わない重々しい挨拶をした。

「そうでしたか」

正直季蔵は不可解で思わず頭を傾げていた。

――なにゆえ手代が下っ引きになるのだろう？――

「ひょんなことと申しますのは去年松次親分の下っ引きさんが辞めた後、後の人がずっといなくてご不自由なさってたのです。見かねた高岡屋の若旦那様が次が見つかるまでお手伝いするようにとおっしゃって。実はてまえ、食い意地が人並み以上で季蔵さんのご活躍に目が離せないでいたのです」

――目が離せない？――

季蔵はぎくりとした。季蔵もまた先代同様隠れ者として北町奉行烏谷椋十郎に仕えている。塩梅屋の主の裏の顔は決して誰にも知られてはならないのだ。

重七は続けた。

「瓦版に時折、塩梅屋さんところの安くて易しくて旨い料理の作り方が取り上げられてるでしょう? 瓦版を買うとそれが載っているか、いの一番に確かめるんです。ですからこうしてお目にかかれて感激です」

——目が離せないとはそういうことだったのか——

季蔵はひとまず安堵したが、

「とはいえ、どうしてここがわかったのですか?」

季蔵はまだ相手に用心を解いていなかった。

「そうでした、そうでした。松次親分からの言伝がありました。昨日、呉服商京谷屋絹次郎が得意客を招いた会を店の者と家族皆で船上で開いたのですが、その船から絹次郎の娘がいなくなりました。年齢は六つ。そういえばわかると松次親分はおっしゃっていました。また、夜通しの探索だったと——」

重七の言葉に、

「それでは支度をします」

季蔵は手早く身形を整えて、

「店で待っていると親分に伝えてください」

重七に告げると塩梅屋へと急いだ。

すぐに米を研いで竈で炊く。味噌汁の具にはワカメを水で戻した。目刺しは買い置いたものがある。

半刻(約一時間)ほどして松次が訪れた。重七を従えている。田端の姿がないのは朝餉を調えて帰りを待つ、元娘岡っ引きの妻と可愛い盛りの我が子がいるからであった。

「あいつはねえのかい？」

まず松次は座敷に調えられている朝餉膳を見た。

「ございます」

季蔵は急ぎじゃこ梅を小鉢に盛りつけて二人の膳に加えた。じゃこ梅はちりめんじゃこを胡麻油で炒め、酒、醤油、味醂で煮、途中で粗く叩いた梅干しを加えて絡めるように仕上げた一種の佃煮である。松次はこの濃厚な甘辛味が好きだった。

早速これを一膳目の飯の上に載せて松次は掻き込んだ。重七も倣う。二膳目は焼いた目刺しとワカメの味噌汁を交互に口に運ぶ。重七も同様に平らげて箸を止めると、

「若い奴はもうちっと食わねえと、ろくなお役目しか果たせねえぞ。底なしに食えるのが若さなんだから」

松次が叱りつけ、

「すみません」

重七は空の飯茶碗を季蔵に差し出した。

「ああ、やっと人心地ついたぜ」

「御馳走様でした」

二人は共にほうじ茶を啜る。

そこで季蔵は切り出した。

「呉服商京谷屋絹次郎の娘さんがいなくなったそうですね」

「ん」

頷いた松次は、

「名は絹代（きぬよ）、六歳だ」

「それで——」

「ああ、俺はあんたや田端の旦那が考えてたことが引っ掛かってる。けど奉行所ときたら市中の船頭に命じて明け方までむやみやたらに大川（おおかわ）を探させた。絹代は船から落ちたに違いないってね。俺や旦那も呼び出されて手伝わされた。落ちちまったとしたらとっくに溺れ死んでるだろうよ。それを〝探せ、助けろ〟と言うんだから、くそ馬鹿馬鹿しいったらないっ。おおかた娘探しのために大枚を差し出す京谷屋へのおもねりなんだろうが。ただまだ子どもの土佐衛門（どざえもん）は見つかってねえ、拐かされたとしたら生きてる。子どもが死ぬのはたまんねえ。そんな俺の勝手な想いが拐かしなんてのを思いつかせたんだろうかね？子どもはやっぱ川に沈んじまってるのか——」

松次は悲痛な表情になった。

「うろうろ舟等は調べましたか？」

うろうろ舟はいわば川の上での大人の縁日であった。川開きを終え富裕層たちが豪華な涼み船を仕立てる今頃は、その涼み船を取り巻くように食べ物や、余興をする芸人や色を売る女たちが売り買いされる。芸人やその手の女たちは屋形船にひょいと乗り移り、終わると待っていた自分のうろうろ舟に戻る。

「そいつは俺も考えた。京谷屋の涼み船に集まったうろうろ舟を残らず調べるべきだって田端の旦那も言ってた。けど口には出せなかった。何せ今月の仕切りは南町奉行所だから。俺たちは南町の京谷屋へのおもねりのために付き合わされたにすぎねえんだから。あーあ、なんだかねえ――。これが北町のお奉行様だったらねえ――、それが運の悪いことに前からずーっと違うんだから、ったくついてねえったらない」

そこで松次は深々とため息をついた。

「前からずーっと違うというのはどういうことなのでしょう？」

季蔵は訊かずにはいられなかった。

六

「そりゃあ、前の美咲やおとよ、お加代の時から、今回のおりん、お光、お奈津、絹代までのことさね」

「四年前から神隠しに遭った女の子たちはこの七人だけではないでしょう？」

「ん。だが、どういうわけか、この七人に限っちゃ、どれもいなくなったのは南町が月番の時なんだよ。神隠しは月が変わればこっちも調べられるわけだけど、いなくなった時にすぐに動かないとこれといった証は摑めやしねえもんさ。俺たちゃ、今回みてえに南町に好きなようにこき使われるだけだ」

――女の子たちの神隠しは南町が月番の時に起き続けているのか――

季蔵はふと以前起きた南町奉行とその奥方の不祥事に思い当たった。典雅な暮らしを好む余り、つい賄賂絡みで悪事に加担した気性の激しい奥方を夫の奉行が見て見ぬふりを続けていた失態であった。詮議が及ぶとわかった二人は果て、この大がつくほどの不祥事は疫病による急死と届けられて終結していた。

――あれは京風を好んだ南町奉行と奥方がまだ罪を犯していると知られず、素知らぬ顔で差配していた頃だった。あの人たちの罪過にまだ積み残しがあるというのだろうか？

――

「南町じゃ、奉行がまた変わった。奉行になってたった一年だぜ。病だってえ話だけどちょいと早すぎやしねえかい？　やりにくいったらない」

松次がぼやいた。

「よほどの事情でもあるのでしょうか？」

季蔵は重七に訊いた。高級寿司屋の高岡屋なら南町奉行等や役人たちが出入りしているはずであった。手代であった重七なら何か小耳に挟んでいるかもしれない。

「よほどの事情ですって？」

重七は当惑顔になって、

「当分――店の仕事はいいから――こっちでお役に立つようにって――、てまえは――若旦那様から言われているだけで――」

しどろもどろで応えた。そして、

「こっちで役に立ちたいなら、せめて出入りしてる南町の奴らのことを話したって罰は当たらねえんじゃねえかい？」

松次に突っ込まれると、

「ええ、でも、お店はお店、こちらはこちらですから」

意外に頑なでもあった。

――今まで気がつかなかったが、どうして高岡屋さんの若旦那健斗さんは重七さんをわざわざ下っ引きにしたのだろう？　この様子ではさして捕り物に向いているとは思えないし、頑ななのは何か重大な役目でもあって、こちらを探ろうとしているのか？――

季蔵は重七だけではなく健斗まで不可解に思われた。

――こいつは妙だな――

松次の目が警戒している。

――大丈夫ですか？――

季蔵は目で返した。

「ま、こちとらいつも人手が足りなくて困ってる。あんたも猫の手よりゃ多少ましだろうよ」

松次は重七に向かって大笑いしたがその目は季蔵に向けて、

――油断はできねえ――

常になく冷ややかに告げていた。

それからまた何日か過ぎて北町奉行烏谷椋十郎が塩梅屋を訪れた。事前に文を寄越して訪れを告げておいて、暮れ六ツ（午後六時頃）の鐘と共にのしのしと巨体を揺らして店に入ってくる。

――これだな――

このところ季蔵は安堵の気持ちで相手を迎えていた。市中に蔓延して相当数の死者を出した流行風邪禍の折はこうは行かなかった。もはや誰もが常を生きることができなくなっていた。烏谷は朝早くから夜遅くまで市中のみならず、市外にまで出向いて、流行風邪禍対策のために奔走していた。塩梅屋は通常の商いを止めて、流行風邪禍に苦しむ患者たちや家族のために持ち帰りの粥や丼物を絶やさなかった。烏谷は腹を満たしたくなると予告なしで立ち寄り、粥や丼物を立ち食いしていたものだった。

――当たり前の日常がやっと戻りつつあるのだ――

「今日は本当に暑い。はて、こんな日は何を食べさせてくれるのかな」

大食漢にして食通の烏谷の言葉もなつかしかった。粥や丼物を食すために立ち寄る烏谷は、無言のことが多かったからである。

「まずはこれを。瓶に口をつけてお飲みになってみてください」

季蔵は密かにおき玖水と呼んでいる松葉水を供した。

松葉水は松葉と砂糖水、蓋付きのギヤマン瓶で拵える。まず枝から外した松葉をギヤマン瓶の六、七分まで詰める。そして湯を沸騰させて砂糖を入れ、人肌にさましてからそこに注ぐ。きっちりと蓋をして日の当たらない場所に二、三日置いて仕上げる。松葉水の醍醐味は蓋をゆるめた時のしゅわっと泡が立つ感じと松葉ならではの風味である。おき玖が嫁す前、梅雨の間にこれを作ろうと何度も試みて叶わなかった。どうにもしゅわっと来ない。理由は梅雨の間は妙に冷える日もあり、今ではこのしゅわっの泡を出すためには、気温が安定している盛夏の納戸の中が最適だとわかっている。おき玖にこのことを告げると、ある日、〝物は試しにと松葉の代わりに人参でやってみたのよ、うちの子、人参嫌いだから何とかあの滋養を摂らせたくて。そしたらしゅわっしゅわって凄い泡、松葉なんてもんじゃない。うちの子、しゅわっ、しゅわって言いながら夢中で飲んでくれる。おかげで夏場は病に罹りにくくなるって言われてる人参を沢山摂らせることができるわ〟と喜ばれた。

ギヤマン瓶の蓋をとって、

「ほーお」

泡の立つ様子に見入ってから瓶を傾けた烏谷は、

「松葉の涼やかな香りは好みだがこのしゅわっというのがもっと欲しい」

案の定、さらにしゅわっを所望した。そこで季蔵がおき玖から聞いた話をすると、

「おき玖の子でなくてよかったわ」

大真面目に言った。頑として烏谷は生人参を好まない。

「話を聞いただけでおき玖の子になった気分だぞ」

珍しくもうこれ以上はなさそうな苦い顔で告げた。そこで季蔵は、

「塩梅屋特製の醬油でマグロの刺身を召し上がっていただきます」

救いの一手を差し伸べた。

「それは楽しみだ」

身を乗り出した烏谷は俄然元気を取り戻していた。烏谷は珍しく大のマグロ好きであった。

市中で一番人気にして高額な魚は鯛であり、アジやイワシは下魚と称されてはいたが親しまれている。片やマグロは犬も食べないと言われて肥料にされるか、捨て置かれることが多い。初鰹に代表されるように江戸市中の魚料理の人気は刺身であった。まずは刺身で食べて旨いかどうかが問われる。

「刺身は付け次第よな」

烏谷は持ち前の大きな目を線にして無邪気に笑った。

付け次第というのは何に浸して食べるかという意味である。大人気の鯛等の白身魚はあっさりと煎り酒で食する。煎り酒はその昔、醬油が工夫されていなかった頃の名残りであったが、白身魚の刺身の繊細な風味を損なわない唯一無二の付けとされている。一方、アジやイワシや、鰹、サバといった脂の多い青魚は脂に負けない強さがある醬油に限るのだ。

「醬油もぴんきりだ。野田がいいとも限らんぞ」

まだ笑っているがもう目は線ではない。知らずとぎろりとした抜き身のような光を放っている。

「瓦版屋が食いっぱぐれないのは人がとかくただただ風潮や評判に流されて自分の目や耳で直に見聞せぬからだ。野田の醤油を有難がるのと同じだ」

とも言い放った。

「マグロは赤身に中程度に脂のあるところ（中トロ）、白っぽく見えるほどの脂の箇所（大トロ）をご用意いたしました」

季蔵は長皿にマグロの身三種を盛りつけ、三吉が醤油水と称した自家製醤油を小皿に移して添えた。

「おっ、澄んでいる。並みの醤油ではない証だ。正真正銘、貴重な生醤油ではないか？」

歓喜の声を上げた烏谷はすでに箸を手にしかけたが、

「これに合うのは冷や酒だが、うんと井戸で冷やしたものがいい」

注文の方を優先させた。

「ございます」

今時分の塩梅屋では常時、井戸で酒を冷やしてある。

この後、烏谷は冷や酒といえど田端のように呷らずにちびちびと舐めるように呑みつつ、マグロの身三種に生醤油を付けてゆっくりと食し始めた。

その間に季蔵は七輪に火を熾し、干し胡瓜料理二種と干し精進揚げの準備にかかった。

「気をつけなければならない年齢だというのに、旦那様はあまり青物を好まれないので困ります。何とかそちらでもお願いします」

常から内妻のお涼に頼まれている季蔵は努めて烏谷に青物を食べさせようとしていた。その工夫の一つが青物の干物なのであった。

七

「刺身の美味さは付ける醤油の量にもよるから何とも奥が深い。特に脂の乗りで三種に分かれるマグロともなればなおさら面白い。赤身には僅か、中くらいの脂のところにはそこそこ、たっぷり脂乗りしている切れはどっぷりと醤油にひたして食らう。それと、たしかにこの塩梅屋製の仕込み醤油の風味、柔らかにしてキレがあって凄い。今まで大して気にならなかった野田の醤油がどんよりした味だったのだとわかったぞ。季蔵、でかした。しかし、こんなに食い物の奥に分け入って、心身が心地よく満たされる一時が過ごせるようになったとはな――」

塩梅屋の醤油とマグロの刺身の相性を愛でる烏谷の言葉は季蔵にとって感無量であった。

「お褒めのお言葉ありがとうございます」

思わず季蔵も胸の辺りから熱いものがこみあげてきた。手は休めずに干した青物の下拵えを続けていく。

夏場の青物の干物は冬場の切り干し大根のように保存が目的なのではない。生とは異なる食味や旨味を得るために日差しに当てる。すると水気が減って味が凝縮し、甘みや旨味が出てくる。冬場のように時をかけてじっくり完全に乾かすのではなく、長くても半日干して半生に仕上げる。半生の青物は水や油が染み込みやすく、少ない調味料でもしっかりと味がつく。揚げ物にしても水気が少ないおかげで油がはねにくく、煮物では煮くずれしにくい。

干し胡瓜料理二種は干す前にぶつ切りと縦半分切りにする。ぶつ切りは三刻（約六時間）以内、縦半分の方は六刻（約十二時間）以内で干し上げる。皮の表面にしわが寄り、手で折り曲げられるようになるのが目安である。この状態になると青臭さがなくなり、薄く切るとシャキシャキ、厚く切るとコリコリといった独自な食味になる。

縦半分の方は薄く切ってさっと胡麻油で炒めて香ばしい焼き目をつけ、しらすと柑橘類の汁と醤油をかける。ぶつ切りはじっくり焼き上げると弾力とコクが出る。ぱらりと塩を振りかけて供した。

干し胡瓜の炒めと焼きの両方を味わった烏谷は、

「胡瓜といえば漬物か酢の物かと思っていたのがすっかり開眼させられた。これはまたまた面白い。炒めの方は幾らでも飯が食えそうだ。ぶつ切りの焼きは塩でも醤油でもそう悪くはないが、牛酪（バター）に最も合うように思う」

残念そうに言った。

「そうおっしゃると思いまして、五平さんのところの氷室にたくわえてあった牛酪を少し分けていただきました」

季蔵は続けて焼き上げたぶつ切りの胡瓜に牛酪をたっぷりと載せた。

「何という幸せっ」

烏谷は飛びつかんばかりに箸を取った。

干し精進揚げは胡瓜と茄子(なす)、南瓜(かぼちゃ)の三種である。茄子は縦半分に切って六刻以内、南瓜はくし形切りで六刻以内で干しあげる。縦半分に切って干した胡瓜は半月切り、茄子は乱切り、南瓜はくし形切りのまま小麦粉、水、塩、昆布粉適量、ウコン(ターメリック)の揚げ衣に浸して揚げる。

「何とも変わった味だがクセになりそうだ」

烏谷は干し精進揚げを盛りつけた皿が空になるまで箸を止めなかった。

「これだけか――」

大食漢ぶりはまだ健在であった。

「そうおっしゃるだろうと思いまして、後二種ほどお作りいたします」

季蔵は干し南瓜と干し茄子を使った料理を拵えた。

烏谷は嗜好(しこう)をはっきり口にする性質(たち)だが、

「まあ、ちょっとあれはな」

口籠(くちご)もる食材があった。

「奉行が女子どもと同じは締まらない」

烏谷が秘している大好物は唐芋（からいも）と南瓜であった。

「お好きなものをたっぷり召し上がれます」

季蔵が拵えたのは南瓜の肉桂（にっけい）（シナモン）焼きであった。これに使う干し南瓜は蒸して干したくし形切りのものである。くし形に切ってから串（くし）が通るまで蒸し上げ、これを一日か二日干す。この蒸し干し南瓜を広めで浅い鍋に牛酪を溶かして炒める。南瓜がなかなか柔らかくならない場合は水を加えて蒸し焼きにする。仕上げに肉桂を振る。砂糖は全く使わないが充分甘い味に仕上がるのが、干し南瓜の醍醐味であった。

「これは男の南瓜焼きよな」

烏谷は笑み崩れた。

「最後はお口直しをと――」

季蔵は茄子の漬物風に取り掛かった。これは縦割りにして干した茄子を薄切りにして平たい鍋に酒と水を張って蒸し焼きにする。火が通って柔らかくなったところで醤油と輪切りの唐辛子少々を加える。盛りつけて食する時に酢をかける。

「糠漬けの茄子は飯に合うがこれは酒に合う。止まらなくなった」

烏谷は上機嫌で冷や酒の入った湯呑を季蔵に差し出した。

「何か、お話があったのではございませんか？」

季蔵は先を促した。流行風邪禍の一時、腹ごしらえに訪れていた時を除いて烏谷が塩梅屋へと足を運ぶのは用向きあってのことなのだ。

料理を堪能した後の季蔵は北町奉行烏谷椋十郎にとって料理人ではなく隠れ者なのである。

「どうせ田端たちから何か聞いておろうが――」

烏谷はぎょろりと大きな目を瞠って見せた。

「いいえ、何も――」

すぐに京谷屋の娘絹代の一件だとわかったが惚けた。田端たちに推量を当てにされていて、気がつくと事件に季蔵が踏み込んでしまっているのを烏谷は大目に見ているにすぎない。本来季蔵は料理人として接する相手と事件のことで気脈など通じてはならないのだ。隠れ者の正体の発覚につながりかねないからであった。

「あの者たちがそちに愚痴を洩らさぬはずはないぞ」

烏谷はやや苛立った。

「四年前の一件、女の子たちに続いた神隠しの話は聞きましたが」

季蔵は一応躱した。

「四年前の話だけか？」

烏谷は鋭く追及した。

「他にもあるのですか？」

季蔵は切り返した。

「負けた」

烏谷は怒鳴って、

「おおかたどうせ知ってはおろうが――」

憤然とした面持ちでこの夏起きている神隠しと京谷屋の娘の一件をつぶさに話した。

――さすがお奉行だ――

烏谷は季蔵が導き出した応えをすでに見極めていた。

「南町の連中は間違って川に落ちたとして、さんざん川浚(かわざら)いをしたが骸(むくろ)はまだ見つかっていない。わしは新しい南町奉行から〝京谷屋の主にどのように話したものか？〟と馬鹿な相談を受けた。大枚を受け取って探した挙句、肝心の骸が見つからなかったでは済まぬと忖度(そんたく)してのことだろう。くだらなすぎてわしはまだ返しの文は出していない。そもそもわしは首がすげ替わった南町奉行の指南役などではないからな」

烏谷は吐き出すように言った。

「それにしても南町ではあれから一年もせずにまた、お奉行様が変わったのには驚きました。やはりあの一件、お奉行様夫婦の顚末(てんまつ)と関(かか)わってのことでしょうか？」

季蔵の言葉に、

「まあ、そうだろう。あの夫婦や不正に絡んだ連中はいなくなっても、いつまた同じようなことが起きないとも限らない。公儀としてはあの一件は苦く重く、二度とあの手の大不祥事を再び起こすまいと懸命なのだろう。その結果、権力は腐りやすいと見做(みな)して長く奉行職を務めさせない方針にしたのだな。あえて少々年嵩(としかさ)のお方を選んで奉行職に据えている。病気療養という口実で短期で下ろすことができるからだ。そうなるともう奉行はいないのも同然、市中のことなどろくに知らない幕府のご重職方の杓子定規な決定だけがまかり通る。金品を出せという脅しがなければ拐かしは無かったこととされ、神隠しは調べに及ばずとなる。それでいて金を出す向きに対しては派手に大袈裟に調べてみせる。これは事なかれ主義の腐った悪政そのものだ」

烏谷は憤懣やる方なかった。そしてさらに言い募った。

「それと今事件ではないが、市中を揺るがしているのは流行風邪禍の後、食べ物商いが変わりつつあることだ。流行風邪禍で痛手を被った食べ物屋を何とか立ち直らせたのは高岡屋と大房屋の両雄だとされている。両店は富裕層相手で得た自分たちの財をその日の暮らしにも困っている小商いの食べ物屋、屋台の寿司屋や天麩羅屋、蕎麦屋等に低利で貸し出したのだ。ここまでは美談に近いのだがすでに両店は覇権を争っている。借りた金が返せない者たちの店や、例えば天麩羅の屋台なら人通りのある川辺等の権利を互いにいち早く一軒でも多く買い占めようとしているのだ。店の権利の売買はお上の定めに添っているが――。ご重職たちに挨拶はしている。公儀も流行風邪禍の折、費やした金子は相当に上るので止むを得ぬことではあろう。しかしこの後始末で食うや食わずの者たちがどっと増える。こんな時に神隠しや拐かしの源である、人買いを見逃す事なかれ主義の政などくそくらえではないか？」

烏谷は知らずと両の拳を固めていた。

第三話　氷室菓子

一

　八朔（八月一日）の頃であった。この日は権現家康が江戸に入府した日とされ、現将軍はもとより大名諸侯が白帷子に長袴で御目見の儀式が催される。幕府公認の遊郭である吉原ではこれを真似て八朔を祝う風習があり、この日の遊女は皆白無垢姿であった。季蔵はこの日に限って江戸の五白料理を供した。八朔料理については先代長次郎が以下のように書きおいてある。

　八朔には白い装束での祝いが行われるが、塩梅屋でも白い菜を供している。とかく人は白を好む。三白と呼ばれているのはこの江戸市中ならではの白い食材で白米、豆腐、大根である。どれも一年を通して出回り、何も八朔に限ったものではないが、手に入りやすい材料と言える。これに鯛と白身魚の二つを加え江戸五白膳とする。ただし、材料は決めるが料理までは決めずにその年その年の閃きで拵えることにしている。できれば簡素ではあっても、八朔の厳粛な儀式に沿ったもの、白い材料の白さが際立つ料理としたいものである。

今年は殊の外、暑い。それで季蔵は、今年の江戸五白膳は仕上がりの白さで涼やかさを際立たせようと決めた。以下のような料理になった。

はんぺん豆腐
白百合餅
大根の冷やし豆乳汁
鯛の変わり昆布締め
アナゴの白焼き

はんぺん豆腐は水気を切った木綿豆腐にすりおろした長芋をつなぎに加え、塩で調味、よく当たり、大匙二杯程度を紙でしっかりと包む。沸騰させた湯に入れて、浮き上がってきたら出来上がり。湯から引き上げて冷まして紙を外す。椀に盛りつけ葛でとろみをつけた澄まし汁をかける。

「凄いっ、これって真っ白白だね。本物のはんぺんはこんなに白くなくて、鼠色だからこっちのがずっと綺麗っ」

三吉も白が大好きな江戸人の一人であった。

白百合餅はほぼ道明寺桜餅の要領で拵える。もち米と砂糖を混ぜて炊く。その間に三吉が一足早く作り置いた小豆餡を丸めていく。春に摘んで塩漬けしておいたよもぎの葉は水に浸して塩抜きした後、水洗いして丁寧に布巾で水分を拭き取っておく。もち米が炊き上がったら、手を水で濡らし、一つ分のもち米を手に取る。数回捏ねるように握りつつ円形に広げて餡をのせて包む。

「あっちちぃっ、こいつ、もち米、掌にくっついちまうよお」

三吉が火傷しかけて泣き声になった。

「べたついたら手を水で濡らせ。そして素早くもち米を伸ばすんだ」

季蔵は水で濡らした掌の上にもち米を取ると、一、二度振るように握って広げて丸めた小豆餡を綺麗に包み込んだ。

すると三吉は、

「こういうのどうかな？」

濡らした紙にもち米をのせてへらで伸ばし、小豆餡を包んで下敷きの紙を恐る恐る外した。

「これでできるぅっ」

「なるほどな。だがよもぎの葉で包む時には道明寺桜餅のように長丸の形にしてくれよ」

「この姿たしかに道明寺桜餅ならぬ白百合餅だよね」

三吉は見惚れた。

「次は大根の冷やし豆乳汁？　夏大根も豆乳も白いってことっきゃ、見当がつかないよ」

「夏大根は辛いだろう？　蕎麦の薬味のようにあえて辛みを味わうのには生でいいが、和え物などには向かないから汁にしようと思う。まず、夏大根と葱は火の通りやすいように切って水少量で柔らかくなるまで煮る。これを冷まして豆乳を加え白味噌で少し濃い目に調味。後で豆乳を足して風味を出すから濃い目でいい。調味が塩だけでいいのは多少残っている辛みがいい味付けになるからだ。これを漉し器で完全に滑らかにする。ここにまた豆乳を加えて好みの濃さにする。井戸でよく冷やし小口切りの葱をのせて供する」

そう季蔵は説明してすでに井戸で冷やしてあった大根の冷やし豆乳汁を三吉に勧めた。

「さっぱりしてるのに滋養が身体全体に行きわたるみたい。白味噌のせいでちょっと黄色っぽくなっちゃってるけど、ここまで滋味豊かって感じだとかえって許せる。これが真っ白だったら白酒みたいだもんね」

三吉は意外に奥深い感想を洩らした。

鯛の変わり昆布締めは、固く絞った布巾でさっと表面を拭いて湿らせた昆布の上に、切り身を並べ、乾燥させた柚子の皮をぱらぱらと載せてから昆布で挟み、井戸で半日以上置いて仕上げる。鯛の身が透明になるまでが目安である。供する時、柚子の皮は取り除く。

「柚子ってさ、秋口に実が生るのにあの香りは夏にいいよね。すっとする薄荷とは違う、気持ちが浮き立つさわやかさだもん、柚子って。おいら大好き。このままじゃ駄目？」

三吉は名残惜しそうに鯛の昆布締めの上に散っている黄色を見ている。

「一見は白い鯛の昆布締めだが、味わうと仄かに口に広がる。柚子の皮が載っていては食す前にわかってしまってつまらない」

季蔵は仕掛けの妙を告げた。

色に拘るとなると江戸五白膳の最後はやはりアナゴの白焼きであった。

「アナゴは焼くとアナゴ丼用に甘辛味で味付けさえしなければ白いままだ。だからアナゴ焼きの肝は白さではなく、いかにふっくらと焼き上げるかにかかっている」

季蔵はアナゴの白焼きに取り掛かった。開いたアナゴを半分の長さに切って串を打つ。鍋に水、酒を入れ、串打ちアナゴを六百数える間、煮る。それを取り出し蒸籠に移して九百数える間、蒸す。蒸したアナゴに塩を振り、七輪に網を載せて焼き、焦げ目を付ける。

「焦げ目は付きすぎると白さが際立たなくなるから、皮側から焼いて白い身の方はうっすら焦げ目がつくよう、さっと炙るだけでいい」

こうしてできあがったアナゴの白焼きは長皿に盛りつけられた。薬味には夏大根と唐辛子で作られる紅葉おろしと山葵を添えた。

そして八朔の日が来た。

「毎年こいつばかりは今日一日しか食えねえもんだからね。おっ、今年の八朔膳は眼福だねえ。いい女揃いだもの。何てったって、色白は七難隠すんだから」

この日の一番乗りは履物屋の隠居喜平であった。

「何言ってんだよ、相変わらずの助平爺が――」

飛び込むように入ってきた大工の辰吉は喜平の歓声を聞いていた。

「まあまあ、そのくらいにしときましょうよ」

指物師の勝二は辰吉と一緒だった。ほぼ毎日だった以前ほどではないが、この三人は塩梅屋の常連である。

「色白のいい女の八朔膳は皆で楽しませてもらいましょう。今夜あたり、白無垢で花魁道中をする遊女もいるという吉原の夢が見られるかもしれません」

如才なく言い、微笑んだ。喜平と辰吉は時に酒が入ると互いに罵り合い、殴り合いになりかねない悪癖があった。といってもそれは指物師の娘婿の勝二が飲み仲間から外れる前のことだった。義父の親方に死なれて以来、勝二は指物師の腕一本で妻子を養わなければならず、腕が追いつかずに暮らし向きが傾いて結構な間、塩梅屋を訪れなかった。その間、喜平と辰吉は以前のような言い合いはしていない。流行風邪禍の時は言うまでもなく互いに案じ合ってさえいた。ようは喜平と辰吉の喧嘩は、若いが温厚な勝二の仲裁を期しての他愛のないじゃれあいなのだった。とはいえ、自分がいない時の二人の様子を知らない勝二は、たゆまぬ精進が報いられて、こうして時々加われるようになった今でも二人の会話の行先に注意を怠らない。

「たしかにいい女だの八朔膳だのの話をするのは今時分、ちょいと贅沢すぎるかもしれんな」

喜平はやや沈んだ口調になった。

「景気が悪いからね。このところ、家や店の建て替えがほとんどねえんだ。やれ、棚を作れとか、家の中に手を入れてくれってえ注文もがくっと減った。大工は雨漏りがある限り、何とか飯は食っていけると相場が決まってるんだが、これの直しまでも前ほどの数じゃねえのさ。小雨は耐えられるだろうからって、大家が渋って雨漏りを直さないっていう長屋の話をわりと聞く。それでも俺んとこは仕事があるだけいいんだけどね、ったく酷いねえ」

辰吉はぐいと自棄気味に盃を傾けた。

「うちは倅が下駄や草履を新しくする客が減ったとぼやいてた。前は履物の緒が切れるとうちに直しに来てくれる客も結構いたんだ。緒の色を換えたいなんていう洒落者は着物や袋物、煙管入れなんかに合わせて新しいのも買ってくれる上客だった。その手合いが減った、減った。仕方がないからって、わしが昔の馴染みに口を利いて倅は吉原や岡場所まで注文取りに行ってる。昔取った杵柄が役に立ったんだが、嫁は嫌だろうねえ。ますますわしへの風当たりが強くなった」

喜平はしょんぼりと肩を落とした。

季蔵が困惑気味に耳を傾けている勝二の方を見た。

「今や指物師は熾烈な生き残り競争です。嫁入りに豪華な取っ手の付いた桐箪笥を持たせる家が減りましたから。以前は腕さえ磨けば評判が伝わって仕事がありました。ところが今や指物は買い手市場です。腕のいいのは当たり前、喜平さんの息子さん同様、新しいお客さんを伝手を辿って探す日々です。仕事が増えた時、多少思い上がって、止めようかと思った箸や房楊枝作りを、先に何があるかわからないという女房の忠告で続けていてよかったと心から思っています。本当によかった、こうして八朔膳で皆さんとご一緒できるんですから――」

勝二は知らずとうんと大きく一つ頷きつつ、目を潤ませていた。

二

「たしかにここに来られるわしたちはまだましな方だ。お天道様に感謝しなければな。特にどん底にいるのは屋台の食べ物商いだよ。借りた借金で首が回らなくなって娘を売ったり、一家心中したりしている。生まれ在所があっても、戻ったところで村じゃ、屋台の食べ物商いなんて無い。慣れない野良仕事で身体を壊すか、このところ多い凶作に遭って飢え死にしちまうかだよ。何とかしてやりたいと思うんだが、こっちもやっとやっとの青吐息なんでできない。つくづく長生きは因果なもんだと思う。見なくていいものを見なきゃならないのだから」

喜平は大きなため息をついた。

「そうだな。やりきれねえことが多い。女房のおちえの食が珍しく進まず涙ぐんでる。どうしたんだと訊いたら、このところ米や醤油、味噌を貸さないことにしたという。長屋には米や醤油、味噌にも事欠く奴もいて返すことなんて考えずに借りに来る。それが毎日。借りに来るのは主が食べ物の屋台を引いてたとこのかみさんや子どもばかりだ。前はこっちが残り物の天麩羅やすしを振る舞ってもらってたとこだとさ。だからおちえも義理を通して何とかここ半年は都合してたんだそうだけど、俺の稼業だってぼつぼつになってきてるんだから、そうそうもう義理は通せないってことに。ああ見えておちえは情に厚いんで応えてたよ」

辰吉の目も潤んだ。

「わたしのところの先代親方は、たいそうなお武家様にご贔屓にしていただいていました。代々、指物のみならず骨董全般に目利きのたいしたお方だと親方から聞いていました。わたしの代になってからはお見限りでしたので、そのお方からお声がかかった時は胸が弾みました。出向いてみると、古めかしい蔵の奥に先祖代々伝えられてきたという指物がありました。たとえば源氏物語五十四帖を描いた五十四もの小引き出しのようなものです。これらを欲しいという骨董屋が二軒あるから、ついては寸分たがわず模して作るよう頼まれたのです。一軒は上方とのことでした。手間賃は高く多少迷いましたがお断りしました。他言はしないともお約束しました。模すように言われたのは先ほど口にした源氏物語の小引き出しではありません。どこの誰とも生涯口にいたしません。ようは一見、流行風邪禍後の不景気など、どこ吹く風に見せている高楊枝遣いの皆様も、本物のみならず贋作までも売らなければならないほど窮しているのだということを知ったのです。ちなみに蔵にあった米俵や油壺は数えるほどでした。お武家は庭や屋敷の体裁を調えることが第一ですので、たいそう高禄のお家のお殿様さえも日々の膳に窮しておられます」

勝二は切なそうに目を伏せた。

——流行風邪禍の爪痕がこれほど酷いものだったとは——

季蔵も胸が詰まった。

その季蔵が明け方近くに起こされたのはそれから数日後のことであった。

「季蔵さん、季蔵さん」

またしても訪れたのは松次の下っ引きの重七であった。

「松次親分が芝口でお呼びです」

「何か？」

「てまえはおいでいただくよう命じられただけですので」

「わかりました」

季蔵は手早く身支度して重七と共に芝口へと向かった。ふと思いついて、

「市中の食べ物商いの末端、すし屋や天麩羅、蕎麦屋等の屋台は困窮しています。高岡屋の健斗さんがあなたにお上の僕を兼ねさせたのは理由あってのことですか？」

訊いてみたくなった。

「さて——」

重七は困惑この上ない表情ながら、

「お武家様はお役目とお家の存続が第一で平らかに暮らされていても、商人（あきんど）はそうはいかないのだと旦那（だんな）様はいつもおっしゃっておられます。商いはいつの世でも闘いでございましょう？」

　やや長く応（こた）えた。

「あなたがそのように言うのなら若旦那の健斗さんも旦那様同様、大房屋（おおふさや）さんとの合戦に賛成なのですね」

　季蔵が念を押すと、

「てまえなぞの知ることではございません」

　最後には紋切型の逃げ口上を口にした。

　二人は芝口へと近づいていた。夏は夜が明けるとほどなく暑くなる。抜けるような夏空から眩（まばゆ）い陽（ひ）の光が存分に注いでいる。

　芝口には景気のよかった時に商いを広げるべく買ったものの失敗、家業を縮小して転居、売りに出したのはいいが、思うような買い手がつかぬまま今に至る物件もあった。

「ここです」

　重七は埃（ほこり）を被（かぶ）って薄汚れてはいるが広い間口の店先で立ち止まった。屋根の上に〝魚屋、鯨屋（くじらや）、よろづ海鮮屋〟と書かれた看板が見える。

「この店は、以前は活（い）きのいい上等な魚だけではなく、安房（あわ）（千葉）から運ばれてくる鯨肉やさまざまな珍しい海産物で人気を博していたとのことです。流行風邪禍の前から景気は下降気味でしたのでここを仕舞って売りに出しているのですが、なかなか買い手がつかず、ついには捨て値にしたとのことでした。皆さんがお待ちなのはこちらです」

　重七は勝手口のある裏手へと回った。裏手は明け方だというのにまだ充分暗い。陽がほとんど射さない場所だった。背後に人家はなく木々が鬱蒼と連なっている。どこからかすうっと涼しい風も吹いてきた。

「大きく海産物を扱っていた元の持ち主は氷室が必要だったとのことです。建物があれば暑さがかなり和らぎ、氷室の中は夏でも海産物の保存に適する低温が保てると考えたのでしょう」

「元の持ち主というからには、ここは売れたのですね」

　季蔵はその言葉を聞き逃さなかった。

「どなたが買われたのです？」

「ええ、まあ。それはてまえの口からは申し上げられません」

　またしても逃げた重七に導かれて、季蔵は階段を下りて地下の氷室の前に立った。

「ご苦労さん」

　待っていた松次が氷室の扉を開けると季蔵を招き入れた。

　田端は目礼だけで、

「待っていたぞ」

烏谷も駆け付けていた。

広い氷室であった。ずんと来るほどよく冷えている。まず目に入ったのは布団の上一面に置かれている桜だった。さらに近づくと仰向けに寝かせられている女の子の胸の上にやはり桜色のものが見える。こちらは雛と兎が象られている。

――桜は艶干錦玉で雛人形の着物は紅白の煉り切りが重ねられていて、兎形の白い饅頭には食紅の濃淡で口と耳が描かれている。どれも菓子だ――

咄嗟に季蔵は見て取った。

「この娘は亡くなっている」

烏谷が断じた。

「これも胸の上にあった、どうやら――」

田端は手にしていた守り袋とその中身を季蔵に渡した。守り袋は健康祈願で知られた神社のものだったが、中身はお札の他に〝八官町、青物屋娘りん〟と記された古びた紙も一緒だった。

「神隠しにあったおりんが死んで見つかったということになる。見つけたのは以前からここをこっそり涼しいねぐらにしていた物乞いの婆さんだった」

烏谷は告げた。

「これはいったい――」

田端はおりんの様子を凝視して、

「死の因は骸医者を呼ぶまでもなく頭への強打だ」

屈み込むとおりんの頭を持ち上げて後頭部の傷を季蔵に見せた。拳の半分ほどの大きさの青い痣が見えた。

「少しも血が出ていない。もとより人が殴った痕ではない。だが花瓶や石によるものとも違う」

田端はしきりに首を傾げて、

「傷がほかのどこにも無い」

季蔵は手を合わせ、念入りにおりんの骸を調べて、

「そのようですね。おそらくは頭の骨が瞬時に砕けて亡くなったのでしょう」

言い切った。

「やはりそうなのか——。しかし、どうしてこんなことが——」

田端は首を捻り続けている。

「それより気になるのはこれらだ。どうしてこのような菓子が骸に手向けられているのかだ」

烏谷は布団の上一面の桜とおりんの胸に置かれた雛と兎に向かって交互に顎をしゃくった。

「一番に思いつくのは菓子屋の仕業じゃねえかってことだよ」

松次の顔は怒りで真っ赤に染まっている。

「以前、海産物を商っていたこの店はつい最近、嘉月屋が買い取った」

田端の言葉に、

「嘉月屋の嘉助は何とも良い買い物をしたものよな」

烏谷が言い募った。

――嘉月屋嘉助さん――

季蔵は絶句した。

嘉月屋の主嘉助とは季蔵が湯屋の二階で知り合い、菜や肴、菓子の枠を超えて親しく付き合い、三吉も菓子作りの指南を受ける等並々ならぬ絆を分かち合ってきた間柄だった。

三

「まさか嘉月屋の嘉助さんに限って――。第一、嘉助さんは菓子作りの力が認められて大奥へのお出入りをお許しいただいている方です」

季蔵のこの言葉を、

「市中の菓子屋が我こそはと挑んだ菓子競べで嘉月屋が勝ち取った誉は、たしか砂糖菓子によるものではなかったか？」

烏谷が受けた。

――砂糖菓子で江戸城や市中の町並みを表した大作だった。海の遥か彼方から長崎に伝わった砂糖菓子のピエス・モンテ（工芸菓子）――

「艶干錦玉ってえのは砂糖菓子の一つだろう?」

甘党の松次が指摘して、

「あんたはもうわかってると思うけど、よーく見るとこの桜の花弁、透き通ってるのと白っぽいのの二つあるぜ。ただの艶干錦玉じゃない。こりゃあ、相当砂糖菓子に通じた腕の持ち主だ」

たしかにその通りであった。

「ああ、でも、作り方はそうむずかしくはありません。まずは煮詰めた錦玉液(砂糖の入った寒天液)を平たい型に流し入れます。これを食紅で薄く色付けしますと透けた桜色の花弁になります。一方ここで、砂糖に水飴を少し入れて煮詰め、冷やして煉った白いすり蜜(糖衣)を加えると白い桜の花になります。これを寒氷とも言います。共に固まったら中身を取り出して網に並べて乾かします。桜の木型で抜いて出来上がりです」

嘉助を庇おうと必死な季蔵はなるべく簡単に説明した。

「それじゃ、上生菓子の煉り切りの雛人形や薯蕷饅頭もたやすく作れるっていうのかい?」

松次の追及は続く。

「砂糖を加えつつ小豆を煮て潰して煉る漉し餡は、ぜんざいに一手間かければできるので、どこの家でも作られています。これを白隠元豆で作ると煉り切りに欠かせない白餡になります。白玉粉と水、白砂糖に熱を加えてコシを出していくと透けてきますがこれが求肥です。この求肥と白餡を合わせ、適度に熱を加えつつ煉っていくと煉り切り生地になります。

色付けは少量を好みの色で染めてから必要な量に広げます。あと薯蕷饅頭ですが、薯蕷とはつくね芋を使った生地のことです。これはとろろ状にすりおろした芋に上用粉（うるち米を細かい粉にしたもの）と白砂糖を少しずつ、芋のコシを切るように力強く揉み込んで作ります。これで小豆餡を兎の形に包み、蒸しあげると、ふっくらと柔らかで真っ白な薯蕷饅頭の出来上がりです」

季蔵はこれらについてもなるべく短く切り上げた。

「なるほど。好物の薯蕷饅頭の美味さがつくね芋にあったとはな。あの独特なほのかな甘い香りとしっとりとした皮の食味は芋にあったのだな。だが季蔵、ここにある菓子は皆、見た目の出来栄えがいい。今、そちが言った通りで果たして菓子屋でない者がここまで作れるものか？　下働きの三吉は菓子好きだというがこのように見事に作れるのか？　嘉月屋が勝ち抜けたのはそちの力添えが大きかったと聞いている。心当たりがあれば隠し立ては許さぬぞ」

烏谷の大きな目が見開かれて季蔵を凝視した。

——怖い目だ——

一瞬言葉に詰まりかけた季蔵ではあったが、

「おりんちゃんが歩いてこの氷室に入って死んだとも、自分でこれほどの量の菓子をもとめてここへ入ったとも思えません。これは誰かの仕業には違いありません。けれどもどうして下手人はここへおりんちゃんの骸を運んで桜の花弁や雛人形、兎を模した菓子を置いたのかと不思議でならないのです。まるで菓子で骸を飾り立ててでもいるかのようではありませんか？　それとどうして今の時季、桜なのでしょう？　菓子屋が下手人なら時季は外さないはずです」

烏谷を見据えて気迫を示した。

「雛人形と兎ならわかる」

今まで黙っていた田端が口を開いて先を続けた。

「おりんがまだ子どもだからではないか？　雛も兎も女の子の好きなものだ」

一方、松次は、

「田端の旦那のおかげで今、桜の謎が解けやしたよ。艶干錦玉ってえのは乾くと表がシャリシャリして、変わった飴みたいなんだが中はぐにゃっと柔らかい。とにかく食味が変わってていいんだよ。寒氷は見た目も涼しいし。時季じゃあねえが、桜の型で抜いたのは形と色だろうと思う。色も形も可愛らしくて、うちの娘も幼い頃、一年中、桜の絵ばかり描いてましたっけ」

したり顔で言い添えた。

「ということはこれらのお菓子はどれも供養のわらべ菓子、下手人は殺したおりんちゃんのためにわらべ菓子を供えたということに――。そして、これは下手人のおりんちゃんへの優しさ――」

と続けた季蔵は、

——いかん、これでは嘉助さんが下手人だと指しているようなものだ——

はっと気がついて言葉を切った。

しかし烏谷は、

「艶干錦玉や寒氷、煉り切りの雛人形、兎を模した薯蕷饅頭が売られている店を軒並み調べろ。おりんのそばに散っている艶干錦玉の桜と同じ大きさの桜の木型を置いている店も怪しい」

抗いがたい厳かな声を凛と響かせた。

こうして市中の菓子屋が調べ尽くされた。時季に艶干錦玉や寒氷が売られ、年中兎の薯蕷饅頭が店に並んでいる菓子屋はあったが、どちらをも売り物にしていたところは無かった。ただし、あの氷室にあった艶干錦玉の桜と同じ桜の木型は、木型屋の一番人気の品でほとんどの菓子屋で使われていた。

嘉助はこの桜の木型を持っていて、時季には桜色に色付けした煉り切りを桜形に抜いて桜の手毬を売っていた。また、煉り切りを桜色と萌黄色に染めた対の雛人形と、玄猪の祝い(十月の最初の亥の日)にどの菓子屋も拵える亥の子餅も作っていたというだけのことでお縄になった。猪の子が兎に似ていないこともないと判断されたのである。

おりんを殺してこのような形で供養したことについては、新造亡き後、後添えがいないことと子ども好きが嵩じた普通ではない性癖だと見做された。日を決めて尼寺で育てられている孤児たちに菓子を届けていた事実が裏目に出た。どこから聞きつけてきたのか、三吉のところへ瓦版屋がやってきて、あれこれ嘉助との間柄を聞き出して行った。これは瓦版に載り、〝気になる性癖は女児ばかりに向いていたわけではなかった〟とぼかした言い回しながら男色趣味までもが仄（ほの）めかされた。

「おいら、嘉助旦那さんのこと、人殺しなんてする人じゃないって強く言って、今までお菓子作りのいろんなこと教えてもらって、どんなに世話になったかしれないって話したのに、あんな風に書かれてもう駄目、耐えられない」

三吉は仕事が手につかなくなり、とうとう店に出て来なくなった。

嘉助が〝魚屋、鯨屋、よろづ海鮮屋〟の氷室を他店と競って買い落とした事実も悪印象につながった。


ある日、季蔵を兄貴と慕う船頭の豪助（ごうすけ）が塩梅屋を訪れた。

「あれはちょっとなあ――」

日に焼けた男前が思い詰めている。

「どでかい氷室付きの〝魚屋、鯨屋、よろづ海鮮屋〟が売りに出た時、漁師たちがなけなしの金を集めて買うことにしてた。こう景気が悪いとそのぐらいしねえと漁師だってもうかつかつなんだよ。それで漁師の女房たちが亭主たちが獲（と）ってきたはいいが、見栄えが悪くて市場で値がつかなくて腐らせちまってた魚を自分たちで商ったら、何とか暮らしの足しになるんじゃないかってことを考えついた。ま、漁師の女房たちとうちのおしんは魚と漬物、交換しあってる仲なんで、おしんの商いぶりに発奮したのかもな」

　豪助の女房のおしんは漬物屋で長く奉公していた経験を生かして漬物茶屋を商っている。商いが上手すぎる者の常でつい欲を出し過ぎて騙されるきらいはあったが、このところは漬物一筋に専念していて順風満帆であった。

　豪助は先を続けた。

「ここからが肝心。子どもがいる女たちは子守りの当番を決めて交替で店に立つことにまでなってた。客との接し方なんかは得意なおしんが一肌も二肌も脱いでみっちり教えようとしていた。ところがさあ、金と引き換えに証文取り交わしをする前の日に別の奴にかっさらわれた。少しばかり上乗せされてあの店を買われちまったのさ。あれほど広い氷室付きの店なんてこの先そうは売りに出ないだろうし、あれほど安くもないに決まってる。こんな時だから売り手は背に腹は代えられないと思う。酷いのは買い手だと思った。その買い手が嘉月屋の嘉助さんだと知って正直驚いたよ。いつぞやの桜の花見で見かけたあの男は兄貴の友達だろう？　それでお役人に訊かれて迷ったんだが、こいつは俺一人のことじゃないから、仕方ない、兄貴には悪いと思ったが〝魚屋、鯨屋、よろづ海鮮屋〟の売買の顚末を全て話した。だからこの通り」

　豪助は頭を垂れた。

四

　こうした売買の経緯も普通でない性癖と共に風評になって流れた。

「嘉助さんを入牢させるのはどうか揚がり屋にしてください。あの人は自分の非力をものともせずに、相手が間違っていたり、横暴だとわかると、強気に向かって行く性質なので大牢ではどんなことになるか——。そもそもあの人が下手人だという証は〝魚屋、鯨屋、よろづ海鮮屋〟を買ったということと、おりんちゃんの骸のそばに子どもが喜びそうな菓子が置かれていて、どの菓子屋にもある桜の木型を持っていたというだけなのです。理不尽すぎるとわたしは思います」

　季蔵は常になく強い物言いで烏谷に談判した。結果、嘉月屋嘉助は揚がり屋への入牢と引き換えに大奥御用達の鑑札を返上させられた。

「嘉月屋が下手人でなかった場合、疑わしいのは他の菓子屋だ。嘉月屋の大奥出入りを面白く思っていない他の菓子屋が嘉助を陥れるためにやったということも考えられる。大奥出入りの菓子屋は何軒もないが、空きができれば必ずそこへ入り込もうと画策する者たちが出てくる。市中の人気が嘉月屋に次ぐ菓子屋や老舗の名を後生大事に抱き締めているものの肝心な菓子作りに専念せずに、嘉月屋を目の仇にしている手合いが怪しい。田端や松次たちに調べさせているところなのだが——」

　そこで烏谷は大きく目を瞠って、

「ただし、これらの者たちがおりんを手に掛けているとしたらほかの三人はどうなったのだ？　この者たちにはお内儀や後継ぎがいて嘉月屋とは違う。秘したおかしな性癖などありそうもない。その点、嘉月屋に立っている風評は余りにも不利だ」

毅然とした面持ちで自説を口にすると、

「漁師やその女房たちを出し抜いて〝魚屋、鯨屋、よろづ海鮮屋〟を買い取ったという事実だけではなく、その理由まで思わしくない」

ふうとため息を吐いた。

嘉助は奉行所の調べで、〝どうしても〝魚屋、鯨屋、よろづ海鮮屋〟が欲しかった理由を以下のように話した。

「決して市中の菓子屋で出回り、わたしどもで商い続けてきた羊羹や最中、煉り切りやういろう等の菓子では飽き足りないと言っているのではないのです。これらには小豆、白隠元豆等を使ったさまざまな餡や餅粉、上新粉、白玉粉等の多種の米粉、和三盆を含む白砂糖、黒蜜を含む黒砂糖等が主に使われています。嘉月屋でもお客様に頼まれれば作ります。変わったところではカステーラの卵と小麦粉です。ある時、長崎帰りのお客様にカステーラはカスティーリャという南蛮の国が由来だと教えていただきました。カスティーリャでは牛の乳（牛乳）と牛酪（バター）を小麦粉に混ぜて石窯で焼き上げるのだそうです。わたしはそれらで菓子ができることに胸が躍りました。生まれつき、これと思ったものへの好奇心を抑えられないのです。その方には、ほかにも教えていただきました。まず、クウク。小麦粉と牛酪、砂糖を混ぜた生地を型で抜いて石窯で焼いたものです。肉桂（シナモン）粉を入れても面白い風味です。クウクの生地で作った円形の型に南瓜や唐芋、栗等を潰したものに砂糖を加え滑らかにした餡を流し入れて焼くタルタ（タルト）という菓子があることも知りました。これはケジャドとも言われているそうです。本物の葡萄牙のケジャドには牛酪とはまた別の味わいと風味を持つ乾酪（チーズ）が用いられているとのことでした。わたしは是非とも卵と小麦粉、砂糖だけで作られてきたカステーラをカスティーリャ風に牛酪を加えた菓子にしてみたいと思っています。無花果や柿、葡萄、木苺、柚子の皮等の砂糖煮等や梅酒等の果実酒、胡桃や松の実を加えて焼いても美味ではないかと。これをやってみたくてならず、牛の乳や牛酪がある程度長い期間保たせられる氷室が欲しくてならなかったんです。また、乾酪とやらも牛の乳を使い冷暗所に置いて長く時をかけて作るものだと聞きました。これも試してみたかったんです。わたしが多少高値で氷室付きの店をもとめたのもそれだけのためで、おりんという娘さんには一度も会ったことがありません。おそらく見たこともないでしょう。忙しくしていたわたしはこのところ、あの氷室へ行ってもおりません。とりあえずは人を頼んで中を綺麗に掃除してもらいましたが、立ち会うことはしていません。ですから手に掛けるはずもないんです。そしてあの場にあったという菓子を見せられましたが、もちろんわたしの手によるものではありません」

　これを聞いた吟味方役人は、

「おまえの話にはやたらと日本渡海御停止国々、西班牙や葡萄牙の言葉が多い。それだけでも充分お上への愚弄だ。その上、異国の菓子の再現が趣味だというのは許されない道楽だぞ」

と怒り、嘉助の分はますます悪くなった。

これを聞いた烏谷は、

「カステーラの上を行く、贅沢品の牛の乳や牛酪を使った菓子を試作するために、日々の膳に上る魚や干物等の商いをしようとした漁師たちから氷室を横取りしたのがまずかったな。せめて己の道楽ではなく、大奥へ献上するためだというぐらいのことを言っておれば、これほど役人たちの間で物議は醸されなかったはずだ。そちは確固たる証がないと言うが、市中の者たちや役人たちまでも敵にまわしてしまったのは痛い」

これ以上はないと思われる苦い顔で季蔵に告げた。

「四年前の三人の子どもの神隠しと今回の見つかっていない三人と、嘉助さんはどう関わっているというのです？」

季蔵は食い下がった。

「四年前の何人かが嘉月屋の毒牙にかかっていて、今回はおりんだけがあのように見つかり、何人かは大川にでも沈められてしまったと言えなくはなかろう？」

「川に溺れたとされるのは呉服商の京谷屋さんの娘さん、絹代ちゃんだけでは？」

「そうだったな。だったら今回は二人だ。前回と合わせて五人。変わった性癖が商いにも及んでいるかのような嘉月屋が、女の子たちを慰みものにして殺して川に捨てたとしてもおかしくない」

「待ってください。おりんちゃんの骸は清らかでしたよ」

「それは毒牙から逃れようとしたところを転んで頭を打ったゆえかもしれぬ」

「仰向けに転ぶものでしょうか？」

「そうかな？」

やにわに烏谷は季蔵の奥衿を力一杯摑んで引き倒そうとした。季蔵は仰向いたままずるずると引きずられていく。咄嗟に両手を振り上げて相手の摑みから逃げようとした。懸命に足をばたつかせて引きずられまいとすると足が前に滑った。どたんと仰向けに倒れる恐れがあったが、烏谷は奥衿を放さずに季蔵の身体は宙に一尺（約三十センチ）ばかり浮いた。季蔵はもう相手のなすがままである。

「わしの怪力も満更ではないな」

烏谷はにやりと笑って季蔵を立たせて奥衿を放した。

「小男の嘉月屋ではとてもわしのようには持ちこたえられまい。相手が小娘であっても暴れられたらほどなく手を放す。その弾みで娘は仰向けに倒れ、運悪く石にでも頭をぶつけてしまえば死ぬ。驚いた嘉助は咄嗟に、自分ではない別のおかしな性癖の持ち主の仕業に見せかけようとあの氷室でのようなことを思いついてやった——」

「だとしたら、あのようにせずともさきほどお奉行様がおっしゃったように川にどぼんと骸を捨てればよいではありませんか？」

「念願叶って手に入れた氷室でやってみたかったのではないか？　それが道楽菓子作りの隠れた目的でそのために氷室を買ったとも言えないことはないぞ――」

「嘉助さんが氷室付きのあの店をもとめたのはいつのことだったのでしょう？」

「たしか八朔の十日ほど前だったと聞いた」

「そうだとするとやってみたくて、おりんちゃんを殺したことの辻褄が合いません。なぜなら一番はじめにいなくなったのがおりんちゃんで、盆が終わった送り火の日だからです。ですので、おりんちゃんだけあのようにして、他の女の子たち二人を慰んで手に掛け、川に放り込んだとは思えないのです」

「よしっ、いいぞ」

突然烏谷は大声を上げて季蔵の肩を叩いて、

「ということは少なくともお光、お奈津は生きているかもしれないなっ――」

大きな丸い顔を季蔵に向けて傾けた。

「拐かしならあり得ます」

季蔵は応えた。

「絹代も拐かされたと思うか？　言っておくが両親からの寄進の金欲しさに言うておるのではないぞ。幼くして川の藻屑になり果てるのはあまりに気の毒だ」

そこで季蔵は、

「年齢が六歳というのが気になっています」

松次たちにも話した通り、今回と四年前の女の子たちの年齢の一致について推察し、

「前回美咲(みさき)ちゃん、今回お光ちゃんが同じ七歳、前回お加代(かよ)ちゃん、今回お奈津ちゃん五歳で同様、前回おとよちゃん、今回絹代ちゃん六歳と合っています。ですので京谷屋さんの娘さん、絹代ちゃんは誤って落ちたのではなく、屋形船の賑(にぎ)わいに紛れ、一連の下手人にうろうろ舟に見せかけた舟で連れ去られたとしてもおかしくありません」

きっぱりと言い切った。

「となると氷室で菓子と一緒に見つかったおりんは――」

烏谷は驚愕(きょうがく)して、

「何とこれは別件か？」

大きく目を剝(む)いた。

「わたしはそう見做して調べてみたいと思っています。お許しいただけますか？」

「わかった」

烏谷は大きく頷いて、

「ただし、おりん殺しが嘉月屋の仕業だったとしても隠し立ては無用だぞ」

季蔵を見据えた。

「はい」

応えた季蔵は、

――嘉助さんの身の潔白を証(あか)すためには、何としてもこの一件の真相を明らかにしなけ

ればならない――
　武者震いで全身が揺れかけた。

五

　そんな折、五平が昼時に塩梅屋を訪れた。顔色が冴えない。

「実は悩んでいることがあるんです。このところ眠れないほどなのです」

「それでは――」

　季蔵はカミツレ茶を煎じて供した。黄色い蕊を白い花弁が取り囲むようにして咲いている、小菊よりも小さな小さな野の花がカミツレ（カモミール）であった。

「あまり知られていませんがカミツレは万能薬です。摘み取ったカミツレを焼酎に浸して半月ほど漬け込んで漉して作る、カミツレチンキは肌荒れや口内の爛れに効き目があります。生のままや乾燥させた花を煎じれば不眠や不安、胃のむかつき、便秘、下痢などの胃腸障害に良いとされています。野りんごに似た香りで飲み口は悪くありません」

　そう教えてくれたのは、先代からつきあいのある薬種問屋にして町民では江戸一の薬草園の持ち主である良効堂の佐右衛門であった。

「何しろ先祖代々絶やさずに来たものですので、仕舞いになんぞしてしまっては罰が当たります」

　そう矜持を示す佐右衛門は心ない火付けで薬草園の草木が多大な被害を被った時も、挫けることなく代々の誉を守り通すべく草木の再生に全力を傾けて今がある。

カミツレの薬効を聞いた季蔵は早速、是非とも瑠璃の治療に使ってほしいと思った。長く続く心の病は身体にも及んで瑠璃は病弱であった。といって精をつけさせたいと思って高価なすっぽんの血を都合し飲ませると、飲むものの食が細くなってしまったり、気分の悪さを訴えることもあった。寒さ、暑さと関わりなく肌荒れや口内の爛れ、胃のむかつき、便秘、下痢等始終何らかの病を患いがちであった。

──カミツレとやらは心に働きかけて気持ちを穏やかに導くものにちがいない──

カミツレの効能を期待した季蔵は良効堂からカミツレの種を分けて貰い、お涼に事情を話して庭に蒔いてほしいと頼んだ。それが昨年の秋口のことで、

「それが大変なんですよ、もうカミツレが一面にどっさり咲いてて。花姿が可愛らしいのといい香りが家の中にまで入ってくるんで、すっかり瑠璃さんのお気に召して、一日中縁側でカミツレを眺めてるんですもの。花を煎じると心や身体にいいって季蔵さんから聞いていましたから、あたし、やってみたんですよ。旦那様はしかめっ面で飲み残しましたけど、あたしと瑠璃さんは香りの良さにもう夢心地です。あんまり沢山咲いたのでどうぞ、お裾分けです」

この早春にお涼は籠いっぱいのカミツレ花を届けてきた。季蔵はそれらを一部生で煎じ、残りは乾かして常備とした。

「いただきます」

五平はカミツレ茶を啜った。一瞬ぴくりと眉が動いた。寄せたようにも見えたので、

「香りはどちらも野りんごの芳香なのですが、乾かさない前ですと仄かに甘味があり、乾かしたものですと苦みが勝ります」

季蔵は言い添え、

「いや、この苦みがいいですよ。これが茶ではなく酒なら病みつきそうです」

五平は愉しむようにカミツレ茶を啜って、

「たしかにあくせくしていた心が鎮まってきました。ああ、でも、これはここへ来て季蔵さんの顔を見てほっとしているせいかもしれませんが」

季蔵の方を見た。

「何か、わたしにお話でも？」

季蔵は緊張気味に訊かずにはいられなかった。

「季蔵さんは弟分の豪助さんが親しくしている漁師さんたち、そして今詮議を受けている嘉月屋さんとも親しくなさっているでしょう？」

「そうですが、それが？」

「実はわたしも同様なのです。廻船問屋は海産物も多く扱うので、海苔問屋や海産物問屋と取引があります。店主が網元の海産物問屋は今まで長きに渉って板子一枚下は地獄だという覚悟で暮らしを立てている漁師たちの上に君臨してきていました。暴利を貪ってきたんです。ところが流行風邪禍で、生の魚を食べると命を落としかねないから食べないよう

にとのお触れがまず出て、刺身等の生の料理が家族の膳に上ることはほとんどなくなり、新鮮な魚を米に替えられなくなった漁師たちの暮らしはかつてないほど落ち込みました。もちろん、魚の売れ行きが減ったわけですから、網元も困っていて、考え出されたのが漁師たちやその連れ合いによる、生魚はもとより干物等も売る海産物屋でした。網元は時節柄、このまま利を一人占めしていてはいずれ、自分の首が締まると考えたのでしょう。わたしが親しくしているその網元は漁師たちの海産物屋に一部私財を投じるつもりで、わたしに漁師たちとの取り持ちを頼んできたので漁師たちと話を進めました。これは伸びしろのあるいい商いになると思って、わたしも網元を見習い、開店に足りない金子(きんす)の援助をすることにしていたんです。その中に見知っていた豪助さんやおしんさんが助っ人(すけと)でいました。今は獲れたての魚や漁師の女房たちの手による絶妙な干物等を、どこよりも安く売るだけだが、いずれ世の中が落ち着いて人出が戻ったら、魚料理の店を開くのも夢ではないとおしんさんは先を見通していました。結束は固いし皆がよくなる申し分のない計画だと思っていました。しかし、いよいよとなって――。〝魚屋、鯨屋、よろづ海鮮屋〟の売買顛末はあなたも御存じですよね」

そこで一度五平は言葉を切った。

知らずと苦い顔で頷いた季蔵は、

「嘉月屋嘉助さんとはどのような御縁なのでしょう？」

訊かずにはいられなかった。

「はじめはお奉行様が催された桜の花見で言葉を交わしただけでした。その時、嘉月屋さんが〝牛の乳と牛酪を使うといつもの料理が化けるんですよ〟とおっしゃいました。それがとても気に掛かって、後日、嘉月屋さんを訪ねました。嘉月屋さんの話には面白い噺のネタが眠っているように思えたんです。そもそもネタと料理は似ていて、あっと驚くような噺も実はネタの仕掛け次第、料理でいえば工夫一つなんですから。とんだ元二つ目松風亭玉輔の助平根性ですよ、お恥ずかしい。嘉月屋さんは〝海の向こうじゃ、菓子作りにも欠かせない牛の乳や牛酪なんて、市中の普通の人は飲んだら、牛の角が生えてくると信じる人も多くて、ほとんど口にしませんから、わたしの道楽みたいなもんです〟とおっしゃっていましたけど、あれこれと食べたことのない、風味豊かな菓子を作って食べさせてくだすって、こっちは珍口福でしたよ。ネタに結び付けるよりも先に美味しくてねえ、もうたまりませんでした。すっかり嵌っちゃって嘉月屋さんの道楽につきあわさせていただきました。〝実はこんな美味しいものをもっと沢山の人に味わってもらいたいんです〟という嘉月屋さんの想いに共感しました。そこで、〝牛の乳や牛酪は日持ちがしないのが難なんですよ〟という悩みに、〝だったら、ぐんとよく冷えて食べ物が長持ちする氷室を持たれてはどうですか？　海産物問屋の中には持ちあぐねて売りに出してて、なかなか買い手がつかないところもあるみたいですよ〟と言いました。まさか、あの〝魚屋、鯨屋、よろづ海鮮屋〟を知り合い二者で買値を競い合うなんて思ってもみなかったんです。とはいえ、嘉月屋さんに助言した時、〝魚屋、鯨屋、よろづ海鮮屋〟を買い叩いてて上手く手に入りそうだった、今までなかった漁師さんたちの海産物屋のことは頭にありました。あんないいところが安くあったんだから、今時、探せば他にもあるだろう、なんて安直に考えたんです。どっちにもいい顔した挙句、漁師さんたちをがっかりさせただけではなく、嘉月屋さんを奈落の底に突き落としてしまったような気がして——、わたしも謂れなき疑いで牢に囚われたことがあるだけに申し訳なくて——。ああ、今となってみればこの口が呪わしい」

五平は、自分の唇の端を両手の指でぎゅっと強く摑んで抓り上げた。

悪い偶然だと季蔵は思ったが、どんな慰めの言葉も今の五平には通じない気がした。

「ところで嘉助さんが初めて出会った五平さんに花見の席で話したという、牛の乳や牛酪を使って化ける料理とはどんなものだったのでしょう？　気になります」

季蔵はあえて話を料理に限った。

「何で今更——」

五平はやや恨みの籠った目を向けてきた。

「嘉助さんは見かけによらず気丈な方ですが今は心身ともに弱っていることと思います。一つ、出会った時の化ける料理とやらを拵えて届けられてはどうでしょう？　料理はわたしが拵えます。教えてください」

「そうは言ってもわたしが御馳走になったのはクウクとかタルタとかいう菓子で、料理ではありません。花見の時、話していた料理なら覚えています。たしか、筑前煮と鯛の白味噌焼きでした。これらを煮物を入れる大き目の器にとって、上に牛の乳と牛酪で拵えた白いタレをかけて石窯で焼くのだと――。これだけではわかりませんよね？」

案じる顔の五平に、

「大丈夫です、これで何とかやってみます」

季蔵は言い切った。

「牛酪ほど日持ちのしない牛の乳は欠かしていますが、牛酪なら安房の嶺岡のものが長崎屋の氷室にあります」

「それではお届けください。仕上げの目途がついたところでお報せします」

「よろしくお願いします」

「こちらこそ」

こうして五平は帰って行き、その日のうちに上質な牛酪が届けられてきた。季蔵は早速、〝明日早朝より至急手伝いのこと。悲願成就の神より〟と書いた文を届ける使いを頼んで、三吉の長屋まで走らせた。

六

翌早朝、夜が明けると同時に三吉が息を切らして塩梅屋に走ってきた。

「嘉助旦那さんのためにおいらでもできることあるんだね」

涙で顔をぐしゃぐしゃに歪めながら言った。

「神も仏もやっぱりいるんだ、ね、季蔵さん」

三吉の言葉を、

「いてもらわなくては困る」

季蔵は真顔で返した。

「牢といっても、揚がり屋に居るのですぐにどうこうということはないだろうが、牢内ではとかく気力が衰えがちになるものだろう。嘉助さんには常の力を保って身の潔白を主張し続けてほしい。それには旺盛（おうせい）な研究心、好奇心もいつものようでなければ――。これが衰えたりしないようにとっておきのものを拵えて届けようと思う」

そう言って季蔵は以下の料理を紙に書いて示した。

鯛の味噌漬け牛酪白タレ焼き
筑前煮の牛酪白タレ焼き

「ぴんと来ないよ、これだけじゃ」

「鯛の味噌漬けと筑前煮はわかるだろう？」

「そりゃあ、もう」

「だったらそれらから仕込もう」

こうして季蔵は三吉に手伝わせてこの二種を拵え始めた。

まずは時のかかる鯛の味噌漬けの方から仕込むことにした。三枚に下ろした鯛の骨を取り除いて切り身にし、薄く塩をして半刻（約一時間）ほど置く。白味噌を味醂でゆるめて漬け床を作り、鯛の切り身に絡めるように三刻（約六時間）ほど漬け込む。

「筑前煮の下拵えはおいらに任せて」

張り切った三吉は干し椎茸を水に浸けて戻し、青物と鶏肉を買いに走って戻ってきた。蓮根と牛蒡は皮をむいて、食べやすい一口大の大きさの乱切りにしておき、それぞれ水に晒す。人参は小さめの乱切りにして、戻し椎茸は軸を除いて三等分に切り分ける。椎茸の戻し汁は漉してとっておく。里芋は皮をむいてやはり一口大にして下茹でしておく。

さらに買い求めてきたこんにゃくを木匙で千切ろうとした三吉に、

「そいつは入れなくていい」

季蔵は止めた。

「どうして？」

むっとした三吉に、

「こんにゃくは牛酪白タレに絡みにくい。仕上がりを見ればわかる」

季蔵は言い切った。

鶏肉は余分な脂や皮があれば切り落とし、皮を下にして一口大に切っておく。これで牛酪白タレに絡めて焼く具材の下拵えが終わった。

三吉は筑前煮に取り掛かった。大きめの鍋に油をひいて火にかけ、鶏肉を炒める。鶏肉の表面の色が変わってきたところで、水気を切った蓮根、牛蒡、人参を加えて炒め合わせる。全体に油がまわって、青物の表面に少し透明感が出てきたところで里芋と干し椎茸を加える。続けて椎茸の戻し汁と醬油と酒、味醂を加えて混ぜ合わせる。ぐつぐつ煮汁が沸いてから落し蓋をして六百ほど数える間じっくり煮る。時々落し蓋を取って軽く混ぜる。火が通ったら落し蓋を外して煮汁を煮詰めていく。完全には煮詰めず、煮汁が鍋底一面に残るくらいに仕上げる。

「筑前煮ってそうは珍しくないから、食べる時はどうってことない。おっかあが拵えるのには鶏肉入っていないこと多いし、青物はごろごろ大きいし、丸ごと入ってる里芋、たいてい固いし、薄味すぎるか、味濃すぎで、ああまたかって感じ。だけど、ここで拵える筑前煮は結構手間もかけるし気も遣うよね。なのにいつもは入れるこんにゃくを入れないっていうの、どうしてなのか、おいら、早く知りたいよっ」

三吉に急かされた季蔵は、

「それでは牛酪の白タレに入る」

まずは、葱をみじんに切り、平たく大きめの鍋に被るくらいの少々の水と一緒に入れる。落し蓋をして蒸し煮にする。煮えたところで五平が届けてきた牛酪を加え焦げ色がつかないよう火から少々離して熱する。ここに小麦粉を入れ、木べらで丁寧に混ぜ合わせる。さらに買い置いてあった豆乳を入れ火に近づけ、とろみがつくまでゆっくり混ぜる。鯛を漬け込んだ白味噌と胡椒で味を整えると牛酪の白タレが出来上がった。

鯛の切り身と筑前煮各々を別の大きめの平皿にとり、牛酪の白タレをたっぷりとかけて石窯で焼く。焼き上がりを待つ間に、季蔵は使いを頼んで、五平に、〝鯛の味噌漬け、筑前煮各々の牛酪白タレ焼き成就〟と書いた文を届けさせた。

五平が駆けつけて来た時にはすでに二種の牛酪白タレ焼きが出来上がっていた。牛酪の滋味豊かな風味が漂うこれらの表面にはうっすらと焦げ目がついている。

「こういう薄ーい色の上品なお焦げ見たことなかったけど、綺麗で凄く美味しそうだよね」

三吉はごくりと唾を呑み込み、

「女房のおちずの楚々としつつも色香が立ち上っていた娘義太夫姿を思い出しましたよ」

思わず五平は口走り、

「すみません、惚気ている時ではありませんでした」

一瞬目を伏せた。

季蔵は二段の重箱にうっすら焦げ目が均等に付いている箇所を鯛や筑前煮と共にそれぞれ移し入れ、別に二枚の皿にも同じようにして盛ると、

「それではお熱いうちに牛酪料理を召し上がってみてください」

箸を渡して二人に勧めた。

一箸つけた五平は、

「うわぁっ」

叫んで、

「本当に牛酪料理ですか？　正直匂いだけ嗅いでいると牛の乳もそうですが、どこか獣臭くて、誰がこんなものを喜ぶのか、皆、滋養があるせいで我慢して食しているのだろうぐらいに思っていました。このように芳しく美味しいとは――」

しばし恍惚とした。

三吉の方は、

「この風味、おいら知ってる。嘉助旦那さんがいつだったか、おいらのために拵えてくれたお菓子、名前はえーとえーと、そう、タルタ。タルタの中身の風味と似てる。美味いったらない」

夢中で箸を進めた。

「やはりこの料理の肝は牛酪白タレとやらでしょう？」

五平は黙々と箸を動かしながら訊いてきた。

「そうです。嘉助さんが〝鯛の白味噌焼きと筑前煮は牛の乳と牛酪を使うと、いつもの料理が化けるんですよ〟とおっしゃったとあなたから聞いたので、わたしなりに化かしてみたのです」

「しかし、牛の乳はお届けできませんでした――」

「代わりにたまたま豆乳を買い置いてあったので不自由はしませんでした。牛の乳を使えばもっと見栄えがするし、さらに風味も増して濃厚に仕上がることと思います」

「なるほど、牛の乳と牛酪の掛けあわせが、この上の美味さであるなど今のわたしには見当もつきません」

ため息をついた五平が平らげた後、

「どうでしょう？　品物を届けることは許されても会わしてはくれぬのではないかと思います。わたしたち三人の文も共に届けては？」

季蔵は二段の重箱の下段のさらに下を探った。正確に言うと重箱は三段で最下段は薄い紙が何枚か入り、外からは決してそれとわからないように細工されていた。

「是非そうしましょう」

賛成した五平がまず以下のように書いた。

〝嘉月屋さん、あなたは新しい八朔料理、豆乳と牛酪ではなく、牛の乳と牛酪を使った、鯛の味噌漬け、筑前煮各々の牛酪白タレ焼きを成就させて、このわたしに馳走してくださらなければなりません。これぞずっと待ち兼ねている八朔白料理の骨頂なのですから〟

三吉は字の下手さ加減を、

「嫌んなっちまうなあ、こういうことあるんなら、もちっと手習い通い続けるんだった」

とぼやきつつ思いの丈を文にぶつけた。

〝おいら、鯛と筑前煮の牛酪白タレ焼きを食べてて旦那さんのタルタの味がして泣きそうになったよ。それからこの味、今はっきりと思い出したけど、牛酪と小麦粉と塩、水を混ぜて作って食べさせてくれた牛酪煎餅(せんべい)にも似てる。あれ、おいら大好きなのにまだ作り方教えてもらってない。タルタの皮とは違って混ぜるのにたいしたコツが要るんだって、旦那さん言ってたよね。おいら、絶対教えてもらいたい。絶対だよ、絶対、戻ってきて、お願いだよ、おいら旦那さんがいてくれないと駄目なんだ――〟

そこで涙がこぼれ落ちそうになった三吉は歯を食い縛って筆を止めた。

最後は季蔵だった。

〝牛の乳と牛酪でありきたりの料理、鯛の味噌焼きや筑前煮が化ける――とあなたがおっしゃっていたと聞き、如何(いか)にも創意工夫好きのあなたらしいと思いました。わたしなりにあなたのその言葉を料理にさせていただきました。入手できなかった牛の乳の代わりに豆乳を使ったので、コクを出すために鯛を漬けた白味噌を隠し味に工夫してみました。ですが半化けには変わりありません。本物の化けの味を是非とも味わいたいものです〟

七

「それでは届けてきます」

五平は重箱を持ち、小伝馬町（こでんまちょう）の牢に向かった。

――やれることはまだある――

季蔵は氷室で菓子に囲まれて亡くなっていた少女おりんの身の上について書き留めてあった、手控帖（てびかえちょう）を開いた。

――〝八官町の青物屋の娘。家の仕事の他に貸本屋も手伝う。本好き。貸本屋の手伝いで客筋を廻（まわ）っていていなくなった。十一歳だが小柄なので七歳ほどにしか見えない〟とある――

季蔵はまずはおりんの家を訪ねることにして、

「今日は休みにする」

三吉に伝えた。

「えっ？　おいら、もういいの？　もしかしてお払い箱？」

不安そうな三吉に、

「いいや、今日休むのは仕込みが間に合わないからだ。鯛と筑前煮の牛酪白タレ焼きは好みが分かれ過ぎて品書きには載せられない。明日から元気で出てきてくれ」

季蔵のこの言葉に、

「合点承知」

三吉は安堵（あんど）の余りその場で飛び跳ねた。

季蔵は八官町へと足を向けた。こぢんまりした青物屋の店先で主であるおりんの父親が残った売り物を片付けていた。残っていたのは西瓜とまくわ瓜で季蔵はまずはそれらをもとめようとした。

「悪いがこいつらは売れねえんだよ」

父親の目が怒っているように見えた。

「それにあんた、見かけねえ顔だ。まさか瓦版屋じゃねえだろうな？」

「違います」

季蔵は名乗ってから、

「娘さんが手伝っていた貸本屋の客です。出張料理で遠方に行っていたので何も知らず――どうか、お線香を上げさせてください」

方便を交えつつ言うと、

「貸本屋の客だったのか、それじゃ、まあ仕方がねえ、上がってくんな」

多少目が優しくなって、季蔵は奥へと案内された。

線香の匂いが立ち込めている板敷の隅の方の台に西瓜とまくわ瓜が幾つも載っている。よく見ると中ほどに位牌があった。父親は売ってくれなかった西瓜とまくわ瓜を抱えている。母親が近くに座っていた。父親同様こざっぱりとした様子で髪も調えられている。連れ合いが西瓜とまくわ瓜を手にしていると見ると、立ち上がって台の上をじっと凝視し、

「これとこれとこれ、捨ててきて」

傷みかけている西瓜とまくわ瓜を指差した。その目からは涙こそ出ていなかったが尋常ではなく思い詰めていた。

「もっと好物の西瓜やまくわを食べさせてやればよかった」

母親に相づちをもとめられると、

「そうだな」

父親が頷いて、季蔵の方を見た。

「貸本屋のお客さんだそうだ。供養してくださるんだと」

季蔵は位牌の前に置かれている香炉に線香を立て、手を合わせた。

「ほんとはもうそろそろ、こんなんではいけねえって思ってるんだけどね。供養は供養、商いは商い、前みたいにもっと商いに身を入れなきゃいけないんだが、どうにもこうにも心のけりがつかなくてね」

父親の言葉に、

「あたしは嫌だよ、そんなの。捕まったっていうおかしな下手人にお裁きが下されて打ち首になる日までこうしてる。そうなんなきゃ、あの娘が成仏できないんだから」

母親は高い声を上げた。

「働き者で明るくていい娘さんでしたね、おりんちゃんは。亡くなり方を知ってあまりの酷(ひど)さにこうしてお訪ねするのも迷ったほどです」

季蔵は煮詰まりかけていた相手の感情を転じようとした。さらに、

「何か、亡くなっていたおりんちゃんのことで思い出すことはありませんか？　勝手なお願いとはわかっておりますが、できれば酷さではなく救いをおりんちゃんの亡くなり方を感じたいのです。そうでないとわたしもやりきれない――」

と続けたが偽りを口にしたわけではなかった。

――嘉助さんが下手人ではないという証を見つけたいだけではない、おりんちゃんが皆が言うような理由で殺されたのだとは思いたくない――

「あんた、おりんと同じで本の虫なんだね」

母親が初めて季蔵の顔を見た。

「ええ」

本嫌いではないものの、これは半分方便であった。

「だったらわかってくれるはずだよ」

そこで母親は連れ合いに顎をしゃくった。

父親は位牌の下を探った。

「これだ」

季蔵に紙片を差し出した。

「死んだおりんがぎゅっと右手に握ってたんだ」

――これは――。あの時気がつかずに迂闊だった――

仔細に見たが泥や血などの跡はなく取り合った様子はない。

引き千切られた紙片には『平家物語』の〝扇の的〟が記されていた。源平の海上戦で源氏方の弓の名手那須与一が、見事敵方の扇を射落とす件が書かれているのが〝扇の的〟であった。

――草紙本だけではなく、このようなものまで読んでいたとはたしかにたいした本好きだ――

母親がふと洩らした。

「西瓜やまくわだけじゃなしに本も気に入ってたのは買ってやりたかったよ」

父親が応えると、

「本なんてうちじゃあ、とても無理だったよ、仕様がねえじゃないか」

母親は目を剝いた。

「それだから貸本屋なんか手伝うことになって、おりんはあんな目に遭ったんだ」

「たしかにな」

父親は項垂れた。

「俺が甲斐性なしだから本一冊買ってやれねえ、西瓜やまくわだって滅多に食べさせてやれなかったもんな」

「そんなこたぁないよ」

母親は急に涙声になり、

「女の子でちょいと小柄だけど器量好しなんだから、七つの祝いは着飾らせてやろうって決めててその通りになった。そん時はおりんも喜んでたよ。その日一日珍しく本を読まなかったし――」

「そうか、そうだったな、そうだ」

父親の声も泣いていた。

季蔵が〝扇の的〟の千切れた紙片を返そうとすると、

「あたしらにはよくわかんねえから、本好きなあんたが持っててくださいよ」

「たしかにその通りだ。いい供養になる」

両親の意見が合って季蔵は預かることにした。

この後、季蔵は松次が調べたという貸本屋を訪ねることにした。老爺が住んでいたという長屋へと行き着いて、かみさんたちに聞くと、

「源次爺さんなら小石川の養生所だよ。あんなことがあってすっかり弱っちゃって、商いを止めたのは知ってるよね？」

「借金を本を売って返したらほとんど残らなかったんだよ。ま、元はお侍だったそうだから商いには疎かったんだろうさ」

「それで心配した長屋の皆で小石川を勧めたのさ。あそこはお上の御慈悲だから銭がかからなくて安心だ」

と源次の居場所を教えてくれた。

季蔵はすぐに小石川へと向かった。

幕府と町奉行所によって運営されている小石川養生所の門を入ると、始終薬を煎じている薬処から洩れてくるのだろう、薬臭い匂いがむっと鼻をついた。薬草園では時節柄、さまざまな薬草が青々と葉を茂らせている。

応対に出た若い医者に元貸本屋の源次に会いに来たのだと告げると、

「あの変わったお爺さんですね」

相手はやや呆れ顔で季蔵に裏庭を指差した。源次は青臭さと薄荷、橙の香りのする裏庭に座っていた。一面にドクダミが広がっていた。

――門を入ってすぐの匂いにはこれも混じっていたのだな――

源次は膝に目笊を置いて何やら無心に摘んでいた。

「お邪魔いたします」

季蔵は丁寧に腰を折って挨拶をした。

「実はあなたが手伝いを頼んでいたおりんちゃんの真の死の因を頼まれて調べています」

率直に切り込んだ。

すぐにどうしてそんなことをするのかと訊かれるかもしれないと思い、言い繕う言葉を探していたが、

「そうですか、その方がいい」

源次は大きく頷いた。

「その方がいい」

そして、胸元から一文が書かれた紙を取り出して見せてくれた。

「わたしなりにおりんちゃんの供養がしたくて――」

源次は皺の中に埋もれた目を瞬かせた。

紙には〝和流ノ馬医之ヲ用ヰ馬ニ飼フ、十種ノ薬ノ能アリトテ十薬ト号スト云〟とあった。

「これは儒学者で本草学者の貝原益軒が『大和本草』の中で、ここにも生い茂っているドクダミについて記したものです」

馬医が用いるドクダミは馬が罹る十種の病に効能があるので、十薬と呼ぶことにしたという意味であった。

「ドクダミの名は解毒、毒矯めの意味から転じたもので、決して毒草などではありません。ですから、馬だけではなく、きっと人に使っても凄くいいのではないかとおりんちゃんが言い出しました」

そこで一度源次は言葉を切った。人はとびきりの楽しいことを話そうとしたり、美味しいものを後で味わおうとする時、こんな顔をするものだ。

八

「ドクダミは昔から横綱級の効き目で広く知られているのではないかと――」

——ドクダミの汁を母上は出来物や湿疹、痔、鼻づまり等に使っていた。乾燥させた葉を煎じたドクダミ湯は胃腸の弱かった弟のためのもので、父は肩こり、母は冷え性、便秘に欠かせなかった。医者たちは十薬には優れた利尿や消炎の効き目があると言っている——

季蔵には今更ドクダミが馬ばかりか、人にも効くと大喜びするのは大袈裟すぎるように思えた。

「実は旗本の五男坊でわたし、本好きが高じて貸本屋になりました。兄の伝手を辿っていろいろ調べてみました。運よく御朱印船のことが書かれたものを見つけたところ、ドクダミについての記述が何と隣国の清だけではなく、遥か南方の安南（ベトナム北部）、交趾（ベトナム中部）、呂宋（フィリピン）や暹羅（タイ）の国のものにもありました。何とこれらの国々ではドクダミを葉から根までくまなく美味しく食べているとわかったのです。これを知らせた時のおりんちゃんのうれしそうな顔といったら——」

知らずと源次は目を細めていた。

ちなみに御朱印船とは江戸開府後、鎖国に到る三十五年間の間、東南アジア諸地域へと渡航していた交易船であった。こちらの銀、銅、硫黄、刀剣等と引き換えにあちらから生糸、絹織物、綿布等を持ち帰っていた。この間に南方諸国との間を行き来した御朱印船は三百隻以上とされている。

「ドクダミを料理にですか？」

季蔵はあまりの意外さに驚きを隠せなかった。

「これは薩摩の書にあったのですが、琉球のドクダミ茶で作るドクダミ粥は主食になっているとのことでした」

——ぐつぐつと長く煮る粥ならあの強い匂いが弱まって、そうは気にならないかもしれない。しかし——

湿り気のある半日陰地を好むせいでドクダミは家々の庭や空き地、道端、林に群生する。ちぎれた地下茎からでも繁殖する。そのため、放置すると一面ドクダミだらけになり、他の雑草が生えなくなるのはいいが、有用な草木が植えられなくなる。家族が薬として使う分だけ適量育てるという具合にはいかない。強い臭気を悪臭というよりも薬臭と感じる向きが多く、陰気臭いと嫌う人も少なくない。庭の草木等を四季折々、雅に愛でたい富裕層たちは手強いドクダミの駆除に植木屋を出入りさせていた。

「あと御朱印船について書かれた本の中に記されているドクダミ料理は、清、安南、呂宋、暹羅のものにもありました。なんと青物の刺身のように生で食されてもいるようです。たしかドクダミを多食するどこかの南国ではあの皆が敬遠する匂いも、コエンドロ（コリアンダー）とやらによく似ているとたいそう親しまれているのだとか——。そこでわたしとおりんちゃんはドクダミについて、今まで誰も書いていない本を書いて、広くドクダミの使い勝手の良さを人々に知らせようということになりました。おりんちゃんは〝うちは青物屋だけど青物は売り物だからお腹いっぱい食べたことないの、西瓜やまくわなんて値が張るものは夏に一度も口に入らないこともある。だから、誰でもお腹いっぱい食べられる青物があったらいいな、ってずっと思ってたの〟と言っていました。それからそろそろ年頃のおりんちゃんは〝ドクダミを使った化粧水なんてできたらいいな。青物や貸本と一緒に買ってもらうの。そうすれば、うちも暮らしが良くなって源次さんだって借金を返せる。お客さんも綺麗になれる。いいこと尽(ず)くめ〟なんてことも言って、目をきらきらさせてましたっけ」

その時のおりんのことを思い出したのだろう、源次の声が湿った。

——だとしたらおりんちゃんはドクダミ摘みをしていたはず——

「おりんちゃんの長屋にドクダミは生えていたのでしょうか？」

季蔵は訊かずにはいられなかった。

「どこの長屋でも空地に多少の青物、今時分は皆で茄子(なす)や胡瓜(きゅうり)を育てて暮らしの足しにしてるんでドクダミを見つければすぐに引き抜いて生やさないはずです」

「ということはおりんちゃんは市中でドクダミを探していたのでは？」

「そうでした。道端にぽつぽつと生えているのではなく、一面のドクダミの群生を見たいって言ってました。それから、〝桜や梅の名所は知られててもドクダミとなると、そこらへんに幾らでもあるだろうって言われるのがオチで、どこに沢山繁(しげ)っているのかまでは誰も知らない〟ってね。たしかに湿地の半日陰で広いところなんて言ってもそうそう簡単には見つかりませんよ。朝から晩まで探すわけじゃなし、両親の青物屋とうちを手伝う合間に見つけようとしてたんですから。それでもやっと麻布あたりのクヌギ林の地面をドクダミが埋め尽くしてるっていう話を聞いてきましてね。そのクヌギ林は道なりにあるんで、暑い盛り、その林の前を通りかかって、中に入って涼を取ってた知り合いがおりんちゃんが家の手伝いをしてる時、〝あれが全部椎茸だったらいい商いになるんだろうけど、ドクダミじゃなあ〟なんて洩らしたんだそうです。その話はたしか、いなくなった日に聞きました」

「おりんちゃんはいなくなった日、そのクヌギ林に一面のドクダミを見つけに行こうとしたのかもしれないのですね」

「今考えるとそのように思います。あの時一緒に付いて行ってやればあんなことには――」

源次は頭を抱えてうなだれた。

――下手人が他に見つからない以上、この人もやはり嘉助さんの仕業だと思わざるを得ないのだ――

最後に季蔵は〝扇の的〟が書かれている『平家物語』巻第十一の四について訊いた。

「欠けていて買い叩かれたのではありませんでしたか？」

「ええ。『平家物語』巻第十一の四です。年頃の娘らしく、弓の名手那須与一の若武者ぶりが凛々しく素晴らしいからとおりんちゃんが読んでいた巻です。何かあった時、手から離れて無くなってしまったのだと思います」

源次は俯いてしまった。

「ありがとうございました」

礼を言って小石川養生所を出た季蔵は麻布へと向かった。麻布から赤坂六本木は市中の賑わいとはうって変わって昼間でも人の通りが少ない場所であった。陽ざしは強いのに林があるせいか風がある。

――しかしこうも林が多いと――

クヌギ林も多かった。道なりにあるクヌギ林を手あたり次第に入って確かめるのでは、幾ら時があっても足りない。季蔵は鼻を目にしようと決めた。あの猛烈な匂いを発するドクダミが林の地面を埋め尽くしているのであれば、その独特の匂いが風に乗って運ばれてくるはずであった。

――あの匂い――

季蔵は目を閉じた。

――馴染みのある青臭さはたしかにドクダミだ。けれども、なぜか薄荷や橙の香りも混じっている。実はこれは良い香りなのではないか？――

季蔵はやや奇妙な芳香に操られるようにして歩き進んだ。

――近い――

ドクダミ香がだんだん強く感じられてきた。そしていつしか、その一面ドクダミのクヌギ林の前に立っていた。

――ここだな――

季蔵は林の中へと入った。ドクダミを踏みつけて歩くので匂いはさらに強烈に感じられる。おりんがここに入った後、何かあったのだとしたら手がかりになるものが落ちているかもしれない。

――おや――

見つかったのはドクダミの上に開かれたまま伏せてある『平家物語』巻第十一である。十一の四は千切られたように破れている。後に以下の文字が並んでいた。

しばしは虚空にひらめきけるが、春風に一揉み二揉み揉まれて、海へさつとぞ散つたりける。夕日の輝いたるに、みな紅の扇の日出だしたるが、白波の上に漂ひ、浮きぬ沈みぬ揺られければ、沖には平家船端を叩いて感じたり。

――これはおりんちゃんが源次さんから借りていた平家物語巻第十一の四の続きだ――

季蔵はそれを手にして林を出た。林の前後の道なりをゆっくりと歩いてみる。林を挟んで二箇所ある草地のうち、丈が高く揃っている一箇所が薙ぎ倒されている。このところ大風は到来していない。それに一箇所だけ薙ぎ倒されているのも不可解だった。

――これは馬かもしれない、ここは大名たちやお目見え以上の高禄の旗本たちが、登城の際通る道でもある――

馬の口取の者も乗り手も御せずに暴走しかけた馬が草地に乗り入れたり、時に丈の高い草や木々をも倒すことはあり得た。季蔵はおりんの後頭部のそう大きくない殴打の痕を思い出していた。侍だったせいで多少は馬に馴染んだこともあった。

——馬に蹴られた傷は狭い箇所に強い力がかかる。以前、眉間を割られて亡くなった者もいた。それが頭の後ろだったとしたら——

季蔵にはある場面が想像できた。

おりんは一面がドクダミのクヌギ林を探すために道を歩いている。おそらく季蔵のように匂いを頼りにしていたはずだ。けれども季蔵ほど一心不乱ではなかった。本好きなおりんは片時も本から目を離さずにいる。たとえ常から両親に注意されていても立ったまま、歩きながら読み続けるのを止められない。小さな身体のおりんが本を開いて歩いている。〝扇の的〟に熱中しているので聞こえる音はほとんど無い。

——だから、あんなことに——

九

季蔵は『平家物語』巻第十一を見つけたクヌギ林から高い草が薙ぎ倒されている草地の間に立った。

——まだ何かありそうだ——

予感がした。

まずは道なりを再び調べていく。何も見つからない。ふと空を見上げた。するとクヌギ林から道に向かって斜めに伸びていて、先が折れているクヌギの枝が見えた。紐がだらんと下がっている。

——あれは——

季蔵は道の脇にあった石を摑んで紐めがけて投げた。何度か試みてやっと落ちてきたものを見た時、

——これは——

季蔵は驚愕した。

その足で番屋へ向かった。松次の代わりに下っ引きの重七がいた。

「氷室でおりんちゃんを見つけた物乞いのお婆さんの住処はわかりますか?」

「それならあの氷室です。持ち主が囚われたのをいいことに住み着いてしまっています。人が亡くなっていたというのに祟られるとは思わないようです。住処に恵まれない物乞いとはいえ呆れたものです」

重七は手代の口調で教えてくれた。

「急がなければ——」

季蔵が番屋を走り出ようとすると、

「わたしも参ります」

重七も急いでついてきた。

〝魚屋、鯨屋、よろづ海鮮屋〟に着くと裏手にある氷室へと続く階段を下りて行く。途中で物が投げられて壁にぶつかる大きな物音がした。人が暴れているらしい音もする。

「何か――」

重七の目が怯えた。

「怪我をしますから、あなたはここで」

季蔵だけが足音を忍ばせて氷室の扉の中へと入ると、近くに積み重なっていた箱の後ろに隠れる。

物乞いの婆さんは壁際に追い詰められている。それでもまだ投げようと一度投げたものを拾い集めていると、

「この野郎、もう仕舞いだぞ」

にやりと笑った大男が物乞いの婆さんの背中に向けてよく光る匕首を振り上げた。その刹那、季蔵は背後から思い切り体当たりを食らわせた。不意を衝かれた相手は転倒しつつも、手から離れた匕首に手を伸ばしかける。そうさせまいと季蔵は大男の背中に組みついたが撥ね飛ばされた。大男の手が匕首にまた伸びる。

――やられる――

この時、

「うわーっ」

大男が悲鳴を上げた。

いつの間にか重七が入ってきていて、思い切り強く大男の匕首に伸びていた手の甲を踏んだのであった。

「いっ、痛てーえ」

泣き声を出したところをみると相手の掌の骨は砕けているようだ。もう動かせない。

そこで匕首を拾った重七は、

「てまえ、夢中で」

やっと大男の手から自分の草履を除けると、拾った匕首を季蔵に渡した。

こうして大男は物乞いの婆さんの殺害を企てたとしてお縄になった。物乞いの婆さんを殺そうとしたのはもとより金品を奪うためではなく、〝お地蔵さんの御慈悲〟でやっただけだと言った。〝お地蔵さんの御慈悲〟とは長く市中で行われてきた、名にふさわしくない犯罪組織である。主に殺し等の願い事を書いた紙を早朝、市中にある地蔵の前掛けの裏に貼り付けておく。どんな仕事でも厭わないごろつき連中、あるいはそんな仕事までしなければ飯が食えない者が実行する。まるで見張っていたかのように、仕損じなければ手を下した者たちの家に仕事料が届けられるという。

「博打の借金で首が廻らなくなってた。簀巻きにされるよりゃいいし、身寄りのない物乞いなら殺したってどうってことないし、婆なら赤子の首を捻るようなもんでたやすかろうと思って引き受けた。まさか仕損じるとは思わなかったよ」

大男のごろつきは悔しそうに白状した。

「おかげさまで命拾いしたよ。ありがたや、ありがたや、あんたは生き神さんだよ」

季蔵を拝み倒す物乞いの婆さんは、

「何でも訊いてくれていいよ」

自ら調べに力を貸してくれた。

「物乞いに訪れた家を思い出す限り教えてくれませんか？」

「わかったよ、お得意さんね」

物乞いの婆さんはお得意さんを何軒も思い出してくれて、

「変わったお得意さんもいるにはいたよ。いい塒(ねぐら)があるからって言うの、そこに明日行ってくれたらまた来ていい、毎日でもいいって。その時は焼いた鯛の半身をくれたよ。もっともたいしたお屋敷だったからそんなのもありだろうとは思ったけど。くれた女も女中にしては品があったよね。でももういない。毎日来てもいいって言われて行ったらもう門前払い。これ以上来ると番屋に突き出すなんて門番に脅された。けど毎日安心して眠れるあの氷室の塒を教えてくれた女中さんはいい人だったよ。年齢をとるとさすがに暑さも応えるからね」

前歯の抜けかけた口でふわふわと笑った。

季蔵はこの事実とクヌギの枝に引っ掛かっていたある名家の家紋が彫られていた印籠(いんろう)、『平家物語』巻第十一の四の箇所、千切られていた紙片を携えて烏谷を訪れた。そして以下のような推論を述べた。

「かねてからドクダミ食いを含むドクダミの広い利用に関心を寄せていたおりんちゃんは、諸大名や高位のお旗本が登城する日、麻布にあるクヌギ林に来ていたものと思われます。本の虫だったおりんちゃんは年頃の娘らしい一面もあって、あの弓矢の達人にして美丈夫で知られた那須与一が活躍する、『平家物語』巻第十一の四の件から目を離せずに、読みつつドクダミの香りの方へと歩いていたのです。一方、さるお旗本は下城の時だったのでしょう。関ケ原で大手柄をたてて以来、代々武勇の名門で通してきたそのお旗本家では、当主の登下城は老齢であっても騎乗です。その心意気はお奉行様もご存じでしょう？　ほんの一瞬、おりんちゃんが本を開いていたところに遭遇した馬の口取の者も馬上のご当主も馬を御すことができなかったのだと思います。あるいはその日は強い風でも吹いて、馬は転がっていた石にでも躓いたのかもしれませんが、その手の痕跡はありませんでした。とにかく馬が暴れ出し、口取の者の手には負えず、おりんちゃんは頭を蹴られ、しがみついているのがやっとだったご当主を乗せて馬は隣りの草地へ暴走したのです。その時、馬が立ち上がったので当主の印籠は道へとはみ出るように伸びている枝に引っ掛かり、おりんちゃんの読んでいた『平家物語』巻第十一は、〝扇の的〟の一部をおりんちゃんの手に残してクヌギ林の中へ飛んで行ってしまったのだと思います。不幸な事故でした。ただわたしはこの後、どうしておりんちゃんが氷室で菓子に囲まれて死んでいたかの真相をうかがいたいです。両親にも説明したいです。そうしなければおりんちゃんの供養になりませんし、両親も救われない気がします」

季蔵が話し終えると、

「わかった。そちの申した件、かならず得心が行くよう調べて告げるゆえ、しばし待て」

　烏谷は約束してくれた。

　何日かして烏谷が以下のように告げた。

「これは市中で起きた事件ではあるが、町方は武家屋敷に入れぬゆえ、御目付方のお力をいただいて調べた。おりんの死と関わったさるお旗本は開府当時、権現様の武勇に優れた寵臣であられ、格別に権現様とお血のつながる奥方様を娶っておられた。あいにく子に恵まれず奥方様のお血筋は絶えてしまわれたが、武勇とその誉は脈々と続いていて二千石のご大身だ。政務で活躍されないものの格式高いお家柄なのだ。このたびのことは六十代の半ばを過ぎてまだ剣術、弓術の鍛錬に励みつつ、自身の武勇を恃みとしておられたご当主が関わった。このお家では当主は死ぬまでこうした武勇者であるべきだという家訓があるとのことだった。ただし今まで六十歳を過ぎてなお健在だった当主はいなかった」

　そこで一度話を止めた烏谷は、

「年寄りが長く健在すぎるのも辛いのう」

　ふと洩らしてから先を続けた。

「そちが申したような事情だったというのが下城に連なっていた馬廻り役たちの話だ。話を聞いていたのは当主の奥方様だった。奥方様は寄る年波の当主のことを、特に馬での登下城は無理をしすぎているのではないかと日々案じておられたそうだ。不運の重なりはそんな矢先に起きたのだという。ご当主はおりんの骸と共に屋敷に帰り着くとその日のうちに馬を殺して自身も自害して果て、病死と届け出て家督を四十歳を過ぎた息子に譲った。奥方様にかけた最後の言葉は〝わしは地獄へしか行けはしまいが、この子はねんごろに弔って極楽浄土の蓮池の上に眠らせてくれ〟との一言だったそうだ。お目にかかった奥方様は心根の優しい方だった。それを申し上げると、〝殿様はもっと優しい心の持ち主でした。あんなことになってとても心を痛めておられました。だからあのようなことを思いつかれたのです〟と涙ながらに告げた」

奥方様は〝魚屋、鯨屋、よろづ海鮮屋〟とはあの場所でまだ商われていた頃に日々の膳のことでつきあいがあり、氷室のことも知っていた。そこで女中に何日か暇を出してこのところやってくるという物乞いの婆さんを女中の形で待ち、塒にするように勧めたのだという。

「奥方様は親御たちのことを思って骸を損なわせず、生きている時のまま見つけさせたかったのだそうだ。それで自分のところの氷室からあそこへと運んで物乞いの婆さんに見つけさせた。あの家には菓子は家にて作るべしとの家訓がある。権現様が夏の初めに菓子を祀って疫病を退けるという、京の宮家に伝わる古式ゆかしき嘉祥の風習を取り入れようとしたことがあった。今では大名やお旗本たちが江戸城に呼ばれて嘉祥菓子を将軍家から振舞われるだけではなく、下々までもが菓子屋に走るが、権現様が始めようとなさった時にはどんな菓子なのかもわからなかった。宮家になど聞いても教えてはくれない。そこであの家の当主が宮家に仕えたことのある菓子職人を招いて住まわせ嘉祥菓子を作らせたという。以来、あの家では菓子作りが厨（くりや）の仕事になっている。それであのような菓子も作ることができたのだ。当主の妻女たちの仕事として受け継がれてきたそうだ。桜の花や兎、あのような典雅で可愛らしい菓子は奥方様自らの手で作られたのだという。せめてもの供養のために——。この経緯をくれぐれも支障なきよう両親に伝えてやってくれ。あちらのお家からの預かりものもある」

烏谷は珍しく目を瞬かせた。

「あの菓子には優しさが感じられるとそちは申したがその通りだったな」

と言い添えた。

季蔵は武家ではなく、上方から急な取引で市中に来ていた富裕な商人の駕籠（かご）とおりんがぶつかった不運としてこれを両親に話した。印籠や馬のことは話さず、菓子については供養にと密（ひそ）かに作らせたものだと伝えた。

「よかった」

ほっと安堵した二人の顔は穏やかだったが、

「おりんの方だって道歩いてるってえのに、本ばかり見てたのは悪いんだから——。それにたいていはぶつかった相手が死んじまったら、捨てて逃げちまうもんだろ」

「温かいお菓子のはからいだけで充分ですよ」

金子は受け取ろうとしなかった。

季蔵は千切れた〝扇の的〟を形見にと二人に返すと、千切れた箇所のある『平家物語』巻第十一を源次の元へと届けようと急いだ。

第四話　夏薬膳

一

「これだけは死ぬまで肌身離さず持っていて、死んだらお棺に入れてもらうことにしますよ」

平家物語巻第十一を抱きしめた源次は、

「その代わり、これを差し上げます。おりんちゃんと書こうと思っていたドクダミの本の資料です。どんな形でもいいから、特に料理をするときなぞ役に立ててください」

分厚い資料の束を季蔵に渡してきた。

――何とも気になる――

持ち帰った季蔵は夜っぴて読んだのだが、

――ナンプラー？　コブミカンの葉？　レモングラス？　ずっと暑いところなのだからいろいろ違って当然なのだが――

特に遠い南国特有の調味料や作物がどんなものなのかわからない。

——それにドクダミ料理は食べられるものなのだろうか？——

そんなある日、とっくにお解き放ちになっていた嘉月屋嘉助が塩梅屋を訪れた。

「その節はご心配いただきましてありがとうございました。またいろいろお世話になりました。こうして娑婆に出てこられたのもあなたのおかげです」

丁重に頭を垂れた嘉助は、

「実は嘉月屋は、しばらく閉めることにしたんです。おかげさまで氷室の一件は身の潔白の証が立ちましたが、まだまだ見つかっていない女の子たちがおりますので、暖簾をだしていれば、そっちこそはおまえがやったんだろうと言われかねません。大奥へのお出入りが差し止めになったのは残念ですが、まあ、その分気楽にもなりましたし、大奥のお女中たちにわたしではなく、もっと見た目のいい奉公人を寄こせと言われるのは不本意でした。頭も尻も隠していれば好きなことができて楽しいです」

しごく血色もよく元気そうであった。

「もしや——」

季蔵は嘉助が大きな籠を手にして入ってきた時から気になっていた。

「そうですよ、しばらくドクダミ商いをすることにしました。もちろんわたしは表に出ません。わたしが知らずと迷惑をかけてしまった漁師のかみさんたちに売り歩いてもらいます。儲けた金子でもう一軒氷室を買いもとめ、〝魚屋、鯨屋、よろづ海鮮屋〟を、そちらに差し上げるつもりです。ここまですれば嘉月屋への世間様の風も穏やかになるはずです」

嘉助は闊達に言い切ると、抱えていた籠の中身を取り出した。七寸（約二十一センチ）角の白い袋が手にされるたびにかさこそと鳴った。

「中身は干したドクダミです。今時分は米櫃がコクゾウムシに狙われますが、これさえ入れておけばコクゾウムシはつきません。この大きさは普通の家用で米屋さんに納めるのは米俵ほどの大きさです。これを俵と俵の間に挟んで敷けばコクゾウムシ知らずという評判が立って、何と上方や西国からも注文が来ています」

嘉助は菓子を主とする食全般への好奇心の塊であると同時に、真っ向勝負で打たれづよく、性根が据わった商人の鑑であった。

「こちらにもこれを、ささやかですがお礼です。三吉ちゃんにも分けてあげてください。そして、あの文、とてもうれしかったと伝えてください」

嘉助は籠の中身を全て季蔵に差し出した。

「恐縮です」

季蔵は有難く受け取った。

「これから長崎屋の五平さんと商談です。これは廻船の積み荷にしても各地の商家で喜ばれると五平さんにおっしゃっていただけましたので、その打合せです。牢に囚われている頃は、文こそ励ましになりましたが、まさかあの方が商い相手になるなぞとは思ってもみませんでした」

「とかく縁は異なものです。そのうち五平さんの噺にされるかもしれません」

季蔵は微笑んで、忙しくてならない様子の嘉助を見送った。

——ドクダミは十薬で用いる他は防虫になるのではないか？　そういえば昔、子どもの頃、庭で草むしりを手伝っていた時、藪蚊に刺されたりしないようドクダミの汁を絞って塗るよう、母上にうるさく言われたものだった——

まだ、ドクダミ料理への懸念が消えかねていると、

「お邪魔いたします」

今度は慈照寺からの使いが小さな甕を二つ抱えて戸口に立った。

「庵主様からのお心遣いにございます」

そう告げて使いの若い尼は帰って行った。今は瑞千院と名乗っている季蔵の元主君鷲尾影親の奥方からの文が添えられていた。瑞千院は季蔵の元許嫁の瑠璃に横恋慕し、卑劣な策を弄して奪い取った嫡男影守の義母であった。季蔵たちの悲運な別れと出会い、重篤な瑠璃の心の病についていつも気にかけてくれている。


　瑠璃に変わりはありませんか？

　今年の夏はとりわけ暑いようです。瑠璃には応えるのではないかと案じられます。寺の裏手のドクダミが暑さに負けじとばかりに葉を茂らせています。これを百薬の長の酒に変える方法を亡き影親様から以前教えていただきましたが、俄に信じられないことも

あって、今年まで致したことはありませんでした。

どうして今年やってみる気になったかというと、流行風邪禍による痛手で一握りの富裕者たちの他は、皆窮し病んでいるからです。たとえ窮していても壮健ならば、何とか命を保って前向きになれるはずだからです。

ドクダミは医者が十薬として使うほかは、せいぜいが茶にして飲む程度の便利な治療薬でしかなく、たいていは茂らせたままで捨て置かれています。あの強い臭いを嫌う人たちも多いのですし。ところが、長崎奉行のお役目を果たされた影親様は紅毛碧眼の国々だけではなく、遥か南方のこともお知りになり、ドクダミを百薬の長に変える方法を知り得たとのことでした。

届けたドクダミ酒は、当寺の尼たちが総出で裏庭のドクダミの葉を刈り取り、刻んだ後、当たり棒で当たって絞り、汁とし、蜂蜜を加えて今まで冷暗の蔵で保管したものです。但し、開花前の物に限ります。開花前と後では葉が含む水気が違っていて、開花後のドクダミの葉からは酒にできるほどの絞り汁を得るのはむずかしいのだとか——。

酒にできあがったら表面のカビを取り除いて、琥珀色の上澄み液を飲みます。酒になっているか否かの目安は匂いです。ドクダミ酒には驚いたことにドクダミの青臭さは全くありません。野りんごそっくりの芳香のたいそう美味な酒です。そしてこれを一日に猪口一杯飲むだけで健やかさが保たれるとのことなのです。

是非とも病弱な瑠璃と瑠璃を支えるそなたの日々に飲んでください。

ドクダミ酒のことばかり書きました。

実はそなたに工夫して貰いたいことがあるのです。『大和本草』という本の中に、駿州（静岡）や甲州（山梨）では掘り出したドクダミの根を白飯にのせて蒸して食べることがあると記されていました。根使いは蒸し飯だけではなく、炊き込み飯やきんぴらもよろしいかもしれませんね。救荒時の食とも思われますが、駿州は神君家康公ゆかりの地であり、甲州は幕領です。家康公は医者と同じくらい医薬に通じておられたようなので、これは家康公が発案した薬膳だったような気もいたします。ですので、家康公への変わらぬ忠誠の証として、何とか工夫して作ってみてはくださいませんか？　これほど亡き殿への良き供養になるものはございませんし――。また、ドクダミ酒がこれほど美味ならば、根の他にもドクダミ料理はあるはずだと思われてなりません。

勝手なお願いながら期待しております。ドクダミがもっと食に生かせれば、皆、流行風邪禍に続く不景気に負けないでいられるかもしれないからです。

よろしく頼みます。

瑞千院からの文を読み終えた季蔵は甕の封を開けると、小さな柄杓で猪口に注いで口にした。

――これは――

想像していたものとは全く違う風味、野りんご——確かにそれに近かった。

「お邪魔しますよ」

また戸口で声がした。聞き覚えのある声だった。

——お涼さん——

お涼は瑠璃が世話になっている先の女主人で、烏谷にはなくてはならない女であった。

「瑠璃さんがこれを」

お涼は紙で作られている小さなドクダミの花を季蔵の掌に載せた。緑色の葉は蔦に似ていて、蘂のように見えるのが密集した花で、白い花弁にしか見えない特殊な葉が四枚ついている。その様子が総じて一個の花のようなのだ。

「瑠璃がこれを？」

一瞬驚いた季蔵だったが、瑠璃には以前にも季蔵が想ったり考えたりしていることを察し、紙や布の細工を通して時に窮地を救ってくれたことがあった。

「もう一点ございます」

お涼は霧吹きを取り出してシュッと吹いた。清々しい匂いが立ちこめた。

二

「暑さに弱い瑠璃さんのためにお医者の先生から習ってあたしが作りました。清風香という名の薬用香だそうです。ドクダミと薄荷の葉を蒸して作るのです。瑠璃さんすっかり気に入ってくれて、暑さで眠れていなかったのが嘘のようです。虎吉はこういう匂い、あまり好きではないのでしょうが、ご存じの通り、瑠璃さんの一の子分だと思ってますから、神妙な顔で一緒に香りの中にいます」

お涼は清風香に説明を添えた。虎吉というのは雌のさび猫で元は野良だったのだが、庭で瑠璃と遊んでいるうちに離れなくなり、いつしか飼い猫に昇格した。毒蛇に狙われた瑠璃を命をかけて遮二無二守り抜いたことさえあった。勇敢なだけではなく、猫にはめずらしく遠出をして、戻ってくる力もあり、季蔵は危機を知らされたり、証の手掛かりを示されたりしたことがあった。

「神様は虎吉を人と間違えて造られたのかもしれないわね」

お涼が半ば本気で時々洩らしている。

「さわやかないい匂いですね。つかのま暑さを忘れさせてくれます」

季蔵の言葉に、

「作り方は瀬戸物屋で売っている蘭引を使えば簡単なんですよ。やってみてください。瑠璃さんも夢中です。中身はドクダミだけなので、きっと口に入れても大丈夫」

お涼は微笑んだ。

「これは貴重なものをありがとうございます。ここにも蘭引はあります。ドクダミも薄荷もそこそこ生えてますから是非――。蘭引の使い方と共に教えてください」

季蔵は紙と硯、筆を用意した。

書き終えたところで、挨拶をして辞そうとするお涼に、

「実はこちらもお届けしようと思っていた頂き物がありまして」

贈り主の名を告げて、ドクダミ酒の入った小さな酒甕の蓋を開けた。野りんごを想わせる芳香が立ち上った。

「まあ、これでしたの。ここへ入ってきた時、そこはかとなくよい香りがしてて、何かしら？って思ってたんですよ」

「実はこの酒の正体はドクダミの絞り汁なのだそうです」

「でもそんな青臭さ、ありませんよ」

「ドクダミも工夫次第で美味しく化けるということではないかと――」

「ほんとうにそうなんですね‼」

お涼は感嘆して、

「教えてくださいな、その作り方。こんなに香りがいいのなら、瑠璃さんだけではなく、とかく青物を嫌う旦那様にもドクダミの恩恵に与っていただけるかも――。瑠璃さんだけの分量だとしても、これではせいぜい二月分。もっと長く飲ませてあげたい。できれば今仕込んで寒さで身体が弱る冬中――」

目の前の紙と筆、硯を季蔵の方へと向けた。

「でも、この酒はわたしではなく瑞千院様手ずからのものなので。作り方を書いていただいてはおりますが、果たして上手くいくかどうか――。もちろん、書き方がどうのこうの

というのではなく、ものをつくる仕事は全てその人なり、その力量なりなのでやってみなくてはわからぬものなのです」

季蔵は瑞千院の文をお涼に見せた。

お涼は紙にドクダミ酒作りの件を写したものの、

「確かに絞り汁がお酒になる時期の見分けとか、直にご指南いただかないとわからないかも――。青い色がこのように琥珀色になればいいのでしょうか？」

「さあ、その辺りの塩梅はわかりかねます」

季蔵も首を捻った。

「季蔵さんも一緒にドクダミが茂っているうちに、瑞千院様に教えてもらいに慈照寺に伺いませんか？」

「是非、そういたしましょう」

約束してお涼が帰って行った後、季蔵は蘭引によるドクダミと薄荷を使っての独自の清風香作りをはじめた。

塩梅屋の蘭引はかなり大き目でこれをもとめた先代長次郎は以下のように記している。

蘭引という器械を使うとやや古くなった不味い酒も美味くなると言われてもとめた。美味いところだけが湯気に混じって集まり冷えて溜まるのだという。一度試してみてなるほどとは思った。焼酎でも試した。たしかに洗練された味にはなるが、こちらは好き好きであると感じた。俺(おれ)は麦や芋、果実等仕込む素材によって変わる素朴な味わいが焼酎の真骨頂だと思う。飲む焼酎ではなく怪我(けが)の清め等医術に使う焼酎は蘭引が最適であろう。

ようは俺の場合、後生大事にとっておかずに飲んでしまい、不味い酒にしなければいいのだと思い、使うのは止(や)めた。

以下、蘭引について知り得たことを書いておく。蘭引は葡萄牙(ポルトガル)語のアランビイクによるものだという。葡萄牙等の国々ではギヤマン製らしいがこちらでは陶製である。また蘭引は下から沸騰槽・蒸留槽・冷却槽と三つに分かれている。最上部に蓋をのせて用いる。冷却槽の上部に溜めた水で蒸気を冷やす仕組み。水が温まると冷却槽下部の排水口より水を出すので、上部より冷たい水を補充しなければならない。

長次郎が遺(のこ)した使い方の説明に従って、季蔵はドクダミと薄荷で清風香を作ってみることにした。中段の蒸留槽にドクダミと薄荷の葉を半々ぐらいに詰める。下段の沸騰槽に水を入れ蠟燭(ろうそく)の火で沸騰させる。すると蒸留槽のドクダミと薄荷の成分が混じり、上段の冷却槽の内側で水滴になる。その水滴が冷却槽の壁をつたって、蒸留槽下部の管から外へ排出される。これを瓶(びん)に溜め続けてでき上がる。

季蔵はでき上がった瓶の中のドクダミと薄荷の蒸留水をじっと見つめた。これではまだ

霧にはなり得ないと思って、霧吹きを離れまで取りに行って移し替え、シュッと一吹きしたところで、

——ああこれでやっと瑠璃と同じところにいる——

と思えた。

——それにカメムシやトコジラミ等に似たあのドクダミの癖のある匂いも、薄荷と混じるとなかなか奥深い清風だ。もしかして、ドクダミは料理で他の材料と合うと大化けするのかもしれない。それに何より——

季蔵は源次から資料を手渡されて小石川養生所を辞した時のことを思い出した。源次のところへ案内してくれた若い医者が、

「いかがでした？　変わっていたでしょう？　十薬摘みを手伝ってくれようとするのはいいのですが、結局は籠を手にしたままぼんやりしていることが多いのです。本が好きで貸本屋を営んでいたそうですが、〝ドクダミは青物なんです、あちこちにあるのでお腹いっぱい食べられます。娘と何とか美味しく食べられる料理を考えているところです。そのうち娘が作ってごらんにいれます〟なんていうから、他の患者たちも皆、今か今かと待っているのですが、あの通りで——。虚言の癖はとかく嫌われるものなのですよ。特に食べ物の法螺となると期待が大きいだけに尚更で——。この先虐められなければいいのですが——」

と耳打ちしてくれた。

——おりんちゃんに逝かれてまだ立ち直れていない源次さんのためにも、お腹いっぱい食べられる最高のドクダミ料理を何とか拵えよう——

決意した季蔵はナンプラー、コブミカン、レモングラスについて五平に尋ねる文を出した。牛酪を常に氷室に保存している廻船問屋の五平なら、南方と交易のある薩摩商人とも縁があって、知っているかもしれないと期待したのである。五平からは以下の文が返ってきた。

お尋ねの件、何度か薩摩人と膳を囲んだことがあり、その際、遥か南の国のものだという珍しい魚汁でもてなされました。魚はアラのぶつ切りでそう珍しくも味がいいわけでもないのですが、調味が変わっていました。ナンプラーとやらが一番強い匂いでした。醬油の塩味と魚醬の独特の臭みが一緒くたになったような——。癖がある魚汁なのに不思議に気になりませんでした。むしろ癖が癖を呼びそうでした。あとコブミカンとはその名の通り、表面がこぶだらけのみかんなのだそうですが、酸味が強すぎるので絞り汁にして調味に用いるとのことです。柚子や酢橘、橙みたいなものでしょうね。あとタマリンドという奴もこの魚汁を盛り上げていた隠し味でした。梅干しを蜂蜜漬けにすると限りなくこの味に近づくと思います。残念ながらレモングラスについては知りません。もてなしのこの汁にも入っていませんでした。たとえもてなし料理であっても、一種ぐらい抜けていても気にしないのが、遥か南の国の人たちの料理の飾らなさ、のどかさのように思います。この料理の名は教えてもらったはずなのに忘れてしまいました。でも、是非ともう一度食べたいと思っています。お作りになる際には是非お声がけください。何があっても駆けつけます。

三

——五平さんに背中を押されたような感じだな。とはいえ五平さんがもてなされたという魚汁に、ドクダミのことは触れられていない——

季蔵はドクダミが使われるという南方の料理の味にまだ確信が持てずにはいたが、とりあえずは先に進んでみることにした。瑞千院から示された駿州と甲州のドクダミの根使い、読み込んだ資料の中から美味そうだと思う料理を抜き出してみた。

ドクダミの根の炊き込み飯
ドクダミ粥(がゆ)
ドクダミの根のきんぴら
ドクダミの葉の天麩羅(てんぷら)
ドクダミそうめん
ドクダミのお造り
ドクダミ汁

　三吉が暖簾をしまって帰った後、季蔵は残って試作することにした。まずはドクダミの炊き込み飯から拵える。すでにドクダミの根はよく洗って一晩水に晒して細かく刻んである。釜に洗った米、分量の水、酒、味醂、醬油、塩と刻んだドクダミを適量、角切りにした油揚げを入れて炊き上げる。

　ドクダミ粥の方はほうじ茶と乾かしたドクダミを混ぜてドクダミほうじ茶とし、これに米を加えて粥に煮る。塩で味付けをする。

　これらの菜にもなるきんぴら用のドクダミの根はすでに一晩水に晒してある。二寸弱（約五センチ）ほどに切っておく。深鍋に油をひき、輪切りの赤唐辛子を熱し、香りが出てきたらドクダミを加えてしんなりするまで炒める。水と砂糖を加え柔らかくなるまで蒸し煮にする。最後に酒と醬油を入れて汁気がなくなるまで炒める。

　ここで季蔵はこの三種を試食してみた。意外にもドクダミの癖のある臭いは醬油を主とする甘辛い味や油に合う。油揚げを入れた炊き込みご飯にきんぴらを載せて食すると、思わず、

　——うーむ——

　と唸りたくなるほど妙味だった。

　——悪くない——

　ドクダミ粥の方はどこかなつかしさを思わせる。

うな――

――ドクダミ茶とほうじ茶、どちらも子どもの頃、さんざん親しまされてきたからだろうな――

さて次はドクダミの葉の天麩羅である。これには是非とも陳皮塩を付けてみたいと季蔵は考えていた。胃のむかつき、食欲減退等を引き起こす夏負けに効き目のある陳皮は、みかんの皮を乾かして粉にしたものである。これにとっておきの赤穂の塩を混ぜてみてある。

ドクダミの大きめの葉を洗ってよく水気を拭き取り、小麦粉をざっと水で溶いて衣を作っておく。火の熾きた七輪にかけた深鍋の油が適温になるのを待っていると、

「季蔵、いるんだね」

突然戸口が開いた。

「これは蔵之進様」

南町奉行所同心で、おき玖の亭主の伊沢蔵之進が入ってきた。

「腹が空いて空いて。昼に蕎麦を食べたきりなんだ。こんな夜分にここが開いているのは何よりだ。実は遠くからの灯りを頼りに来たのさ。それにしてもいい匂いではないか」

蔵之進は慣れた様子で床几に腰を下ろした。

「本当によい匂いだと思われますか?」

季蔵は話しかけつつ、ドクダミの葉の天麩羅を揚げていく。

「すこぶる良き香りと思われる」

蔵之進はごくりと生唾を呑み込んだ。

「それでは召し上がってください」

季蔵は炊き込み飯ときんぴら、天麩羅を蔵之進に勧めた。

「深夜にこのような馳走にありつけるとは、ツキがあるものなんだな」

蔵之進は箸を手にして後しばらくは無言を続けた。すっかり平らげたところで、

「これは極上の夏薬膳と見た」

と言い切った。

「まあ、なるほどではありますが――」

季蔵が蔵之進の真意をわからずにいると、

「子どもの頃、流行風邪を患った折にあの厳しかった父が朝鮮人参粥を作り食べさせてくれた。あの薬臭い味がその時は美味な滋味に感じられた。身体が温まって辛さが減じたからだ。朝鮮人参料理は丸鶏の煮込み等ほかにもいろいろあるようだが、総じて冬の身体に合う。冬薬膳だ。片やこれらは涼やかな香りで夏に合う。飯やきんぴらは変種で香り高い牛蒡に違いないが、清々しいみかんの塩と相俟って美味すぎる天麩羅の葉、あれはいったい何なのだ？」

相手は首を傾げた。

「ドクダミの葉です。飯やきんぴらに使ったのはドクダミの根です」

季蔵が告げると、

「そうか――」

しばし蔵之進は黙り込み、

「本当か？」

念を押した後、

「とても信じられない」

まだ首は傾いでいて、

「ならばこれを召し上がってください」

季蔵はドクダミ粥を椀に盛って供した。

「多少冷めているのでドクダミの匂いがほうじ茶よりも勝っておりましょう」

木匙を手にした蔵之進は、

「たしかに」

頷きはしたが、手は止めなかった。

「井戸で冷やして冷やし粥にしても美味かろうな」

などとも言い、

「もっとドクダミの天麩羅が食べたい。けれどもここで止めておく。まだまだ、美味いものがありそうだから」

ドクダミだけではない、季蔵の手元にある材料をちらちらと見た。

「実はある人の頼まれごとでドクダミ料理と関わっておりまして――」

言いかけて季蔵ははっと気づいた。

——たしか、女の子たちがいなくなったのは京谷屋(きょうたにや)の絹代(きぬよ)ちゃんも含めて、今まで全て南町奉行所が当番の時のことだった——

「その頼まれごとの相手とは小石川養生所にいるのではないか？」

蔵之進は季蔵を見据えてにやりと笑った。

「お人が悪い、尾行(つけ)てたんですね」

季蔵は困惑気味に、

「相変わらず危ないことをなさる」

ため息をついた。

「真相はお奉行様から聞いてわかっているのでしょうが、おりんちゃんの一件はあれで仕舞い。絹代ちゃんは富裕な両親の手前、川や川辺を探索中。他の見つからない女の子たちは四年前のを含めて全て神隠し。南町はそう断じています。にもかかわらず、あなたがまだ調べていると上に知れでもしたら大ごとでしょう？」

「それを言うなら、おまえさんも同じだろうが。お奉行はおりんの件にとりあえずの片をつけたのはおまえさんの功だと褒(ほ)めていたが、その先の調べを任せているなどとは言ってはおられんぞ」

蔵之進は季蔵が烏谷の隠れ者であることを薄々気づいている。

「わたしはただ、おりんちゃんの形見を届けに行って元貸本屋のご主人から頼まれただけのことです。嘘偽(うそいつわ)りはありません。蔵之進様こそ、こんなに夜遅くまで何をされていたのです？」

「俺は表に出てきていることなど一切信じない。そういう育ち方をしているのはおまえさんも知っているはずだ」

蔵之進は湯吞を傾ける仕草で季蔵に冷や酒をもとめた。

「それはもう――」

季蔵は冷や酒の入った湯吞を蔵之進の前に置いた。そしてしばし蔵之進の数奇な来し方に想いをはせた。生まれは富裕な商家だが、抜け荷に加担した父親が、それが発覚しそうになったとたん、仲間に罪を一身に背負わされ自害に見せかけて殺された。この大がかりな抜け荷を突き止めたのが南町の鬼とも呼ばれた筆頭与力の伊沢真右衛門であった。真右衛門は役目にこそ鬼ではあったが、心ある人物でもあった。真右衛門は父親から自分たちのことを聞いているのではないかと疑った仲間たちから、子どもたちの命が狙われることを何より案じた。蔵之進とその妹に身を隠させたのだったが、逃避行中襲われて、生き別れになった妹は生死が知れなくなった。この後幾年もの歳月を経て、蔵之進は真右衛門の養子となっていた。

「わかるような気がいたします」

「よりによって罪人の子が堂々と定町廻り同心をしているのだからな。あ、いや、卑下しているのではないぞ。ことの真相はよほど深く知らなければわからないという意味だ。そして俺は何よりそれに惹かれる。突き止めずにはいられない」

「なるほど。それを聞いて安心いたしました」

「どうだ？　ここは一つ力を合わせぬか？」

「何なりと――」

　季蔵は頭を垂れた。

四

「ドクダミ粥やきんぴらをご賞味いただきありがとうございました。料理好きなあなたに褒めていただいて自信を得ました。常とは逆になりましたがお酒に合う、実は召し上がっていただきたい本格的なドクダミ料理があるのです」

　と季蔵が言うと、

「まだ、あるのか？　それはいい」

　蔵之進は目を細めた。

　蔵之進は松次のように手ずから料理をしないではいられないというのではなく、烏谷同様食べる一方の食いしん坊に入る。

「まずはドクダミそうめんからまいります」

　季蔵は当たり鉢に根付きのドクダミ、大蒜（にんにく）、胡桃（くるみ）、青唐辛子、胡麻（ごま）油、塩、酢を入れて当たった。

「うっとりするようなよい香りだ。これは酒が進むな」

蔵之進はごくりと冷や酒を飲み干した。

その後季蔵は茹で上げたそうめんの水気を切って、当たり鉢の中へと入れると菜箸でドクダミ等を当たったものと絡ませた。涼し気なギヤマンの小皿に盛りつけて供する。

するするとあっという間に平らげた蔵之進は、

「ぴりっと辛い後味がさわやかでいい。これだけか、もっと食べたい、旨すぎる」

とせがんだが、

「それはいけません。これは辛味を控えると菜にもなりますが今は肴ですから」

季蔵は湯呑の冷酒を注ぎ足して次の料理を拵え始めた。ドクダミのお造りである。これにはドクダミのなるべく若い柔らかな葉をそのまま用いる。一日水に晒しておく。小鍋に長葱、大蒜、生姜、赤唐辛子、白胡麻、七味唐辛子、胡麻油を入れて遠火で煮る。香りが立ってきたら火から下ろし、よく水気を切って器に盛ったドクダミの葉に熱いうちに回しかける。

「造りはこれだけか?」

やや不満そうな顔で蔵之進は箸を取ったが、一口食べると、

「これは何なんだ? ドクダミに口の中といわず全身が乗っ取られているようだ。ドクダミの葉のクセの強さにこの曰く言い難い力強いタレが合わさると、気になるドクダミ臭さはかえって旨味になってしまうのだとわかった」

ぽんと膝を打った。

「葉の舌触りはいかがですか？　なるべく柔らかそうな葉を摘んだつもりですが、今はもう若葉の頃とは違いましょうし――」

季蔵は案じたが、

「いや、全く気にならない。これぐらい葉に厚みがないと強烈なタレと勝負できないのではないか？」

蔵之進は冷や酒のお代わりをしつつ、もりもりと食べ尽くした。

「最後は汁で〆たいと思います」

季蔵は源次からの資料と五平からの文を踏まえて、ドクダミ汁を試作することにした。

まずは大きな鍋に湯を沸かし、そこへコブミカンやレモングラスの代わりに夏季の酢橘と青柚子の皮、生姜の薄切り、よく洗ったドクダミの根を入れて一煮立ちさせたところで鯛のアラを入れる。アラに火が通ったところで魚醤、蜂蜜に漬けておいた梅干し、赤唐辛子、酢橘と青柚子の汁を加える。やや深めの皿に盛りつけて刻んだ根付きドクダミ、薄荷の葉、あさつき等をのせて供する。

「何とも奇怪なアラ汁だが不思議と旨い。こうまで汁に病みつかされるとは――」

蔵之進の皿に残っていたのは鯛の骨だけであった。

「この味付けはきっとおき玖も面白がるだろう。鯛ではない、たとえば青魚の鰹で試しても旨いだろうか？」

「鰹の臭みを強い香味が和らげてくれるので口当たりはよくなると思いますが、強い香味を好まない方、また、鰹の塩辛等鰹本来の独特の臭みを好まれる向きにはお勧めできません。おそらくこの料理は淡泊な白身魚が多く獲れるところで、日々の暑さを乗り切るために工夫された暮らしの知恵に近いもののような気がします。魚の味よりも香味を主に賞味する料理なのではないかと――」

ドクダミ汁についてというよりも、ドクダミそうめんやお造りにも通じる独自の調味料や料理法について語った。

「暑いととかく口が不味くなる。なるほど、暑くてやりきれないから、それを吹き飛ばす勢いの強い香りを用いて、こんなに手っ取り早い料理ばかり思いつくのだな。ところで暑いところ？　しかし、薩摩も琉球もそこまで日々暑くはなかろう――」

蔵之進は首を傾げた。

「実は――」

季蔵は源次とおりんとの間で進んでいたドクダミについての本の執筆、それに関わって遥か南国では青物として常食されているという、ドクダミ料理作りを頼まれていることを口にした。それからおりんの死が応えて入所した小石川養生所で源次が疎まれていて、虐めに遭いかねないという話も――。

「まあ、御朱印船が廃されてから久しいことでもあるし、この手の料理を書き記したところで御禁制に触れることもないだろう」

珍しく奉行所役人らしい物言いをした後で、

「それより、俺にいい案がある。おまえさん、俺に食べさせてくれた料理の作り方を紙に書け」

季蔵に指示した後、下げ緒でたすき掛けをして厨（くりや）へ入った。

「今からこのドクダミ料理七種を小石川養生所にいる患者と医者、世話係等の分、作ろう。そして届けるのだ。なに、流行風邪禍の時で多く作るのは慣れているだろう？　俺も手伝わされたから多少心得ている。小石川の連中を唸らせれば源次はもう、うすぼんやりのドクダミ馬鹿とは思われない。立派なドクダミ通人だ」

張り切る蔵之進に、

「いいのですか？　あと一刻（約二時間）もすると夜が明けます。おき玖お嬢さんが心配なさっているのではありませんか？」

季蔵は案じた。

「心配要らぬ。おき玖にはおまえさんと料理をしていたと言えば済む。それにこれほど美味い夏薬膳を持ち帰れば文句なんぞ出るものか。そうだった、うちの分も加えておかねばならぬな。また、増えた。五十人分では足りぬかもしれぬ」

――そういえばドクダミの根の炊き込み飯やきんぴらを教えてくださったのは瑞千院様だし、亡き鷲尾影親様への供養分も要る。慈照寺の尼僧の方々にも――

「わたしの方もあと十人分は要ります」

季蔵は慌てて言い添えた。

「ああ、これで間違いなく五十は超えた。地獄耳、千里眼に加えて鼻までよく利くお奉行のことゆえ、それを入れると――」

「七十人分で行きましょう」

最後は季蔵が決めた。

しかし、ドクダミの根や葉は一日水に晒しておく等の下拵えが要る。季蔵の元にある量では七十人分には程遠い。

「とりあえずはドクダミをたくさん集めなくては」

「そうだな。かなり量が要る。この店の裏に生えているだけでは足りぬだろう。八丁堀(はっちょうぼり)の役宅の近くに当てはある」

蔵之進は空が白むのを待たずに塩梅屋を出ていった。

季蔵が裏庭のドクダミを籠一杯摘み終えて、井戸端で泥を洗い流していると、三吉が朝の挨拶も忘れて、

「いったい、何がはじまるっていうの?」

目を丸くしている。

「まあ、これを見ろ」

季蔵はドクダミ料理の作り方を記したものを相手に渡した。

「なになに、何、これっ? ぜーんぶドクダミの料理じゃない? ドクダミは薬でしょ、食べ物なんかじゃないでしょ。なのにどうして?」

三吉はややげっそりした顔になった。

「いいんだ。旨いぞ、ドクダミ料理は。これからおまえにも食わしてやるから手伝え」

「そうは言っても、おいら、おいら――」

食べたくないという言葉をやっと呑み込んだ三吉は、

「そのドクダミ、洗おうか？」

屈み込んで手伝おうとしたが、強い臭いについ顔を顰めた。

「ここはいいから、今すぐ損料屋へ走ってくれ」

三吉に大釜と大鍋、大皿等を幾つか借り出してくるように言いつけた。

「合点承知」

たとえ束の間でもドクダミの臭いから逃れられると安堵した三吉の背中に、

「ドクダミは熱を入れたり、他のものと混ぜると匂いが弱くなり、誰もが食べやすくなる。本当だ。だから安心しろ」

季蔵は言った。

しばらくして大籠一杯のドクダミが蔵之進から塩梅屋に届けられた。

「水に一日晒しておくなどの下拵えは頼む。明日早朝、そちらへ行く」

との走り書きが添えてあった。

五

翌朝、やってきたのはおき玖だった。

「南町はこのところお奉行様がよく変わるでしょ。こういう不穏な時は勝手に休んじゃ駄目よね、とかく人の口はうるさいもの。それで旦那様には、ひとまず朝は奉行所へ行ってもらうことにしたのよね。その代わりはこのあたしが——。すみれのことはお隣に頼んできたの。だからドクダミ料理もう四人分」

すっかり役人の女房が板に着いてきたおき玖は、さっと片袖から出した赤い紐で両袖を括った。

「旦那様はあたしが話したらへーえなんて言って驚いてたんだけど、実はあたし、前にドクダミ食べたことあるのよ。だから旦那様をがっかりさせたけど、季蔵さんが理由あってドクダミ料理を拵えるって聞いても〝あら、やっぱり〟て思ってこっちは驚かなかった——」

おき玖の言葉に季蔵は、

「いったいどんな料理で食べたのです？」

訊かずにはいられなかった。

「おとっつぁんが、今年みたいに暑い夏の盛りに〝おい、おき玖、いくら身体がすっとするからって、冷やそうめんばかり食ってるのも飽きたよな〟って言って、炒めそうめんを作ってくれたのよ。イカの足をざっと刻んで高菜の漬物と茹でたそうめんを胡麻油で炒めて、鷹の爪と塩で調味して、味見したおとっつぁん、〃何か一味、すっきりさっぱりしねえな〃なんて言って裏庭へ。あたしが物心ついた時から茂ってたドクダミを摘んできて刻んでその炒めそうめんの上にぱらぱら」

「暑い盛りの舌に合ったさわやか炒めそうめんに早変わりですね」

——そうか、その手もあったか——

「〃これはガキにはわからねえ、ちょいと洒落た大人の味なんだ、きっと旨いぞ、食ってみな、おまえもこの旨さがわかる年齢になってる〃っておとっつぁん——」

「絶品だったのですね」

「新鮮な大人の味を嚙みしめてた。意外に美味しいんで、〃おとっつぁん、どうしてドクダミなんてもん、食べようと思ったの？〃って訊いたの。そしたら、おとっつぁん、〃山から里へ下りて来てた猿をたまたま見た時、ドクダミをむしゃむしゃ食ってて、猿は人の真似ができるから人もそいつを食えるはずだって閃いた〃ですって」

「なるほど」

　季蔵は微笑んだ。

「そんなわけであたしにとってあのドクダミ入り炒めそうめんは忘れられないお猿料理、おとっつぁんの味。だからこのお手伝い、おとっつぁんがいっぱい思い出せてとってもうれしいっ」

おき玖は大張り切りで摘んできたドクダミを季蔵に倣ってせっせと洗い始めた。

獲れたての魚が届いた。常より大きな魚桶を背負って届けてきたのは、いつもの漁師ではなく豪助だった。入ってきたとたん、ドクダミの臭いに圧倒されたものの、

「また兄貴が面白い料理を思いついたんだろうな」

洗いたてのドクダミの葉を千切って口に入れた。

「実は俺、そうこいつが嫌いじゃないんだよ。特に夏は舟を漕いでる時、噛んでると涼しい」

などとも言い、

「今日はスズキが獲れたんでアラがこんなに出たんだと。アラなんで金は要らねえって言ってた」

旬の魚であるスズキのアラの入った魚桶を土間に下ろした。

「そりゃあいい、今日はついてる」

この時、季蔵は買い手が多い鯛のアラが人数分揃わないのではないかという懸念を捨て去った。スズキは鯛同様白身魚なので、本来の魚の味よりもさまざまな調味料によって醸される汁の香りを楽しむことができる、ドクダミ汁に適していた。

「そう言ってくれるとほっとする」

豪助は季蔵の耳元で囁き、さらに、

「嘉月屋さんのこと、疑ったりして悪かった。でももう全部晴れた。今じゃ、皆もあので

かい氷室のある店をくれるっていう嘉月屋さんを有難く思ってる。皆の恩人だ。兄貴、ごめん」

と詫びて帰って行った。

これで材料が揃い、大量の夏薬膳作りが始まった。

「季蔵さんにおき玖お嬢さんにおいら、何だかなつかしい顔ぶれだよね」

三吉の笑顔に、

「そういえばそうよね」

おき玖は頷き、

――この顔ぶれで日々店を切り盛りしていたのが、つい昨日のように思える――

季蔵もまた感慨深かった。

蔵之進は昼前にやってきて、

「小石川へは役目として同行する。養生所は奉行所の縄張りだからな。養生所係に今日だけ代わってもらって俺が赴くことになった。問題ない」

まずはおき玖を安心させた。

「何としても昼餉に間に合わせたい。これは暑さが真っ盛りの中で食べると最高に旨いはずだ」

蔵之進は言い切り、急ぎ夏薬膳が仕上げられた。

そして大釜と大鍋、大皿ごと、でき上がったドクダミ料理が近所で借りた大八車に載せられた。

季蔵と蔵之進の二人は汗だくになりながら小石川へと大八車を引いた。

「これはいったい何事です？」

先日会った若い医者は驚いたが、蔵之進が名乗って事情を話すと、

「夏薬膳とは何よりです、有難いことでございます。となれば源次さんもお上のご意向を受けておられたわけですね。皆にもその旨を伝えます」

丁重に頭を下げた後、

「薬の匂いとは異なるよい香りですね、食欲がそそられます。こう暑いと食も滞りがちで、皆さん食膳についてもげんなりしていることが多いんです。わたしも楽しみです」

つい本音を洩らして、

「はしたないことを申しました。どうか、このことは肝煎には話さないでください」

口止めを忘れなかった。

――ドクダミの匂いが真から嫌いという人もいるのではないか？――

季蔵は案じていたが杞憂に終わった。たいていの患者たちは、

「身体にいいってからにはおおかた不味いんだろうけどな」

「良薬口に苦しってね」

「でもまあ、源次爺さんの知り合いの料理屋が作ったんだろ、試しに食ってみるよ。おっ、こりゃ、いける」

「旨いぞ‼」

「目からうろこならねえ、舌から舌苔だな」

「ほんとにドクダミ料理なのかい？」

「生きていてよかったよ」

「旨ければドクダミでも何でも結構、久々に暑さを忘れさせてくれた」

「俺は魚が入った汁がたまんねえ。あんなに旨い魚を食ったのははじめてだ」

「あたしはドクダミ飯やお粥と天麩羅、ドクダミそうめん。これなら毎日でも食べられる」

「ドクダミのきんぴらや造りを食ったら、しばらく忘れてた酒の味を思い出したぜ。早くよくなんねえとな」

養生所の人々は予期せぬ珍昼餉に舌鼓を打ちつつ、大いに元気づいて箸を進めた。

賄い係の一人は源次のところへ来て、

「ここにもドクダミは茂り放題。どうやってあんなもんを使って、こんなに美味しい料理を作れるんだろうね」

密かに耳打ちした。源次が季蔵から渡されていた作り方の紙を差し出したのは言うまでもない。

蔵之進は気難しいので知られている養生所の肝煎から、

「病を患う者たちと治療に当たる我らに対して、お上にここまでの細かな配慮をいただいたのは正直、養生所始まって以来のことです。感動を伝える言葉が見つからないほどです。ありがとうございました」

心の籠った謝礼の言葉を受けた。

こうしてドクダミ料理は小石川養生所につつがなく受け入れられた。店ではおき玖が重箱と小鍋を使って七種類のドクダミ料理を慈照寺、五平のところ、烏谷と瑠璃のいるお涼宅、自分たち用とにまず分けた。さらに、スズキを運んできてくれた豪助のところの分も取り分けていると、それなら嘉月屋さんにもと三吉が言い出してまた分けた。そして自分たち用以外は腹いっぱいドクダミ料理を食べた三吉に届けさせた。

届け終えて夕方近くに戻ってきた三吉は、

「ああ、よかった。ドクダミの葉を食べる造りなら、もしかして残ってるかもしんないって思って帰ってきたんだ。やっぱり残ってる。おいら、もうあのタレと生ドクダミの葉に病みつき。嘉助旦那が、この中の一番は造りだって、それでおいらの一番も造りになった。もともと珍しいもの好き、工夫好きの嘉助旦那、そりゃあ、喜んでたよ。誤魔化してたけど涙出てたもん。〝もう少しだから辛抱してください。店を開けて奉公人を呼び戻して、きっと三吉さんの師匠になってみせますから〟だって。やっぱり、おいらの菓子のお師匠様だよ、嘉助旦那は」

危うく泣き出しかけたが、どうにか堪えて、

「嘉助旦那、こうして生きていられるのも季蔵さんのおかげだって何度も言ってた。口が

上手じゃないから上手くお礼が言えなかったけど、心は感謝で溢れてるって伝えてほしいって。季蔵さん、おいらからもありがとうございます」

土間に膝をついて頭を垂れた。

六

季蔵は余ったドクダミを無駄にせずに葉を絞ってドクダミ酒を二瓶仕込んだ。瑠璃のためもあったが、もう一瓶は烏谷用である。ドクダミ酒を持ち帰ったお涼から以下のような文が届いていた。

ドクダミ酒、瑠璃さんがたいそうお気に召されて飲んでいます。旦那様にも少々いただいております。瑠璃さんのための薬酒なのにごめんなさい。瑠璃さんはもちろんですが、流行風邪以降も無理が続いている旦那様にも大事にしてもらいたいのです。勝手をしてほんとうにすみません。

ドクダミ料理を届けた後にも文が来た。

瑠璃さん、旦那様と争うように七種のドクダミ料理を召し上がっていました。この目が信じられないくらい。虎吉の目も驚いていました。何よりでした。これで瑠璃さんの暑さ負けも何とか——。重箱をお返ししなければなりませんのでどうか、一度お立ち寄りください。

——わたしの料理で瑠璃が暑さに勝てそうでよかった——

季蔵は重箱を返してもらいがてら、瑠璃の顔を見に行くことにした。

——食が進むものを何か持参しよう——

寒天好きな瑠璃のために寒天菓子を幾つか考えていると、がらりと店の油障子(あぶらしょうじ)が開いて、のしのしと烏谷が巨体を揺さぶりつつ入ってきた。仕込みも賄いも終わり、三吉は使いに出ている。流行風邪禍の時以降、烏谷はこうして神出鬼没に現れる。たいていは市中を駆け回っていて空腹に陥っての腹満たしなのだが、

「腹は空いていない」

烏谷は不機嫌この上なかった。

「喉(のど)は渇いておられませんか?」

季蔵は冷やした甘酒を勧めようとした。甘酒は夏でも熱くして飲むのが普通なのだが、烏谷は井戸でよく冷やした甘酒を好む。実は松次もそうだとわかり、他にもこちらを好む向きは結構あって、塩梅屋では夏に限って冷やし甘酒を常に用意していた。

「いや結構」

烏谷は憮然(ぶぜん)とした面持ちでいる。

——どうやら怒りの矛先はわたしのようだ——

覚悟した季蔵は、

「どうぞ、あちらへ」

無言の烏谷を離れへと案内した。

烏谷を上座に座らせて控えていると、

「何か忘れてはいないか？」

相手は季蔵を睨み据えた。

「もちろん忘れてはおりません」

季蔵は目を伏せた。

「たしかに届けてくれた酒も料理も旨かった。小石川にいる源次のことも蔵之進から聞いた。だが、そち、少しばかり、ドクダミ料理熱に浮かれすぎてはおらぬか？」

「申しわけございません」

季蔵は深く頭を垂れた。

「おりんの件は避けられない事故で一連の事件とは関わりのないことがわかった。だが、残る三人の行方はまだ杳として知れない。親たちは皆、いなくなったおりんが死んでいたとわかって心おだやかではない。自分たちの娘ももうすでに命がないのではないかと悲嘆に暮れたり、だったら、たとえ人買い目的であっても、神隠しの方が生きているかもしれないのだから、まだましだと言ったりの切ない親心だ。このところこれを瓦版屋が市中に広めている。こうした悲嘆の涙の筆頭が京谷屋絹次郎だから厄介だ。京谷屋は南北両奉行所に袖の下を渡しつつ娘を探させ、片や息のかかった瓦版屋にも密かに金を流して、お上の不甲斐なさをちくりちくりと書かせている。これではこちらもお上の体面に関わっても瓦版屋を取り締まれない。江戸一の京谷屋が積んでくれる金は半端ではない。流行風邪禍で疲弊し尽くした市中を元に近づけるには物入りゆえな」

「富裕者からのこのような寄進で私腹を肥やす輩が、両奉行所に一人もいないことを祈るばかりです」

南町での不祥事とそれに続く不透明な人事、一連の事件への対応がふと季蔵の頭をよぎった。

「そちも随分手痛いことを言うではないか」

烏谷はにやりと笑った。

——少し機嫌を直されたようだ——

季蔵は気がつくと冷や汗を流していた。

「やっといつものそちらしくなったぞ」

「恐れ入ります」

「では命じよう。是非とも瑠璃を訪ねてやってほしい」

烏谷の口元は綻んでいるが目は少しも笑っていない。冷ややかに命を下す時の目であった。

「それはいったい――」

続けかけた季蔵の言葉を遮って、

「来ればわかる」

烏谷は言い切ると、

「冷やし甘酒を頼む。井戸に冷やしてある鍋ごと持ってきてくれ」

この時ばかりは無心な童顔になった。

翌日季蔵は瑠璃の好物の寒天菓子を拵えた。これは鍋で煮溶かした寒天を型で固め、賽の目に切って黒蜜で絡め、黄粉と宇治抹茶をかけて食する。

――やれやれ、お役目も兼ねることになったとはな――

やや苦い想いで季蔵はお涼の家の前に立った。

――いったい瑠璃の身に何が起きているというのか？――

もはや心身の加減が悪いとは思っていなかった。

――しかし、わたしが関わっていることに絡んできっと何かある――

今までも季蔵は瑠璃に護られてきていると感じていた。烏谷からの役目が暗礁に乗り上げたり、季蔵自身に危機が迫りそうになると瑠璃は常にない振る舞いをする。それが紙を染めての草花造りだったり、突然、口ずさむ昔語りや世に広く知られている短歌だったりした。

――人智を超えた瑠璃の力による暗示にはたしかに助けられてきた。だが、ああいう力は瑠璃の心の奥底が恐ろしい過去の思い出という魔物に、治癒不可能なまでに冒されているか、食い尽くされている証なのではないか？――

そう思うと季蔵は堪らなかった。

「よくおいでになりました。瑠璃さんはお元気です。多少は涼しい縁側に座っておいでです」

お涼が出迎えてくれた。

「気持ちばかりの涼です」

季蔵は賽の目寒天の入った重箱と黒蜜壺、懐紙に包んだ黄粉と抹茶を渡した。

「瑠璃の好きな宇治抹茶黄粉黒蜜寒天です。寒天は今少し井戸で冷やして召し上がってください」

座敷に通された季蔵は座っている瑠璃の後ろ姿を見た。夏の初めに訪れた時は二階で床に就いていた。

「お医者様が滋養不足で弱っているとおっしゃっています。それで夏風邪を引いたのかもしれないと。長い梅雨でしたのでうっとうしさに食が進まず、心も身体も晴れないのだろうとも」

その時のお涼は案じられてならない様子だったが、今は、

「寒天をいただく支度をいたしましょう」

瑠璃に快活に話しかけると厨へ入った。

瑠璃の無心な目は向日葵が咲いている庭を見ていた。この向日葵については何年か前、市中の花好きたちが集う会に烏谷が呼ばれた折、

「皆は背丈ばかり高くて黄色い花が大きすぎて風情が微塵もない、下品な花だとさんざんこき下ろしたがわしはそうは思わなかった。この花の種を食べる鳥たちが大きな花芯の上で羽を休めているのを見ていて感じ入った。頼もしくも優しい花なのだとな。こいつが庭にあれば人までも元気を貰えるような気がした。特に瑠璃には必要な花だと思った」

と種を分けてもらって以来、今時分毎年逞しい背丈に伸びて堂々とした大きな花をつけていた。季蔵は向日葵を目にするたびに瑠璃の快復が信じられた。お日様のような輝かしい花がそれをもたらしてくれるような気がする。季蔵にとってこの向日葵は救いだった。

「季之助様」

瑠璃が季蔵を見た。その目は向日葵を見ていた目と変わらず無心であった。だが季蔵は胸が詰まった。

——今日の瑠璃は元気だ——

正気を失った瑠璃に今の季蔵はわからない。その代わり、武士で幼馴染で許婚だった季之助のことはまだ心にあるのだ。だが瑠璃が季之助と呼んでくれることはそう多くない。かなり心身の状態が良好な時に限られている。

するとそこへ、いきなり瑠璃の飼い猫の虎吉が姿を見せた。口に紙細工の草花造りに使う紙を咥えている。

「あら、まあ、どうしたの？」

厨からお涼が追いかけてきた。

虎吉は瑠璃の膝の上にその紙を落とすと、一声高くにゃーおと鳴いた。

七

さらにまた虎吉は瑠璃の顔を見てにゃーおと鳴いた。瑠璃が虎吉を抱き上げると膝の紙が畳に落ちた。虎吉は瑠璃の腕からするりと抜け出すと、落ちた紙を咥えて今度は季蔵の膝の上に置くと瑠璃の膝に落ち着いて丸くなった。

季蔵は膝に置かれた紙を見た。それには〝大房屋（おおふさや）、京谷屋、季之助様〟と瑠璃の手跡があった。

――大房屋の娘さんとは幽霊画で知られている泉水寺（せんすいじ）へ出張料理に伺った際に会っている、京谷屋さんは絹代ちゃんがいなくなって奉行所は南北を挙げての大騒動、わたしにも火の粉は降りかかってきている――

「これはいったい――」

季蔵は咄嗟（とっさ）に瑠璃に問い掛けたが、再び瑠璃の目は庭の向日葵の方を見ている。

「それは季蔵さんがおいでになったら、見せるよう旦那様から言われていたものです。虎吉ったら、じゃれつくふりをしてあたしの袖から取ったんですよ。それは瑠璃さんの書いたものですから、あたしからじゃなく瑠璃さんからあなたにお見せするものだと思ったんでしょう。虎吉らしいですよ。いただいたドクダミ酒も〝瑠璃さんのものだ、他の奴は飲むな〟って顔で見張ってるんですもの。さすがに少しいただいている旦那様に鳴いたり、飛びかかったりはしませんけどね。旦那様をものともしない虎吉は本当に忠臣の鑑です」

応えたお涼は、

「教えていただいたドクダミ酒、さっそくうちでも仕込んでみたんですよ。でも瑞千院様のところのもののように上手くできるかどうか――。あたし、ご存じでしょうけどあまり料理が上手くなくて――」

話を続けて苦笑した。

「これについてどう思われます？」

季蔵は紙を手にして訊かずにはいられなかった。

「旦那様はいつもの瑠璃さんの季蔵さんを気にかける印だと言ってますけど、こんなに短くて名前だけ並んでること、今までになかったでしょう？　だからあたしはこれはただ書いただけのもので、今までみたいな深い意味はないと思ってます」

「お涼さんは今まで大房屋さんや京谷屋さんに立ち寄ったことは？」

「どちらも芸者をしている頃に行ったことはありますよ。大房屋さんにはご贔屓のお客様で天麩羅がお好きなお方に連れて行っていただきました。京谷屋さんには芸者にとって着物は商い道具ですので立ち寄るというよりも、時季ごとの新作を持って来てもらっていました」

「瑠璃が育った家は多くの武家同様質素でしたし、ここにお世話になってからは籠りがちでしたので、大房屋さん、京谷屋さんどちらも縁がないように思います」

季蔵はあの紙に書かれていた店の名の羅列に意味があると直観していた。だが、

「ところがそうでもないんです」

お涼は神妙な顔で首を横に軽く振った。

「まさか、瑠璃が大房屋で天麩羅を食べたり、京谷屋さんで反物をもとめていたとでも？」

そんな贅沢を許せる余裕が烏谷や今のお涼にあるとはとても思えなかった。もちろん季蔵にもない。

「贅沢は女のたいそうな心癒やしになりますんで、はい、そうですと言いたいところですが、残念ながらそうではありません。これは旦那様もご存じのことですが、往診をお願いしているお医者様に薬草花の趣味があるんです。庭の薬草園で香りがよくて花の綺麗な薬草を四季折々に咲かせてらっしゃいます。そのお医者の先生から〝よい香りは心に効き目がある。ヒロハラワンデル（ラベンダー）、薫衣草とも言うが、その花が咲いたら報せるからおいでなさい〟と誘ってもらいました。それで瑠璃さんと伺った時に大房屋さんのお波留さん、京谷屋さんのお内儀お志麻さんと話す機会があったんです」

「つまり瑠璃は大房屋さんの娘お波留さんや京谷屋さんのお内儀お志麻さんと直にお目にかかっていたというわけですか？」

――それで例の印はあのように短かったのかもしれない――

「ええ」

そこでお涼は戸惑いの表情を見せた。

「どんな話をしたのです？」

季蔵は追及した。

「これは旦那様にも話しておりません。誰にも言ってくれるなと口止めされておりましたし、なにぶん、女同士の話ですし、もしやということもございますし——ああ、でもそうではないこともあるし——」

珍しくお涼は取り乱している。

「お奉行様のお耳に入れたくないことは言わぬつもりです。しかし、屋形船からいなくなった絹代ちゃんの行方を一刻も早く知るために必要なのです。母親のお志麻さんもさぞかしご心配でしょうから」

「わかりました」

お涼は覚悟を決めた。

「薫衣草は何とも素晴らしいものでした。お医者様のお家がまだ先だというのに得も言われぬ香りが漂ってきていました。深い落ち着きをもたらしてくれるお香とは別で、心地よい落ち着きに誘われるのです。そして咲いている紫色の花姿は華麗すぎず地味すぎず、これもまた案配がいいんです。あたしたちはすぐに薫衣草に魅せられてしまいました。そして薫衣草畑が広がっている薬草園の一角でずっと立ち止まっておりました。こんなに永くいては疲れるのではないかと、あたしは瑠璃さんのことが気になりましたが、瑠璃さんがそこから離れたくないと思っていることもわかりました。本当にこの薫衣草には心を癒す効能があるようにも思えたんです。半刻（約一時間）はそのままそこにいたと思います。ほどよく気持ちを明るくさせてくれるんです。すると、その香りに誘われたのか、あるいはあたしたちのように、薫衣草が咲いたと知らされた患者さんなのか、若い娘さんが一人、薬の包みを手にして薫衣草畑の前に立ちました。はじめはあたしたちに気づいていない様子でしたが、そのうち向こうからご挨拶をいただきました」

「それが大房屋のお波留さんだったのですね」

――泉水寺で身分を偽っていた時のお波留さんはお由美と名乗っていた――

「当初、このお方も瑠璃さんのようによんどころないことがあって心を病んでこちらへ通っているのかと思いました。それほどお顔の色が優れず思い悩んでいるような様子だったからです。ついお尋ねしてしまうと、ここへはお父様の大房屋さんの薬を頂きに来たのだと言って、薬の包みの中身を見せてくれました。小さな瓶があって、これは沢山の薫衣草からほんの少ししかとれない大変貴重な薫衣草油で、枕に垂らして眠りに就くとぐっすり眠れる効き目があるのだそうです。大房屋さんは長年、寝付きの悪さに悩まれていたようですね。娘さんのお波留さんは薫衣草畑中に入って何本か薫衣草を手折りました。思わず〝いいんですか？〟と訊くと、〝どうせこれも薫衣草油の高値に入ってるんだからいいのよ。それに薫衣草はこのままこうして嗅いでいても心にとっても優しいの。手折った後、乾かしてもずっと香る。だからこれはあたしたちの分〟と言って、はじめてお茶目な笑顔を見せてくれた上、手折った薫衣草を二本ほど瑠璃さんに渡してくれました。薫衣草が厄介なのは花がぽろぽろ茎から落ちるところ。知らないで持っている瑠璃さんの手から地面に落ちて、あたしが拾い集めるのをお波留さんが手伝ってくれたんです。その際、瑠璃さんの深い心の病に気づいて、〝心に付いた傷はなかなか癒えないものね〟と話しかけていました。その時の顔は初めに見た時の憂鬱な翳りがあって、〝好きな人と一緒になれずに諦めなければならないって辛いものよね〟と独り言を言いました。その時、空耳かもしれませんが、瑠璃さんは〝そうね〟と呟いたんです。あたしはこれは薫衣草の効能かもしれないと思いまして、大事に大事にしております」

お涼は袖から晒に包んだ薫衣草を取りだして季蔵に見せた。鮮やかな芳香が季蔵の鼻をくすぐった。

「たしかに明るく落ち着くいい香りですね」

烏谷が植えて瑠璃が今も見ている向日葵のような効能だと季蔵は思いつつ、先を促した。

「そこまでが大房屋さんのお波留さんとの出会いだとすると、京谷屋さんのお内儀さんとはどのようなことがあったのです？」

「あれはもう、こちらもびっくりで、あんなことが大店ご夫婦の間で起きていたなんて、あんな酷い様子を見ていなければ信じられはしなかったでしょう――」

お涼はそこでまた戸惑って躊躇した。

「わたしを信じてください」

「ではこの先を。あたしたちは薫衣草畑を離れがたくしばらくそこにおりました。だってこんな素晴らしく穏やかな気持ちにさせてくれるところだというのに、次の機会まであと一年は待たなければなりませんからね。すると、〝助けて〟というか細い女の声が薫衣草畑の向かって右の端から聞こえてきました。あたしたちが立っているのはこの畑へと続く左端の通路でした。〝助けて、助けて〟その声に釣られていの一番に走りだしたのがお波留さんでした」

第五話　福おにぎり

一

「もしや、その助けを呼んだ方が京谷屋さんのお内儀さんだったのでは？」

「その時はわかりませんでしたがそうだったんです。お腹を抱えて蹲っていました。あたしがすぐにお医者様を連れてこようとするとその方は、〝どうせ、またいつものことで仕舞いなんでしょうね〟と虚ろな顔で呟きました。〝何があったの？〟とお波留さんが訊くと〝他人様に言ったところで仕様がないんです〟とやはり呟いて気を失いました。お医者様とお弟子さんたちが駆けつけて、〝京谷屋のお内儀さん〟、〝お志麻さんしっかりして〟と呼んだので、あたしたちはその方が京谷屋のお内儀さんとわかったんです。〝こうなったらとことん見守りましょう〟とお波留さんが言い出し、お医者様は渋い顔をなさいましたが、お志麻さんのことを案じるあたしたちは治療処の前の廊下に並んで快復を祈りました。もう、いてもたってもいられない気持ちでした。瑠璃さんはずっと目を閉じていましたが、その目から涙が滴り落ちていました」

「で、医者の診たては？」

「身籠っていた子が流れてしまったんです。お波留さんが〝これはすぐに京谷屋さんに報せなければ――、もう報せたかしら？〟とお医者様に訊くと〝お嬢様、これにはちと込み入った事情がございまして〟と前置きされて、〝実はお内儀さんは自分で転んだとおっしゃっておいでですが、そうではないとわたしどもは思っております。この手のことが度重なっております。どうかお察しください。このまま京谷屋さんが迎えに来られればお戻しするしかないのでしょうが、いずれは命を落とされるのではないかと案じられて、ああ、どうすればよろしいのか――〟とお医者様は暗い顔でため息をつきました。また、お志麻さんを見舞うと〝子が流れてしまった。おそらくもうあたしには子はできない。そうとわかったら旦那様に今度こそ殺されてしまう。そうなったら絹代はどんな目に遭わされるか――。やはりわたし帰らなければ――〟と泣きながら話し、布団から立ち上がろうとして倒れてしまいました。するとお波留さんが〝なんていう非道な男なんでしょうね、京谷屋絹次郎って〟と怒りに顔を真っ赤に染めて、〝あなたも医者でしょう。医者なら医者らしく戻せば命に関わるなんてこと言ってないで、ここを動けない病気でもでっちあげたらどうなんです？　たとえば腰に来る新手の風邪で大流行するかもしれないとか――〟なんて思い切ったことを言いました。お医者様は〝流行風邪などと言ったら患者が寄りつかなくなります〟と泣き声を出しましたが、お波留さんは〝誰がそんな与太話広めるっていうの？お客が来ないのを恐れるのは京谷屋さんだって同じですもの、隠しこそすれ、ここに置いてくれることも含めて大安心、広めたりなんぞするもんですか〟と迫って言いくるめました。お波留さん、一見は可愛い小町娘なのになかなか肝の据わったお方です。頼りになるし、すっきりさせてくれます。瑠璃さんもにこにこ笑っておいででした」

「〝そうなったら絹代はどんな目に遭わされるか――〟とお志麻さんが言ったのは父親と娘ではあってはならないことを言っているのでしょうね」

「だと思います。お志麻さんはあたしたちが辞す時にも〝絹代、絹代をここに連れてきてください、お願いです。あの娘の身が心配で心配で、七歳の祝いもこの秋ですし、旦那様はとびきりの祝いをすると張り切っておられましたし、父娘婚儀などともおっしゃって――〟と言って泣き通していましたから」

「とすると屋形船から絹代ちゃんを連れ出したのはお志麻さんかもしれないことになりますね」

「でもお志麻さんは臥せっていて――」

「ですが子流れが癒えれば腰にくる流行風邪は京谷屋さんを躱す詐病ですし」

「ええ、たしかに」

お涼は渋々頷いた。

「お志麻さんは小町を何人も足したような類い稀な美人と評判の娘さんでした。器量を見込まれて大きな絹問屋の養女になったのでしたが、生まれは品川の漁師の子ですから、小舟くらいは漕げたはずです」

屋形船をとりまいて商いをするうろうろ舟はまさしくこの小舟であった。

「まさか、あのお医者様のところへ出向いて問いただすなんていうことをなさるおつもりでは？」

お涼のこの言葉に虎吉がにゃーっしゃーっと威嚇の鳴き声を発した。

「いいえ、出向くとしたら養女に貰われた先です」

「その店ならもうありません。流行風邪禍に持ちこたえられなかったようです。養父母が借金を残して亡くなった後、それを肩代わりしてくれるという条件付きで京谷屋絹次郎さんと一緒になったんです」

「くわしいですね」

「その頃は瓦版屋が書き立ててましたからね。京谷屋さんも若くして押しも押されぬ江戸一の呉服商で結構男前ですし、お志麻さんは美女中の美女なんで、雛の時季には二人の顔を模した紙の雛人形が出回ったくらいでした。それくらい絵になるご夫婦だと評判でしたのに――。あんな目に遭うのならまだ、吉原で奉公した方がましだとあたしが言ったら、お波留さん、〝そんなことはないわよ、絹代ちゃんがいるのだから〟と言ったのにはなるほどと思いました。そこがあたしのような色町の水で生きた女とそうでないかたぎの娘さんとの違いだと――。たしかに女にとって我が子はこの身にかえても守るかけがえのない宝なんでしょうね」

お涼は珍しく長い感慨を洩らした。

「とりあえずは医者のところへ行ってきます」

立ち上がりかけた季蔵に、

「もう充分、寒天がほどよく冷えましたでしょう」

お涼は厨に戻り、抹茶黄粉黒蜜寒天を器に盛り付けて運んできた。

「さあ、どうぞ」

差し出された瑠璃が菓子楊枝でゆっくりと口に運び終えると、虎吉がにゃーっと鳴いて筆と紙を咥えてきた。器を盆に置いた瑠璃は筆を使った。紙には一言〝品川〟と書かれていた。

——そうか、やはり瑠璃の力は凄い——

お涼の家を辞し、季蔵は医者を訪ねた。思っていた通り、お志麻はいなくなっていた。

「すでに快復されておいででしたし、お気持ちが変わられてお戻りになったのでは？　京谷屋さんからは何も言って来られていません」

医者は言葉少なかった。

この夜、季蔵はお志麻のことが気がかりではあったが、暑さのあまり浅い眠りを続けていると、どんどんと油障子を叩く音で目覚めた。

「季蔵さん、季蔵さん」

下っ引きの重七の声だった。

「何か、ありましたか？」

「松次親分が、今すぐ大房屋までお越しいただきたいそうです」

「わかりました」

季蔵は素早く着替えて重七と歩き出した。

「大房屋の主が亡くなりました」

「押し込みですか?」

松次が重七を寄越すのは病死などであろうはずもなく、大房屋ほどの大店になれば押し込みに狙われても不思議はなかった。

「それが二階から落ちて亡くなったそうです」

——ということは自害かもしれないということだな——

「大房屋の娘お波留さんはどうしていますか?」

「意外に落ち着いているようにお見受けしました。泣いてはいなかったのではないかと——」

——お涼さんが言っていた通り、気持ちのいいほど肝が据わった気丈な女だからな、お波留さんは——

季蔵は、駆け落ちを計画していた相手の盾になるかのように前に進み出た時のお波留の勇姿を思い出した。

——あの姿は一人で大勢に立ち向かおうとする健斗さんの身を助けるためだったのだろう。だが、そういうけなげさだけではなく、こんな無道、卑怯、誰が許すものかという、ずしんと響く気概が溢れていた。それが京谷屋のお内儀へも向かったのだろう——

「嘆いていたのは手代の蒼汰さんでした。孤児で幼い頃、大房屋さんの勝手口で天かすをねだっていたところを偶然、主の目に留まり、奉公することとなり、以来ずっと〝恐れ多くて決して口には出せなかったけど、心の中じゃいつもただ一人のおとっつぁんだった〟そうです。蒼汰さん、おいおい男泣きを続けています」

——あの時の男か——

季蔵は蒼汰が浪人者やごろつきを集めて泉水寺に押しかけてきて、お波留を連れ帰ろうとした時のことが頭を過った。

——蒼汰さんの目は誰を見る目も氷のように冷たかった。健斗さんを睨む目はそれに獰猛さが加わっていた。お波留さんが相手のために身を挺そうとしたほど怖ろしげだった。そのくせ、お波留さんを見る目は期待の入り交じった熱さがあった。あれはもしかして——

そう思いついた時にはもう大房屋の広い店構えが見えてきていた。

二

仙左右衛門一代で屋台の天麩羅屋からのしあがった大房屋は、気楽に上がれる大座敷と貸し切りの離れに分かれている。衝立だけで仕切ってある大座敷の方は庶民向きのそう高くない品書きが売りで、離れの方は、畳が常に青々しく、調度品は高価で、地続きの隣りを高値で買った庭は京風そのものだった。黒松を主に紅葉等が植えられ、渋めの灯籠に趣きがある。樹々の足元には緑が綺麗な砂苔がさらなる趣きを添えている。京から庭師を招いて造らせたとあってなかなかの出来栄えであった。ただしうつ伏せに倒れて、頭と口から血を流している仙左右衛門の骸さえなければ――。

大房屋仙左右衛門は離れの二階を自室にしていた。ここ何年間か仙左右衛門は仕事のほとんどを手代の蒼汰に任せていたが、離れを貸切る上客にだけは娘のお波留と共に自ら挨拶に出ていた。

倒れて死んでいる仙左右衛門を取り囲むように烏谷、田端、松次の顔があった。重七も加わった。少し離れたところに座ったままの蒼汰はまだ肩を震わせている。

――お波留さん――

お波留は烏谷たちからも蒼汰からも離れて立っていた。その目は開いたままになっている二階の窓をじっと見ていた。

「大番頭はおらぬのか？」

烏谷の言葉に、

「大房屋には若い者ばかりで番頭も大番頭もおりません。成り上がりが恰好をつけるのはかえってぶざまだというのが旦那様のお考えでした」

蒼汰は応えた。

「それでは手代のおまえが大番頭格ということか？」

「一応、手代頭というお役目をいただいております」

そんな会話を耳にしながら季蔵はお波留の方へと歩いた。

「何か、気になることでも？」

「ああ、あの時の料理人さん、たしか季蔵さん？」

「はい」

「おとっつぁんがああして死んでるのを見つけたのは実はあたしなの。枯山水っていうこの庭、わりに好きなのよ、あたし。夏は夕涼みがてら散歩するの。そうしたら――」

「お父様が亡くなっていた――」

「そう。あの強気なおとっつぁんが死んじまうなんてまるで信じられなくて――。奉行所の皆さんは自死だって言っているのよ。下の白御影石にぶつかってできた以外の傷はどこにもないからって、それが命取りだって」

「なるほど、少々お待ちください」

季蔵はお波留から少し離れて仙左右衛門の骸に手を合わせ、屈むとその口に顔を近づけた。

「そいつはあっしらもとっくにやったさ。毒でくらくら来て下に落ちたんじゃあねえよ」

松次がやや鼻白んだ。烏谷と田端、重七は浅く頷いた。

「わたしが気になるのはあれなんです」

季蔵は仙左右衛門の部屋の窓の下方を指差した。

「ここからでは見えませんが、もう少し寄れば見えます。鳥籠が木の枝に引っ掛かっているのです」

そう伝えて季蔵が数歩歩くと、

「鳥籠ねえ――」

「いったい誰のものだ？」

「何でそんなもんが木にある？」

鳥谷たちがついてきた。

気がつくとお波留を交えて六人が木の枝に引っ掛かっている鳥籠を見上げていた。すると急に鳥籠から、キョッケー、ゴキッチョー、ゴキッチョッ、ケキョという大きな鳴き声が聞こえた。

「ああ、よかった、鶉は無事だったんだわ。よかった、これでおとっつぁんもほっとしてるわ、きっと」

お波留の顔に微笑みが浮かんだ。

「ということはこの鶉は仙左右衛門さんが飼っていたものですか？」

季蔵は訊いた。

「ええ」

お波留は頷いた。

「おとっつぁんね、つきあいで鶉の鳴き合わせの会に入ってたのよ、というよりも援助をもとめられてた。それで時たま、その会に顔を出すんだけど、鶉の鳴き声の善し悪しなんてわかんないのにとぼやいてた矢先、声が大きすぎて優美じゃないって理由で食べられそうになった鶉がいたんだそう。可哀想になってその場で買って飼うことになったのが、ね、あそこにいるうず太郎。命の恩人だと思ってたのか、おとっつぁんにはよくなついてた。おとっつぁんも、じゃれつかれて指を嘴で傷だらけにするほど可愛がってたのよ」

「だとしたら後に残すのはそれこそ食っちまわれちゃ気の毒だから、一緒に連れて逝こうとしたんじゃねえのかい？　珍しいが相対死（心中）の相手は鶉で、うず太郎は生き残っちまったことになる」

　松次はしたり顔で言った。

「まさか、おとっつぁんがうず太郎と相対死なんてあり得ない」

「しかし、あり得ない、あり得ないでは証にはならぬ」

　田端は理を諭した。

「今や大房屋は誰もが一目置く、江戸市中全体の天麩羅屋の要だ。何が苦しくて辛くて自ら死ぬというのだ？」

　烏谷はお波留の方を見た。

「思い当たることはないのか？」

　お波留は黙って首を横に振った。

「あと一つ、気になっていることがあるのです」

季蔵は数歩戻って再び骸の前に身を屈めた。

「口から血は出ておりませんでしたし、毒の臭いもありませんでした。けれども——」

季蔵は食い縛っている口を開かせると口中から小さな紙片を取り出した。

「まさか大事な証を守ろうとしたのか？」

田端の面持ちがさっと緊張した。

季蔵はまだ口中に残っている紙片を全て取り出した。紙片には何やら刷った字が書かれている。

注意深く並べてみると、
当世隆盛を極める天麩羅屋大房屋では最上天麩羅という名のもとに、明石の鯛、タコ、アナゴ、塩天麩羅の付け塩には赤穂の塩を供しているという。どれも高値の極みなので手が出る大尽は少ない。それをいいことに偽っている証が見つかった。赤穂の塩は保存が利くのでともかく、明石の鯛、タコ、アナゴを大房屋に運んだという廻船問屋、海産物問屋の船がどんなに探しても見つからないのである。これぞ偽りの証でなくて何であろうか？

「これは本の一部ではなく瓦版ですね」

季蔵には紙質や言い回しでわかった。

「真か？」

田端が息を詰めた。

お波留は黙って頷いた。

「あなたからお父様に意見したことは？」

「これが出る前に気づいていたので、言っていました。明石や赤穂のものだとしないでもっと適した価格で供するべきだと――」

「ところが頑固な強欲おやじは聞く耳なぞ持ちやしなかったろう？」

松次は憤怒の赤い顔になった。

「明石や赤穂を謳っているからお客様がおいでくださるのだと譲りませんでした」

お波留が俯くと、

「まあ、それは一理ないでもない。食はその時の気分だからな」

烏谷は肩透かしのような物言いをして、

「わしが気になるのは、なぜ仙左右衛門は二階から飛び降りる前に、奴としたら憎むべきこの記事を飲み込もうとしたかだ」

首を傾げた。

「食ってしまえば無くなりますからね。こんなもん、無かったことにしたかったんですよ」

「しかし、これらは刷りだから呑み込んで無くなるものではないぞ。食ったとて無くならん。食うだけ無駄ではないか？」

「食べさせられたのだとは考えられませんか？」

「何でまた——」

季蔵の言葉に松次は困惑した。

「ところでお父様はどんな方でしたか？」

季蔵はお波留に訊いた。

「苦労をした人らしくお客様に上下はつけない偉さはありましたが、奉公人たちには厳しかったです。わたしのこともまだまだ半人前なのだからと容赦がなく、〝おまえの万事に算盤の網を巡らせられない体たらくは、ようは頭がよくないからで死んだ母親そっくりだ〟といつも叱られていました。算盤がよくできる父は寝坊した奉公人には朝餉を抜くなどして費えを抑えていました。酷い人です」

言い切ったお波留に、

「だとしたら、おまえがこの瓦版を再三見せ、腹を立てた仙左右衛門がそれならみておれとばかりに食ってしまおうとした。とはいえ、ものは紙、喉を詰まらせてはいけないと慌てたおまえは止めさせようとした。そこで父娘で揉みあいになった。夏のこととて窓が開いていたのが悲運だったということは考えられぬか？　親殺しは死罪だがお上にも慈悲はある。きっとおまえの場合は事故と見做されるだろう。どうだ？　正直に話してみる気はないか？」

烏谷は水を向けた。

三

「いいえ、断じてそのようなことはあり得ません」

お波留はきっぱりと言い切った。

「そうであろうか？」

田端が鋭い眼差し（まなざし）を向けた。

「おまえが慌てた様子で離れの階段を下りて、ここへ向かうのを見たという奉公人がいるぞ。鯛や塩の産地を偽っていたことで父親と争っていた挙句のことではないのか？」

「それは——」

お波留が言葉に詰まると、

「そんなことはありません。お嬢様は旦那様がお寝（やす）みになったのを確かめた後で、てまえと庭で会う約束をしていたのですから。てまえが帳面の整理に追われて遅れてしまい、お嬢様お一人がこのような無残な旦那様のご様子をご覧になる羽目になられたんです」

蒼汰が庇（かば）うように寄り添った。その目はお波留に向かって熱かったが、

「いいえ」

お波留は首を横に強く振った。

「蒼汰の言ったことは半分は真でもう半分は偽りです。たしかにあたしはおとっつぁんの

様子を見に行きました。おとっつぁんは寄る年波のせいで、あちこち調子がよくないですから。あんな男でもおとっつぁんはおとっつぁんですので長生きはしてほしいと思っていました。それで、父が眠りに就く前ぐらいはなるべく穏やかな言葉をかけようと決めていました。けれども庭で会う約束なぞしておりません。庭に出たのは蛍を探してのことです。おとっつぁんは蛍が好きでここ何年か、蛍がこの庭にも迷い込んできていたんです。蛍が見つかったらおとっつぁんのところへ届けるつもりでした」

お波留の言葉に、

「高岡屋健斗とのことをああまで反対されても、まだお嬢様は旦那様に長生きしてほしいと願っていたんですか？」

蒼汰は唇の端を歪めた。

「これとそれ、おとっつぁんを大事に思う気持ちと男への想いはまた別のものです」

お波留はきっぱりと言い切った。

「それでは言わせていただきますとお嬢様と旦那様が罵り合いながら、摑み合っている様子をてまえは見ました。気になって離れの廊下の途中で窺っていたんです。先ほどああ申し上げたのはこの大房屋とお嬢様、ひいては旦那様に傷をつけたくない忠義心ゆえです」

蒼汰もここぞとばかりに主張した。

「嘘ばかり」

お波留はこめかみを震わせ、

「嘘ではありません」

　蒼汰の声はしごく落ち着いていた。

　そこで季蔵は、

「蒼汰さん、仙左右衛門さんの部屋を見せてください。そうすれば嘘と真の別がつくかもしれません。お願いします」

　頭を垂れた。

「かしこまりました」

　こうして蒼汰とお波留、こちらの五人は豪華な離れの二階へ続く階段を上がった。

「落ちてるねえ。酷く焦ったんだろうね」

　松次が途中で赤珊瑚の簪を拾った。

「おまえのだろう？」

　田端に訊かれると、

「ええ、でも今日は挿していません。それは母の形見で晴れの日用ですから」

　お波留は、普段使いの平打ち銀の簪を抜いて見せた。

　障子を開けて部屋に入った。遊郭のものほどではないが派手な布団が延べられている。骨董屋垂涎の調度品の数々も並んでいる。

「旦那様が階下の客間より豪華にとおっしゃって造らせた部屋です」

　蒼汰が説明した。

「おおっ、家康公のお姿を描いたという御用絵師狩野探幽の屏風絵があるぞ。殺しだとしたら物取りではあり得ぬな」

烏谷は断じた。

季蔵は屈み込んで畳に目を凝らしていた。青い畳の縁に白い滓がこびりついている。さらに頭を横にして畳の目の間を見ていくと、目と目の間が白い滓で埋まっている。

「どなたか針金とか、切っ先の細いものをお持ちではありませんか？」

季蔵が皆に訊くと、

「これでしたら」

お波留が先ほどの簪を差し出した。

季蔵はその簪の足の先で畳の間に埋まっている白い滓を取り出して掌に溜めた。

「嗅いでみてください」

言われたお波留は鼻を近づけて、

「これは白塗りに使う白粉です」

はっきりと言い切った。

次に季蔵は仙左右衛門が挨拶に出る時の支度に欠かせない姿見を裏に返し、表側、裏側の畳に這った。

「白粉が落ちていました。これで仙左右衛門さんが産地偽りの瓦版を食べさせられた経緯の見当がつきました」

「どうついたのだ？」

烏谷は苛立った。

「食べさせたのは仙左右衛門さんに恨みのある者です。その者が産地偽りのことを瓦版屋に書かせた可能性もあります。とにかく、その者は恨み骨髄を幽霊に化けて仙左右衛門さんに思い知らそうとしたのです。誰でも自分に恨みを持っている相手がこの夏の時季、このような紙を携えて目の前に現れたら震えあがることでしょう。ですがそこは叩き上げの仙左右衛門さんのことです。すぐに誰か言い当てて、〝幽霊なぞ怖くない〟と言い、ふんと笑い飛ばすだろうことぐらい相手はわかっていたと思います。それほど仙左右衛門さんの気性をよくわかっていたのでしょう。けれども幽霊は一人ではありませんでした。現れたもう一人の白化粧は白粉を塗った面をつけていたはずです。そして匕首か何か刃物を手にしていたもう一人がその面を剝ぎました。てっきり、自分を恨み続けていた相手だと思っていた仙左右衛門さんは動揺したでしょう。顔見知りの、予想もしない人物だったでしょうから。仙左右衛門さんは相手の言う通り、瓦版の恥ずべき記事を食べてみせるほかはなかったのです」

季蔵の説明に、

「旦那様は食べただけでは許されず、刃物で脅されるままに飛び降りさせられたんですね」

蒼汰が先を急いだ。

「仙左右衛門さんが飛び降りて亡くなったのは事実ですが、死へ導いたのはそれではありません」

季蔵は輪島金蒔絵が施された大簞笥の裏へと廻った。吉原では日々使われているが市中ではあまり見かけない大行灯であった。

「油が減っています。寝む時には消すのでは？」

季蔵の問いに、

「わたしが消しました。置き場所はそこではありません」

お波留が応えた。

「ということは誰かがこの大行灯を使ったということになります」

「わかったぞ」

烏谷が両手を打ちあわせると、

「これも関わっておろう」

袂から小さな札を何枚も出し、掌に載せた。それにはさまざまな神社名と、火廻要慎、火之要慎と書かれていた。

「仙左右衛門が懐に入れていた。これにはきっとよんどころない事情があろう？」

烏谷はお波留に訊いた。

「はい」

意を決したお波留は、

「おとっつぁんは一度火事で死にかけたことがあるんです。若い頃、一緒に住んでいた年増がおとっつぁんの女遊びにたいそうな悋気を起こし、焼き殺そうとしたという話でした。湯治に誘われて一緒に出掛けたところ、年増はわざと道を間違えて途中の朽ちかけたお堂に泊まろうと言い出し、おとっつぁんが眠っている間に火をつけたというんです。気がついたおとっつぁんは命からがら自分だけ逃げ出すのがやっとだったそうです。相手のことは〝相対死するつもりだったんだろうが何とか助ける気はあった。しかし、できなかった〟と。おとっつぁんは商魂こそ人並み外れ、奉公人たちにも鬼のようでしたが、男の遊び場とは無縁でした。後妻も娶らずおっかさん以外の女との浮いた話はありませんでした。〝女は恐い〟と常々あたしに言っていました。〝今も昔も焼き殺されそうになった夢ばかり見る〟とも言い続けていました。おとっつぁんはとことん火事と女が怖く、その上このところは目が弱っていて夕方ともなるとほとんど辺りの様子が見えなくなっていました。それもまた恐ろしくてならない様子で眠れないと訴えるので、あたしはお医者様のところへ不眠の特効薬薫衣草油をいただきに行っていたんです」

淡々と父仙左右衛門が終生纏いつけていた因縁を話した。

「たしかにこの部屋はよき香がしている。だがそれだけでは因縁には勝てなかったようだ」

烏谷は季蔵を見据えた。

「大行灯の場所が変わっていて、油が減っていて、白粉が落ちていたということと今のお波留さんのお話を合わせると、下手人は昔焼身心中しようとした相手か、それに見せかけようとしている女とその仲間ではないかと思います。仙左右衛門さんは大行灯が点されているこの部屋で真っ白な顔を二つ見ました。そしてその一つがお面を剝いだ顔でした。その顔を見知っていた上に刃物を手にしていたので慌てたはずです。おそらく火付けに気づいて逃げ延びようとした時のような切羽詰まった心持ちだったでしょう」

「刃物があるならばそれで殺したらよかろうものを――」

田端は首を傾げた。

「でも、思い余って相対死しようと図って逃げられた男への復讐だとしたら、それでは生ぬるいのでは？」

蒼汰が呟き、お波留は、

「何て恐ろしい」

声を震わせた。

四

「その通りです」

季蔵は一言言って続けた。

「ですから、白塗りのままの女は復讐の最後の仕上げをしたんです。まずは大行灯の明かりが消されました。仙左右衛門さんにはもう何も炎さえも見えなかったはずです。パチパチと火のはぜる音、仙左右衛門さんは廊下へ出ようとしたでしょう。けれども、〝逃げて〟とか、〝障子を開けては駄目、もう火が回ってる〟、そして遂には〝大丈夫だから飛び降りて〟と囁く娘のお波留さんの声が聞こえてきました。もちろん、白塗り女か仲間の声色です。でも、すっかり取り乱してしまっている仙左右衛門さんには見破れるはずもなかった。窓の下の庭には布団が敷き詰められていると信じ、とりあえずは可愛がっていたうず太郎を助けるつもりで籠を手にしたものの、手が震えて落としてしまいました。パチパチという音はさらに大きくなってきました。ゴオーッという、吹いてもいない風の音まで声色で作られて聞こえてきていたかもしれません。そして、とうとう仙左右衛門さんはうず太郎を案じつつ飛び降りてしまったというわけです。自分が死ぬとは露ほども疑わずに」

「気になるのは仙左右衛門が見知っていた相手だ。そちにはもうわかっておるのだろう？」

烏谷がしびれを切らした。田端や松次たちも息を呑んで季蔵を見つめている。お波留は目を落とした。

——お波留さんには見当がついている——

季蔵も倣って落としたお波留の目が見ている方へと視線を移した。

「大行灯の油であなたの縞木綿の裾が濡れています」

季蔵は蒼汰に向かって告げ、お波留は顔を上げた。

「そ、そんなはずは——」

蒼汰は慌てた。

「語るに落ちたな」

烏谷が言い放つと、素早く田端と松次が立っている蒼汰を挟んで両腕を押さえ込み、屈み込んだ重七が、

「たしかに大行灯に使う魚油の匂いです」

鼻を蠢かせた。

こうして大房屋仙左右衛門の転落死は殺しと定められた。吟味を受けた蒼汰はすらすらと次のように話した。

「旦那様は恩人だったが俺もそれなりに報いてきた。奉公人たちの飯抜きの罰は正直嫌な仕事だったが、お波留お嬢さんの見張り役を任された時はうれしかった。ずっとお嬢さんを想っていたからだ。とはいえお嬢さんへの想いは一生胸にしまっとくつもりだったさ、所詮無理な想いだから。なのに旦那様は俺がお嬢さんと高岡屋健斗との仲を報せると〝何としてでも二人の仲を裂け、それができたらおまえを婿にしてやる〟と約束してくれた。お嬢さんに何度も駄目だと説教したが聞く耳を持たなかったのだそうだ。〝わしと一緒であいつは強情で困る、苦労人のおまえならきっとあのじゃじゃ馬を手なずけられるぞ〟と旦那様は言っていた。それからはお嬢さんと夫婦になれると想うと幸せで幸せで知らずとにたついていたり、お嬢さんの心にある健斗の奴のことが頭によぎると殺してやりたいほど憎くどうにかなりそうだった。俺はお嬢さんについてのことは細大洩らさず見張り、泉

水寺や駆け落ちの用意のことも旦那様に報せてあった。旦那様は力ずくで駆け落ちを阻んで、健斗の非力さをお嬢さんに思い知らせれば、憑き物が落ちるように健斗を見限るだろうと言っていた」

「泉水寺の一件は居合わせた者に聞いている。それで父親やおまえの思惑通りになったのか？」

吟味役が先を促すと、

「お嬢さんは帰ってはきた。けど、その後、旦那様からは何の言葉もない。労い一つもだぜ。意を決した俺は何日か経った夜、お嬢さんの部屋に忍んだ。ところがお嬢さんはもうそこにいなかった。離れの旦那様の部屋の隣に移ったと知らされた。寝耳に水だ。そのうえ、お嬢さんは大房屋と格の合う大店の三男坊と近く見合いをするんだと、店の女たちが噂していた。これには俺も腸が煮えくり返ったね。高岡屋と大房屋は店同士の格は合ってるが、高岡屋は商売仇だし、健斗は跡継ぎだから婿になれないだけのことだったんだ。高岡屋が商売仇じゃなしに健斗が三男だったら大喜びで婿にしてただろう。ようは旦那様は俺のことなんて使いっ走りにしか見てなかったんだ。厳しいとこのあるおとっつぁんみたいに慕ってた俺は、無性に腹立たしく悲しかった。そう考えると、大房屋に大番頭や番頭を置かないのは旦那様が成り上がりを誇っていたからじゃなく、ただ給金をケチるためだけだったんじゃないかとも思えてきた。俺は旦那様をこれ以上はないと思えるほど憎んだ。端っから俺のことを相手にしていないお嬢さんも同じくらい憎んだ。旦那様を殺して自死ではないと見破られかけたら、お嬢さんに罪を着せるつもりだった。それであんな仕掛けに乗った。旦那様を心底憎んでいたのは俺だけじゃあなかった。もとより乗ったことも、やったことにも後悔はしていない。殺すと決めた時から打ち首は覚悟していた」

首に手をあてる仕草をした。

「おまえと同じくらい、いやそれ以上に大房屋仙左右衛門を憎んでいた女はいったい誰なんだ？　どこで知り合った」

吟味役はそこが肝心とばかりに身を乗り出した。

「孤児の俺は旦那様に拾われる前、見世物小屋の残飯を漁(あさ)っているうちに可愛がられて居着いたことがあった。その時の知り合いだと訪ねてきた女は言ってた。三十歳は出てたな。形(なり)も地味で疲れた様子だった。自分は声色の技を見込まれて雇われていて、俺になつかれていたとも——。そう言われて少しうれしかった。そんな相手が自分にも居たんだから。そのくせさっぱり覚えがないんだけどね。旦那様への恨みは俺もその女も同じくらい強くて、仕掛けを聞いた時なかなかだと感心した。声色だけじゃなしに火の燃える音まで出せるのはたいしたもんだよ。俺は言われた通り、白塗りの面を被(かぶ)って白装束を着て、合図で急いでどっちも剝いで脱いだ。その時、大行灯の油が裾にかかっちまったのが運の尽きだった。女のことは全部話した。他に知ってることは何もない」

結果、蒼汰は殺しの仕掛けを持ちかけた女についてほとんど何も知らなかった。唯一の手掛かりは見世物小屋だがもう何年も前のことなので、小屋はなく、これでは探しようがないと奉行所は決した。蒼汰は打ち首になり幻の女は野に放たれたままとなった。

ふらりと塩梅屋を訪れた烏谷は、

「女主になったお波留は大房屋仙左右衛門がやろうとしていた、借金を理由に屋台の天麩羅屋、すし屋を傘下に入れるのを止めると言っている。借金も帳消しにするという。そうなると高岡屋の不戦勝、一人勝ちなのだがこれもちと困る」

やや気難し気に洟らして、

「難事に当たると腹が空くのう」

太鼓腹を押さえた。

「賄いは握り飯ですが」

「それでいい」

「まさか、お奉行様が召し上がるとは思ってもみなかったので少し変わり種です」

「変わり種？　面白いではないか」

「それでは今、ご用意いたします」

季蔵は茄子味噌の夏にぎりを供した。これは玄米、小豆、黒米を炊き上げてしばらく置く。この寝かせ米で炊きたての水っぽさが馴染んでもっちりしてくる。これを味噌で味付けし、綿毛を包むように優しくまるく握る。大きめの茄子を輪切りにして揚げてウマゼリ（クミン）の粉を振りかけておく。握り飯の上に青紫蘇一枚とこの揚げ茄子を載せて出来上がり。ウマゼリは薬種問屋良効堂の佐右衛門に都合してもらった珍種の香草であった。種に強い香味があって南方の国々ではすり潰し、粉にして使うようだと季蔵は佐右衛門から教えられた。

「一味変わった茄子揚げが病みつく。ドクダミとはまた違う、さらに変わった匂いだが悪くはない」

すぐに平らげてしまった烏谷は、

「小腹の空いている時にはよいものよな。これもまた食が進む」

「高岡屋の一人勝ちはそれほど困りますか？」

季蔵はそれが気にかかっていた。

「ほぼその日暮らしの屋台の連中たちは高岡屋の言いなりになるほかはなくなる。せめて大房屋が犬猿の仲でも今まで通りなら、どちらの傘下に入るかで駆け引きの一つもできようがな――。このぶんで行くと高岡屋は限りなく太り、小商いの連中はさらに食えなくなる。この手のことにお上はなかなか歯止めをかけられない。飲食は消えてなくなるゆえ形がなく、元締めとなる高岡屋の売り上げの取り締まりはむずかしい。一人勝ちなどさせていいはずがないではないか？」

烏谷は吐き出すように応えて、

「そんなことをそちに訊かれたらまた腹が空いてきたぞ。そこの鍋に煮えている、さっきの握り飯に似た匂いの汁は何だ？　そいつも旨そうではないか？」

大袈裟にまた腹を押さえた。

「先ほどの変わった匂いの因であるウマゼリをいただいた良効堂の佐右衛門さんに拵え方を教わったものです。何でもカレーとか。ドクダミ料理同様、御朱印船が行き来していた頃、葡萄牙から伝わった料理書からの写しを佐右衛門さんはお持ちでした。葡萄牙からこちまでは約一年かかり、葡萄牙船では印度や南国の人たちが下働きをしていて、カレーは元はこうした人たちの賄い料理だったのではないかとおっしゃっていました。これがたいそう美味だったので葡萄牙人たちも食するようになり、料理書に書き残し、交易相手の御朱印船に伝えたのではないかと。良効堂ではその葡萄牙流に工夫を加えて夏賄いにしているそうです。漢方では薬に用いられる多くの種類の香辛料が使われることもあって、夏の疲れた五臓六腑を癒して活力をもたらすとのことです。それで塩梅屋でもやってみようと――」

五

季蔵は何とも強く変わった、しかし妙に食欲をそそる香りを放つ大鍋を掻きまわした。

「ふーむ、聞いたことはあるが見たことはない御朱印船とはな。国を閉ざして以来遠い彼方に葬られてしまった感はある。大きな声では言えぬが、神君家康公の世になる前は来る者拒まずでいろいろな国とのつきあいはあった。あの戦国の鬼神織田信長がいい例よ。信長もそれを食うたろうな。鍋で煮えている黄色い汁には誰しも妙に惹かれそうだ。そそる強い匂いの本性が知りたい」

何事につけても好奇心旺盛な烏谷が身を乗り出した。

「佐右衛門さんが教えてくれたカレーなるものにはまず、唐辛子、胡椒、ウコン（ターメリックの根）、ウマゼリ（クミン）、コエンドロ（コリアンダーの種）を揃えなければなりません。良効堂さんの薬草園で、あらかた揃えられましたが、コエンドロはまだ葉の時期ですので乾かしたドクダミの根を使いました。これらを全て当たって混ぜ合わせておきます。カレーの素、カレー粉です」

季蔵は蓋付き瓶に保存した茶黄色のカレー粉を見せた。

「どれどれ」

手に取り、蓋を取った烏谷は鼻を蠢かした。

「漂っている匂いに比べてつんと来るが瞬時に元気が出る匂いではあるな。でも、まさかこれだけをぐつぐつ煮ているわけではあるまい」

烏谷は穴の空くほど鍋の中を覗き込んだ。

「葉葱と野で摘んだノビル、行者にんにくを刻んでカレー粉と油で炒めました。そこに出汁を注いで南瓜、茄子、人参を煮ています。料理書に書かれているカレーの中身の正体はわからなかったのですが、賄いなら時季のものでいいと思ったからです。仕上げには青味も欲しいのでさっと茹でた隠元を加えるつもりです。好みで山椒を添えてその風味を一緒に楽しんでいただいてもよろしいかと思います。さあ、できました」

季蔵はやや深みのある丸皿に炊きたての白飯とカレーを盛りつけて供した。大匙(おおさじ)を添えると、

「箸(はし)がいい」

烏谷は箸を握ったものの、汁が多いので飯や具を摑(つか)み損ねてしまう。

「雑炊と思って諦(あきら)めよう」

箸を大匙に持ち替えた。

「こ、これは、な、何とも――」

烏谷はふうふう息をつきつつ、噴き出た汗を手拭(てぬぐ)いで拭いながら食した。

「止まらぬ食べ物よな、カレーとは――」

食べ終えた烏谷の前に季蔵は冷えた甘酒を置いた。

「カレーの後は甘い飲み物が喉に優しいと書かれておりましたので」

「なるほど。辛さが和らぐのだろう」

烏谷はぐいと甘酒を飲み干すと、

「離れへ案内してくれぬか」

やや声を低めた。

「わかりました」

応えた季蔵の背中に緊張が走った。

――常にない時にみえるのは空腹を満たすためと思っていたが、それだけではない。昼

間から離れというのはよほど差し迫った話なのだ――

離れへ入ると、長次郎(ちょうじろう)の仏壇に線香をあげて手を合わせた烏谷は、

「茶は淹(い)れずともよい」

後ろに控えている季蔵を振り返って向かい合った。

「先ほど高岡屋の一人勝ちはよくないとわしは言うたな」

「ええ」

「だがどこの誰とも知らない闇(やみ)に隠れた者たちの魔手が、屋台のすし屋や天麩羅屋に及ぶのはもっとよろしくない」

「そのような兆しはあるのですか?」

「高岡屋の手代重七がお上の十手持ちを兼ねるようになったのは知っておろう?」

「松次親分の下っ引きになったとの挨拶もいただきましたし、たびたび顔も合わせていますす」

「重七が十手持ちにふさわしいと思うか?」

「正直なところ、捕り物好きには見受けられませんでした」

「そうだろう。これは松次も知らぬことなのだが、これは高岡屋の倅(せがれ)の指金(さしがね)なのだ」

「どういうことです?」

「実は高岡屋では三月ほど前、奉公人が蔵に積んであった米俵の下敷きになって死んだ。四十歳ほどの番頭の一人で、大房屋と競って屋台の連中を高岡屋の傘下に入れようと動い

ていた。今の高岡屋の主は成り上がりの大房屋と違って二代目なので当然、先代から仕えてきた大番頭は居る。だがなにぶん高齢なので働き盛りで商いに長じたその番頭の仕切りで高岡屋は動いてきた」

「なればその番頭さんが亡くなってはさぞかし高岡屋は痛手でしょう？」

「その通り。高岡屋の倅健斗はこれは自然に米俵が落ちたのではないのではと言い出した。わざと高岡屋の力を弱めようとしているのではないかと——」

「証はあるのですか？」

「死んだ番頭はやり手で、屋台廻りが主で米蔵に立ち入ることはこの一年無かったという。また、米蔵にはその者の草履が跳んでいた。これは密かに倅に呼ばれたわしも見た。番頭が逃げ惑ったと思われる様子だった」

「その番頭さんは誰かに米蔵に呼び出され、刃物でも突き付けられて逃げ回っているうちに、落ちて来た米俵の下敷きになったというわけですか？　しかし——」

　言いかけた季蔵の言葉を烏谷は遮った。

「仕掛けでもなければそう都合よく米俵は落ちぬというのだろう？」

「ええ、落ちぬよう積まれているはずですから」

「死んだ番頭の骸の近くに尖ったやや大きな石があった。米蔵は薄暗がりの上、追われて必死で逃げ回っていては気づくまい」

「ということは番頭さんはその石に躓き、よろけて積んである米俵にどんとぶつかった。

その弾みで米俵が落ちた、そして命を落とした。殺されたのですね」

「健斗はそのように推していた。わしもそう思った。それで健斗は何としても忠義の番頭を殺(あや)めた相手を突き止めたいと言った。一番先に疑われるのは鎬(しのぎ)を削(けず)っている大房屋なので、そうではないという証も欲しいと願っていた。高岡屋健斗と大房屋お波留、何せ互いに死んでも添い遂げたいと思うほど焦がれているのだからな。想う相手の家がここまで卑怯な手を使うとは思いたくなかったのだ。わしはこれには見えない悪の大きな力が動いていると睨んだ。やり手の番頭一人始末するのなら屋台廻りの途中を襲えばいい。尾行(つけ)回せば昼間でも人通りのない道を歩くことは多々ある。だが外で襲われて殺されても高岡屋の評判に響くことはなかろう。だからここまで手が込んで殺したのには大きな魂胆があるとわしは見ている。奉公人たちの口に戸は立てられない。高岡屋では時節柄もあってその番頭が死んだ蔵には幽霊が出るという風評を恐れた。この手の稼業は特に巷(ちまた)の客の評判が何よりだ。それで米俵は別の蔵に移してその蔵は閉めてしまった。番頭の代わりは今、主信(しん)兵衛(べえ)がやっている。旨いとは評判だったものの、屋台のすし屋だった高岡屋を今日のような大店にのし上げたのは二代目の信兵衛だ。その番頭亡き後、日々、大張り切りで屋台廻りに精を出している」

「大房屋が競争相手でなくなり、高岡屋の一人勝ちが見えてきたならば、闇が動かぬはずはないとお奉行様は案じられたのですね」

「その通りだ。信兵衛はもうそうは若くない。一人二人の奉公人と一緒に日々、屋台廻りしていれば襲われる危うさがどれほど多いことか――」

「それで重七さんを下っ引きにして高岡屋さんを見張らせ、何かあったらすぐに番屋や松次親分に報せることができるようにしたのですね」

「重七は見ての通りの非力な男だが足だけは早く、殺された番頭によく尽くしていた。やり手だった番頭はとかく奉公人たちに厳しく辛く当たっていたが、重七だけは陰口も叩かず黙々と仕事に励んでいたという。独り者の番頭は無類の酒好きだった。何でも市中で祭りの時についい飲み過ぎて、ごろつきたちに絡まれてしまい、殴る、蹴るをされかけていたところを背負って走り逃げて助けたのが重七だという。この頃、仕事にあぶれていた重七を番頭は主に頼んで高岡屋に入れた。他の奉公人たちには恩人だと引き合わせたが、重七はその言葉に甘えることは無かった。むしろ番頭から言いつけられた仕事は寝る間も惜しんでやり通した。そんな重七はさぞかし番頭の仇を取りたいことだろうと健斗は察し、わしもこの役目はこやつを措いてないと定めた」

「事情はよくわかりました。ところでわたしはいったい、何をしたらよろしいのでしょうか？」

――いよいよ来るな――

季蔵は烏谷からの指示を待った。

「そちには倅健斗の見張りを頼む。本来なら若い健斗が屋台廻りで、味利き経験の豊富な主が高岡屋のすしの味を仕切るのが合っているのだろうが、どうやら倅の方が天性の舌の持ち主のようだ。それもあって主は屋台廻りを買って出たのだろう。ともあれこっちは重七、健斗の方はそなた――」

――やはり難儀な指示だ――

「そうは申しましてもこちらも店がございますので一日中ずっとは無理です」

「わかっておる。見張りと言ったが健斗は町人ながら道場に通って柔術や剣術に心得がある。外で襲われることはまずなかろう。ついでに舟も操れる。武術は趣味だが舟は家業のためだそうだ。これも天性の鼻ゆえか、生きている魚の匂いを嗅ぎたいと子どもの頃言い出して父親が習わせた。今もふと思いついて舟を操り釣りに出ることはあるようだが、こちらの方は案じていない。案じられるのは食だ。奉公人たちの中にも闇が潜(ひそ)んでいるかもしれぬ。塩梅屋に泊まらせて朝餉は支度し、昼餉は弁当を夕餉は店の残り物を食わしてやってはくれぬか？　二階は空いているはずだ」

――まいったな、難儀ではないがやはり難儀ではある――

「こうすれば日々顔が合って何かあれば直ちに察しがつく。守りやすい」

「わかりました」

季蔵は知らずと苦笑していた。

六

こうして高岡屋健斗は、日々塩梅屋の二階で寝起きするようになった。

夜更けて初めて塩梅屋を訪れた健斗は、

「その節はお世話になりました」

とまずは挨拶し、

「こちらこそ」

季蔵は短く応えた。

――今はあの時の幽霊騒動を語っている時ではない――

「またお世話になってしまいます。ありがとうございます、よろしくお願いいたします」

健斗は深々と頭を下げて酢の入った瓶を差し出した。

「これは握りずしに欠かせない粕酢（かすず）です」

酒粕を原料とした粕酢は尾張（おわり）の酒屋が造り出した逸品で、江戸へ出荷されると握りずしとの相性が抜群だとわかって以来、江戸向きの主力商品になっていた。

「それは有難い。残念ながら塩梅屋は一膳飯屋（いちぜんめしや）なのですしは握りません。ちらしずしには必ず使わせていただきます」

「お造りはあるようですが」

健斗は品書きに目を落とした。

「造りはその日、漁師さんが届けてくれる新しい魚で拵えています」

季蔵の応えに、

「それ、余ることないですか？」

健斗は訊いた。

「ありますとも。余ると次の日の賄いに焼いたり、煮たり、揚げたりしますが、三枚に下ろして刺身用にしてしまうとどうもしっくりいきません。焼き魚は丸ごとか切り身がいいし、煮魚はアラが断然美味しい。揚げはそっけない味です。残った刺身用の美味しい使い途があったら知りたいものです」

季蔵には珍しい愚痴だったが、

「ありますよ」

健斗は大きく声を張った。

「一夜ずしともいう早ずしにするんです」

「なるほど」

季蔵が頷いたところで、

「今日の売れ残りは？」

健斗は訊いてきた。

「アジです」

「それはまた、最高の組み合わせです」

目を輝かせた健斗は、

「実は馴染みの魚屋がこれが余ったからと持ってきたのでまとめ買いしました。それを少しお持ちしたんです」

背負って来た荷を下ろしてコハダを取り出した。コハダはアジと並んで安くて美味しく人気の江戸前すしのネタなのだった。コハダはシンコ、コハダ、ナカズミ、コノシロと名前を変えて成長していく出世魚であった。シンコ、コハダの旬は文月から長月までで、ナカズミ、コノシロとなるのは霜月から如月であり、夏も冬も楽しめるすしネタだった。

「コハダの安売りなんて久々なんです。すし屋にとって今、もっとも高値の魚ですからね。ああ、でも、コハダより小さなシンコの方がもっと高いな。握りずしの大きさにぴったりなのは華があります。こちらが粘って、これはシンコより少し大きいからコハダだと言い通したんで安く買えたのかもしれません」

健斗が呟くと、

「身が少ないシンコの方が高いとは？」

季蔵は首を傾げた。

この時季の塩梅屋の品書きにシンコもコハダも無い。小さくて身があまりないのは同じだがアユの方がずっと美味であった。それもあって塩梅屋では冬場のコノシロを焼き魚で供するのがせいぜいだった。そのコノシロにしても時折、訪れる武士たちは決して頼まない。武家にとってコノシロは〝この城〟を食うということにつながり、また腹が破れやすいことから〝腹切魚〟とも呼び、忌み嫌われていて、幕府は武士がコノシロを食べることを禁じていた。

「お武家様方でも今の時季のシンコやコハダのすしは競って召し上がられます。コノシロではありませんからね。実はシンコからコノシロまでどれも酢締めにして食べると素晴らしく美味しいんです。とても酢にも酢飯にも合う魚なんですよ。といってご存じの通り、すし屋はシンコやコハダで高い値を取ってはおりません。手軽に食べられる値です。ただし、初物のシンコ、コハダの卸し値は初鰹同様高いです。それだけ市中にすし屋が多いということにもなりますが、シンコ、コハダを競り落として、品書きから外さないようにしているのが江戸っ子すし屋の心意気なんです。ところで、厨をお借りしてよろしいでしょうか？」

　季蔵に断ってコハダの早ずしを拵えはじめた。まずは釜で飯を炊き、その間に包丁を手にしてコハダを俎板に載せた。

「シンコ、コハダを問わずこれだけ小さいと捌くのに手間がかかります」

　そう言いつつも健斗の包丁さばきは鮮やかだった。

「それを酢と塩で締める按配で味が大きく変わるのでしょう？　仕込みにはすし屋の職人技が問われる――」

　季蔵が先を読むと、

「その通りです。これをしばらく冷たくない塩水に浸けておきます」

　健斗は飯が炊き上がるのを待って塩水から三枚おろしのコハダを取り出し、水気を拭いてそのまま乾かす。炊きあがった飯が冷めるのを待つ間にコハダが乾く。この按配が絶妙だった。最後は冷めた飯をすし桶代わりの小さな盥に入れて、その上に載せたコハダによくまぶし、粕酢を加えて掻き混ぜ、盥の大きさに合った木蓋を落として適当な重石を載せる。

「明日の朝には出来上がっています。今の時季はこのままでいいんですが、寒い時は温かい場所に置いてください」

そう告げられた季蔵が小さな盥がもう一つあることを思い出して、

「わたしも残りのアジで早ずしを拵えてみます」

と言って取り掛かると、

「先ほども申しましたが、アジとコハダはすしの両雄で市中のすし人気を二分しています。平賀源内が鰻を流行らせたのはよく知られていますが、同様にコハダについても〝コハダの鮓は諸人の酔を催す〞とし、酒肴として強く推しているんです」

やや重々しい口調で言い添えた。

アジの早ずしを仕込み終えた季蔵は、

「言いそびれていました。実はアジの造りを健斗さんの夕餉にと思っていましたのに、どうしても早ずしのアジを食してみたくなったので用意がなくなりました。今あるものできるのは甘粕漬けにしてあるサバの握り飯ぐらいのものなのですが――」

困惑した。

すると相手は、

「甘粕漬けにしてあるサバを焼いて握り飯の芯にするんですね。これは美味しそうだ、どうか食べさせてください」

目を輝かせた。

「それでは――」

季蔵は甘粕漬けサバの握り飯をまたたく間に拵えた。頬張った健斗は、

「芯のサバの食味が新鮮です。噛み心地が焼きサバではないようですが――」

首を傾げた。

「それは甘粕漬けにしたサバを干しています。漬けて干したサバはほどよく水気が抜けて弾力が出てきて、酒粕の香とコクで深みのある味に仕上がるのです」

「干しサバとは思いつきませんでした。それにしても旨いです、最高です」

健斗は感激してくれた。そんな健斗のために季蔵はさらに何個かの甘粕漬けサバの握りめしを拵え続けた。

そして健斗はおき玖の部屋だった二階で、季蔵は一階の座敷で眠りに就いた。健斗のためには布団を損料屋から借り出したが自分は座布団を並べた上に横たわった。

――早ずし作りや健斗さんとの話が興味深かったのでつい忘れそうになっていたが、わたしの役目はあくまで健斗さんの身を守ることなのだ――

朝餉はアジとコハダの早ずしで済ませようと健斗が言い出した。

「朝から魚や酢飯かとお思いでしょうが、これがかなりイケるんですよ。高岡屋の朝餉は奉公人たちも含めて前の日の余りを使ったこれです。中にはこれだけでも高岡屋に奉公し

てよかったと言ってくれる者もいます。味噌汁等の汁物は要りません。お茶だけで」

健斗は押して作った丸い形の早ずしを長三角に切り分けた。半信半疑で箸を取った季蔵だったが、

「アジやコハダ、飯にもしっかり酢の味が染み込んでいて半分眠っていた目だけではなく、身体（からだ）もしゃんとさせてくれるのですね。押してある酢飯になぜかひやり感があって特に夏の朝には最適です。食が進みます」

思わず歓声を上げげた。

「よかったです」

ほっとした健斗は笑顔を見せて、

「今後、朝餉はこれでお願いできると有難いです。前夜の早ずし仕込みはわたしがいたします」

丁重に頼みを口にした。

――わたしへの気遣いなのだろう。たしかにこうすれば朝餉に手が掛からないし刺身の残りを傷ませずに済む。しかし、健斗さんの夕餉はどうする？　健斗さんの昼餉の弁当とこちらの賄いのために朝、飯を炊かなくていいのか？――

季蔵はやや困惑気味に受け止めた。

するると健斗は、

「お奉行様から季蔵さんには塩梅屋の仕事があるというのに、わたしの食をも含む守りを

なさってくださるのだと聞いています。せめて食ぐらいは負担を減らさせていただきたいのです。ですのでわたしの夕餉でしたら昨夜のような握り飯で充分です。充分すぎるほどです。それから昼餉の弁当は要りません。そちらの賄いもしばらくお休みください」

ふわりと笑って白い歯並みを見せた。

「賄いまで休むとはいったいどういうことです?」

「昼時になればわかります」

健斗は意味ありげな物言いをした。

七

この日の仕込みをおおかた終えると、

「ねえ、ほんとに賄い拵えなくていいの?」

昼時近くですでに腹を空かせている三吉が案じた。三吉には健斗のことは告げていない。朝早く出かけて夜遅く戻ってくる健斗と三吉は顔を合わせることがない。

——健斗さんの守りの役目を仰せつかっている以上、塩梅屋との関わりを知る者は少ない方がいい——

早ずしも先代の食日記に拵え方が記されていたことにした。アジとコハダの残りを巳(み)の刻(午前十時頃)、軽く平らげた三吉は、

「これって美味しいけどあっさりしすぎてて、幾らでも食べられちゃって、やっぱ昼前の

お八つみたいなもんだよね」

　物足りない様子だった。

　そこへ、油障子を開ける音に、

「お邪魔しまーす」

　若い女の華やいだ声が続いた。

　次には香ばしい風味を含んだ油の匂いが漂ってきた。

「お波留さん」

　大房屋の一人娘お波留が大きな皿を風呂敷で包んで抱え持っていた。

「その包み、いい匂い」

　三吉がごくりと生唾を呑んだ。

　お波留は風呂敷包みを解いて、

「そりゃあ、そうですよ、江戸きっての天麩羅屋大房屋の天麩羅ですもの。今日の天麩羅は旬のアナゴにスルメイカ、常に人気の卵の丸天麩羅の三種類、さあ、どうぞ、召し上がってください」

　天麩羅の大皿を季蔵に差し出した。

「これがもしかして、健斗さんの言っていた——」

　季蔵が戸惑いながら受け取ると、

「そうなんですよ、あたしが昼餉は天麩羅でここの皆さんの分も賄うことになってるんです」

「健斗さんの分は？」

「人を頼みました。本当はあたしが行きたいんですけどそうもいかないので。向こうのお父さん、高岡屋さんはあたしたちのこと、たとえおとっつぁんが死んでも許しっこありませんから。あんな死に方のせいであらぬ嫌疑をかけられたって怒ってたそうです。それで皆の手前、健斗さんは高岡屋じゃない天麩羅屋のものだと偽って昼餉にするはずです」

「よほど健斗さんは大房屋の天麩羅がお好きなんですね」

「ええ。女は顔にでも火傷をしたら大変、嫁のもらい手がなくなるって言われてきてて、油を使った料理はするもんじゃないってことになってますけど、あたしはそんなこと気にせずにおとっつぁんの手伝いをしてきました」

「それじゃ、健斗さんにとって天麩羅は大房屋の味っていうよりも、お波留さんの味なんだね」

三吉はさらりと二人の色恋の有り様を指摘して、

「まあ」

お波留は頬を染めた。

「お波留さんも健斗さんの拵える握りずしがお好きなのでは？」

「もちろんです」

お波留は目を輝かせた。

「健斗さんの握ったすしの美味しいことったら――。職人の手つきは妖術使いが術を使う時の仕草に似てるんだから、すし屋の米は妖術が使われたみたいに素晴らしく美味くなきゃだめだって、健斗さん、いつも言ってます」

　早ずしと握りずしの店は今や別屋台、別店である。売り物の早ずしは長四角の箱で拵えて早ずし屋台に卸し、屋台ではそのままか、切り分けて売る。売り物の早ずしが当たりに当たった高岡屋は身代を大きくしてきた。一方、職人が客の前で握って供す、握りずしの方の作り置きはできない。一つ一つ丹念に握らなければならない。

「それと上に載せる具がまた凄い工夫。これの善し悪しでお客様方は添えてある醤油をつけるか、つけないかを決めるんですもの。さしもの濃い味が好きな江戸っ子も握りずしだけは醤油をつけないのが通とされているんです。マグロ、赤貝、コハダぐらいね、醤油を付ける人がいるのは――」

　ちなみにすし飯の上に載せる具は刺身のように生ではない。それぞれの具に適した下拵えをして具としていた。

「アワビは味醂、酒、醤油で煮冷まして薄切りにして握る、赤貝は二杯酢にさっとくぐらせてから布巾でよく酢を切って握る、マグロの赤身は醤油にくぐらせて握る、車海老は塩茹でを酢漬けにして、白魚は少々の味醂、醤油、塩で煮て、アナゴは味醂と醤油の甘煮、コハダ、小鯛、アジ、サヨリ、キス、サバはしっかり酢締めにして握ってるんです。タコはたぶん塩茹でね」

「くわしいですね」

「ええ、まあ」

お波留はまた頰を染めた。

「ところで、大房屋を畳むというのは本当なのですか？」

季蔵は訊かずにはいられなかった。

「まずはよく尽くしてくれた奉公人たちに暖簾分けをしたいと思っています、といっても屋台の天麩羅屋を出すためのお金を都合してあげるくらいですけど。あたしね、ほんとはおとっつぁんもわかってたと思うんですけど、天麩羅屋は屋台が真骨頂だと思うのです。そもそも家の中じゃ、油を使うと火事になりかねないってことで、埋め立て地の中州の屋台で売ってて広まったんですもの。大根おろしがうずたかく積み上がってても使い放題。胡麻油で揚げるんで元は胡麻揚げといったそうです。おすしは高級料理屋の会席料理の品書きに入れてるところもあるけれど、天麩羅は仲間入りしていない。安くて旨くて立ち寄って買って立ったまま、または歩きながら食べる、気軽な食べ物が天麩羅なんだとあたしは思ってます」

「しかし、権現様が鯛の天麩羅を召し上がって亡くなったという話もあります。天麩羅が庶民だけの嗜好とは一概には言えないのでは？」

「ああ、その話。おとっつぁんが調べて〝あれは天麩羅ではなく素揚げだった〟とがっかりしてました。遥か昔々のなれずしの頃には税の代わりに納めてたっていう、古式ゆかしきすしの事始めが羨ましくて、何とか天麩羅にもその手のお墨付きが欲しかったみたい。だから衣に卵を入れた金麩羅なんてのが流行るとすぐに取り入れて高値を取ってて、そういうおとっつぁん、屋台のご主人たちの借金を取り立ててて、払えないと店を取り上げたりしてたこと、あたし、好きじゃありませんでした。屋台の頃はあんなおとっつぁんじゃなかったのに――今でも覚えてるんですよ、お相撲さんみたいに大きな若いお役人さんと子どもじみた賭けをしてたの――おとっつぁんが揚げるのに疲れて止めるか、お役人さんがもう食べられなくなるかのおかしな競べ。結局はお役人さんが勝っておとっつぁんは大損。そのお役人さんが烏谷様、お奉行様なんですけどね」

お波留はやや低目の声で父親の思い出を語った。

ちなみになれずしとは塩漬けにした魚を飯と合わせて樽に仕込んで作られていた、漬物のような保存食の一つであった。

「旨い天麩羅に秘訣はあるのですか？」

「上質の油で揚げることが一番です。江戸天麩羅は本胡麻油と決まっています。次に衣、小麦粉と水を合わせた衣に魚をくるみこむようにして衣をつけて揚げる。青紫蘇や牛蒡、蓮根、長芋なんかの青物の衣は薄目につけて揚げる。おすしほど奥は深くないんです」

「以前、上方の方がここへおいでになって天麩羅を注文されたので、俄作りで芝海老のかき揚げを供したところお叱りを受けました。〝これではない〟とおっしゃるので、アナゴやイカの天麩羅、精進揚げまでも供してみたのですが、最後までご機嫌を直していただけませんでした」

実はこのことは料理人である季蔵にとって応えた経験の一つであった。

「そんなことで？」

かろうじて笑いを嚙み殺したお波留は、

「上方の天麩羅は魚のすり身でできているはんぺんの胡麻揚げなんですよ。それが上方の天麩羅で、江戸風の衣をつけた揚げはつけ揚げだと言っているのね」

客が不機嫌の極みだった謎をさらさらと解いた。

「それではこれで失礼いたします。また、明日参ります。当分はこの繰り返しですので健斗さんには会えませんが、あたしの天麩羅でせめても想う心が伝わってほしいと思っています」

お波留がやや思い詰めた表情で帰って行った。

八

三吉はたらふく大房屋の天麩羅を腹に詰めこんで、

「あーっ、極楽、極楽」

ふうと満足そうなため息をついた後、

「たしかに泉水寺でのお波留さん、健斗さんの仲が引き裂かれたのは酷かったよね。両想いだっていうのに逢えない。さぞかし二人辛いだろうね。それとどうして季蔵さん、二人にまだ関わってるの？」

　と訊いてきた。

「それは健斗さんがすしだけじゃなしに、多少菜や肴の修業をしてみたいとお奉行様に頼んで、わたしにお鉢が回ってきたんだ」

　季蔵は方便で応えた。

　――三吉を巻き添えにするわけにはいかない――

「さすがだね、季蔵さん、あの高岡屋の若旦那の師匠にされたんだから」

　三吉はうれしそうに言った端から、

「でも、おいら、帰り際のお波留さんの悲しそうな顔、とっても気になるな。健斗さんはお波留さんの美味しい天麩羅を食べられるけど、お波留さんは健斗さんのすし食べられないよね。不公平っていうよりも可哀想じゃない？　これ、何とかならないかな――」

　深く案じる顔になった。

「それなら、これからおまえは健斗さんが拵えてくれる早ずしを昼前につまないことだ。そうすればお波留さんにそれを食べてもらえる」

「なーるほど、それで健斗さんの気持ちもお波留さんに伝わるってわけだね」

「そういうことだな」

「でも、そうなるとおいらが仲間外れで可哀想じゃない？　やっぱりまだ不公平。季蔵さんは早ずしも天麩羅にもありつけるのにおいらだけ天麩羅だけっていうのはさ」

「わかった、わかった、早ずしの量を増やそう。早ずしに使える小盥を借りてきて帰りに重石を拾って来い」

季蔵はそう告げると早ずしにする魚の算段をはじめた。豪助に宛てて文を託した。

早ずしにできて安くて旨い旬の魚を漁師さんたちに頼んでほしい。しばらくこれで頼むと伝えてくれ。

こうして季蔵は日々健斗と一緒に、夜、早ずしを拵え続けた。

「先に寝んでください」

という健斗に、

「いや、面白すぎて眠れません」

季蔵は応える。健斗の早ずし造りからは目が離せない。

旬の安くて新鮮な魚に合わせて健斗はさまざまな早ずしの妙を繰り出す。

たとえば定番になったイワシの早ずしだとイワシを三枚におろして強めの酢で締めてから飯と合わせる。マグロは酢ではなく醤油で締める。キスとスズキは昆布酢締め、カマスはさっと焼いてから軽く酢をふりかける。新鮮なトビウオの血合いは臭みがないので軽い酢締めで決まる。そろそろ出回ってきているサンマは強めの酢締めにするだけではなく、飯に刻んだ青紫蘇、茗荷、炒り胡麻を混ぜておく等であった。

そして仕込みが終わると健斗と二人で遅い夕餉となった。

この日、季蔵はぼたん握り飯を拵えた。

ぼたんというのは猪肉の別称である。知り合いの猟師が里村に迷い出てきた猪を撃ってお裾分けだと持ってきてくれたので、それを使った握り飯である。

猪肉は十分に筋や脂の部分を取り除き、叩いておく。深めの鍋に胡麻油を引いてこれを炒め、そぼろにする。そぼろに火が通ったら、酒、濃口醤油、砂糖を入れて焦げ付かないように気を付けながら煮込む。煮汁が半分くらいになったら粉山椒を加えてさらに煮詰め、煮汁がほとんどなくなったら火から下ろして混ぜながら冷ます。

猪肉のそぼろを拵えている間に小松菜飯を拵える。小松菜を塩湯がきしてきつく絞って水気を切り、みじん切りにしておく。炊き上げた飯が人肌程度に冷めたところで小松菜のみじん切りを加えて混ぜ合わせる。

ごく少量の猪肉のそぼろを取り分けておいて、後はこの小松菜めしによく混ぜ込む。これを握るとぼたん握り飯になる。

握り飯の三角の上を尖らせずに平らにして、少量残しておいた猪肉のそぼろを飾ってみた。

「飯の上に具が載る握りずしを真似て多少は飾ってやりたくなりました。猪肉のそぼろに華を持たせたかったのです。それでこれも」

季蔵は酢取り茗荷も添えた。

酢取り茗荷とは、酢と砂糖、塩で甘酢を拵え、湯がいた茗荷をこの甘酢に漬けると薄紅色に染まる。季蔵はその色を生の猪肉の色に合わせたかったのである。

「凝った趣向ですね。どんな種類のすしでも生姜の酢漬けしか添えないのとは大違いですよ」

健斗は感心して、

「いいですね。握り飯に洒落っ気があると食べるのがより楽しみになります」

笑顔で頷くと一口、ぼたん握りに載っている猪肉のそぼろから頬張った。

「わあ、コクのある肉の味だ。濃い味と独特の弾力が後を引きます。さすがにぼたんですね。それとあっさりした小松菜とも相性がいい。実はわたし、結構牡丹鍋は食べてきたんですが、こんなにクセがなくて美味しいぼたんを食べたのは始めてです」

この日は夢中で最後の一つまで惜しそうに食べてくれた。

こうした日々がしばらく続き、お波留が自分の作った早ずしを食べていることを知った健斗は大いに喜んでいた。

九

ところが、ある朝、季蔵が目を覚ました時、健斗の姿がなかった。

胸騒ぎを覚えた季蔵は一路高岡屋へと走った。

——高岡屋ですし作りに精を出していてほしい。健斗の身に何もなかったことをこの目で確かめたい——

ただただ念じて走った。芝増上寺のひときわ高くそびえる入母屋造りの山門が見えて来た時、

「止まれっ」

背後から聞き覚えのある声に呼び止められた。

「お奉行様」

振り返ると顔中汗だくの烏谷が息を切らして、

「汗で目が見えん」

懸命に手拭いを使っていた。

「おそらく向かう先は同じであろうな」

「健斗さんがいないので、もう高岡屋にいったのかと——」

「健斗もいないのか？」

烏谷は大きな目を剝いた。

「えっ？　まさか——」

「主の信兵衛がいなくなった」

「それは——」

驚きと恐れの余り、季蔵は言葉が続かなかった。

「ともあれ、わしらは高岡屋で奉公人たちに話を訊かねばならぬ。伜だけでもいてくれるといいのだが、いなければ、どうして二人がいなくなったのかを知る手掛かりは店にしかない」

そう言い切った烏谷は季蔵と一緒に走った。意外な速さだったが、途中何度か、

「汗が憎い」

と叫んで立ち止まり、手拭いを取り出した。

高岡屋の店構えはどことなく江戸一の高級料理屋八百良(やおりょう)に似ていた。大房屋のような〝どうだ〟と言わんばかりの派手さはないが主が二代目とは思えない、格のような重々しさが備わっている。屋根の上の看板には〝奈良養老鮒(ならようろうぶな)高岡屋〟と書かれている。高岡屋では握りずしが蕎麦(そば)、蒲焼(かばや)き、天麩羅の後に広まったとはいえ、その源は四、五年もかけてこしらえるなれずしでさまざまな魚が使われていて税代わりに納められていた。いわば四種の人気の食べ物の中では最も長い歴史がある。その誉(ほまれ)を高岡屋は強調しているのだった。ちなみに近江(おうみ)(滋賀)で作られる鮒のなれずしは今でも有名で高岡屋ではこれを取り寄せて蔵に何樽か置いてある。そしてどうしてもと所望する得意先には無料(ただ)で振る舞っていた。もちろんこれは話題作りで、所詮屋台食であったすし屋の一つでしかなかった高岡屋がいつしかすし屋の老舗(しにせ)に祀(まつ)り上げられていた。二代目の信兵衛には他人(ひと)には真似できない、商いを成功させる独自の閃(ひらめ)きがあるようだった。

——そういえば高岡屋さんは幽霊画好きで、とりわけ円山応挙(まるやまおうきょ)の幽霊画の入手に固執し

ていると健斗さんが言っていた。幽霊画は幽霊絵ともいわれ、役者や小町、富士山等の絶景画のようには人気はないが、あらゆる絵画の中でも最も技法が難しいとされ、知る人ぞ知る分野だ。それが応挙の作となると価値はたしかにはかりしれない――。高岡屋さんの閃きは途方もないお宝を招き寄せるのかもしれないな――

店に健斗は来ていなかった。

季蔵たちが訪れた時、すでに六十歳をゆうに超えた大白鼠（おおしろねずみ）の大番頭は腰を抜かして自分の部屋で横になっていた。

「一時は声も出ないようでした」

部屋へと案内してくれた番頭の一人が言った。

「蔵ではわたしたちの一人が死に、殺されたとお上は見ている。その上、旦那様自らが屋台廻りをしなければならないほど、おいぼれの自分はもう役立たずになっているのだと大番頭さんは日々嘆いていました。今は旦那様、若旦那様お二人ともの神隠しで糸が切れたようになってしまったんです」

二人は臥している大番頭を見舞った。驚いたことに大番頭は布団の上に身を起こそうとした。

「腰に響きますよ」

あわてて番頭が手を貸そうとするのを振り払って、

「お手間を取らせてはお二人に申し訳ない」

目の力はまだ衰えておらず、

「やっとお上が来てくださった」

穏やかというよりも弱り切った声でぼそぼそと言って、

「お願いでございます」

居住まいを正し、

「旦那様、若旦那様の行方を何としても探してください。そのためならこの命少しも惜しくはありません。何でもいたします。ほれ、あれを」

そばにいた番頭に、一言二言耳打ちした。

かしこまりましたと言う代わりに大きく頷いた番頭は部屋から下がったが、

「見当たりません」

真っ青な顔で戻ってきた。

「そんな、馬鹿な」

大番頭は激怒したがその声はやはり弱々しかった。

「他の蔵は探したのか？」

「はい。千両箱代わりに使っていた銭箱なら一つ残らずございました」

「仕方がない、それをここに」

「はい」

こうして番頭や手代、小僧たちはありったけの銭箱を大番頭の部屋へと運んできた。

「とりあえずはこれらでどうか、くまなくお探しいただけませんか?」

烏谷はちらと積まれた銭箱を見た、

――あるところにはあるものよな、のう?――

目配せされた季蔵は頷く代わりに目を伏せた。

「しかし、幾ら金を積まれても一つの手掛かりもなければ難儀する。見つからんぞ。何か心当たりはないのか?」

烏谷の言葉に、

「若旦那様はお奉行様にお守りいただくことになっておりました。旦那様がいなくなられたのは今日の早朝です。空が白んだ頃、てまえが気づいたので、店を出られたのは暗いうちだったと思います。誰にも何もおっしゃらずにおでかけになったのです。旦那様は散歩なぞなさいません。大山詣り(おおやままい)や伊勢(いせ)参り等の旅のご趣味もありません。そんなことは旦那様が高岡屋の主になってからは一度もないことなのでございます」

必死で応えた大番頭はごほごほと咳(せき)を洩らした。その咳の止むのを待って、

「つかぬことを訊くが、これだけの大店で内儀は亡くなっている。妾(めかけ)の一人や二人いてもおかしくはなかろう?」

烏谷は訊いた。

「ございません。てまえはお子様は若旦那お一人ではもしもということもあり、心許ない(こころもとない)からいかがでしょう?とお勧めしたことがございましたが、旦那様は〝天性のすしの才が

ある子どもはそう生まれるものではない。わしは健斗の息災を才と共に信じる。神様はそうそう無慈悲ではあるまい。それにわしはわし以上に舌が優れていた健斗の母親の才にもまだ惚(ほ)れている。高岡屋の握りずしがここまで人気になったのはあいつのおかげのようなものだ。あいつはわしにとってすしの神様だ。妾など持ってはあの世で神様に合わす顔がない。この話は二度としてくれるな〟とおっしゃいました。ですから天地神明に誓って旦那様に女の影はございません」

大番頭はきっぱりと言い切った。

――健斗さんの一途(いちず)さは父親譲りだというのに、商い仇の一人娘お波留さんとのことで反目するしかなかったというのは、何とも皮肉で気の毒すぎる――

季蔵はとても切なく思う一方、

――今は情に溺(おぼ)れている場合ではなかった。二人の行方が知れないのは命に関わることかもしれないのだから――

「重七さんはどうされていますか？」

初めて口を開いた。

重七の名が出たとたん、

「あの者がついていながらこんなことに」

大番頭は再び激怒の表情になった

「まあまあ、重七と上手(うま)く繋(つな)がれなかった番屋やわれらの責もある。あやつをあまり責めるな。その方、気ばかり立てていると身体に障るぞ」

烏谷は大番頭を宥めにかかり、季蔵には、

――そっちを頼むぞ――

素早く目配せした。

「実は――」

番頭が季蔵を廊下に誘って、

「この責を負いたいと重七は包丁で自分の胸を突きかけました。幸いそばに人がいたので止めることができましたが――」

声を潜めて告げた。

「これは大番頭さんにも報せていません。旦那様を始めとして高岡屋では何より世間の評判を気にしています。大番頭さんがこれを聞いたら怒りの余り悶死なさりかねませんから」

「わかりました。秘密は守ります。ですからどうか重七さんと会わせてください」

「それでは――」

番頭は廊下を歩いて布団部屋の前で止まった。見張りの小僧が障子の隙間から様子を視ている。

「もしものことでもあったらいけませんから」

番頭が顎をしゃくると小僧が障子を開けた。

十

重七が部屋の端に蹲っている。後ろ姿は髻が緩んで髷が乱れていた。

「重七、北町のお奉行様と塩梅屋の季蔵さんがおいでになっている。旦那様がいなくなった時のおまえの話を訊きたいそうだ」

番頭の言葉に、

「今更、今更、話をしたってもう――てまえがお役目を受けていながら――」

振り返った重七の顔は蒼白で声と身体が同時にぶるぶると震えた。

「それを言うならわたしも寝んでいて、若旦那様お一人で出かけさせてしまいました。あなたと同じ失敗です。ですが、行方がわからなくなっただけで、まだ絶望というわけではありませんので、遅いということはないと思います。どうか、その時のことをお話しください」

季蔵は穏やかにさりげなく促した。

「あの番頭さんが亡くなって以来、旦那様が張り切って屋台廻りにお出かけになるのは朝五ツ（午前八時頃）と決まっております。そうでなかった日は一日たりともありませんでした。ですのでここで今日もそうだと信じて疑わず、朝五ツ少し前、いつものようにこっそりと裏の木戸門から出て、店の前の大柳の陰に隠れてお待ちしていました。ところが店の方が慌ただしくなりました。打ち水をしていた小僧が柄杓を取り落としたほどの騒ぎです。てまえも大柳を離れて店にさらに近づきました。神隠しという言葉が耳に入りましたので急いで店に飛び込みました。皆には〝何やら起きているのではないかと――。虫の知らせです〟と言いました。そして番頭さんの口から旦那様がいなくなったことを知ったんです。朝茶も仏壇への供養ももちろん、朝餉も召し上がらずに供も連れずに旦那様はお出かけになり、まだお帰りになっておられないということでした。てまえさえ、もっと早くから見張っていたらと悔やまれて――」

自害までしようとしたという重七はとうとう泣き伏した。

「屋台廻りをしていて何か気づいたこと、変わったことはありませんでしたか？　どこかに立ち寄られたとか――」

「そういえば一度だけ、飛脚問屋に立ち寄られていました。旦那様にわかるといけないので、店の中へは入らなかったので何を送られたのかはわかりません。たぶん遠くの仕入れ先への注文の文を渡すためだと思い込んでいました。あの時、悟られないように店に入って飛脚屋とのやり取りを聞いてさえいたら、何か手掛かりを摑めたかもしれないのに――」

重七は涙声のままがっくりと肩を落とした。

――文はどのようなものだったのだろう――

「すみません。旦那様の部屋を見せていただけませんか？　もしかして、何か手掛かりが残っているやもしれませんので」

「いいでしょう」

番頭は信兵衛の部屋へと案内してくれた。

部屋に入ると掛け軸が目に入った。女の立姿で美形だが幸薄そうで足がない。幽霊画であった。

「旦那様は盆の時だけではなくもう何年もこれを掛けておいでです。亡くなったお内儀さんにそっくりだからと買い求めたものです。円山応挙の幽霊画に似ているのも気に入っていました。いずれ本物の応挙を手に入れてこれと並べてやるんだとおっしゃっていました」

「それほどお内儀さんへの想いは深かったのですね」

「何しろ屋台のすし屋とはいえ、吉原の女は貰えないという両親の猛反対を押し切って嫁にしたと聞いています。お内儀さんは釣り合わぬ縁が禍して早くに命を落としたとも言われています。以来、旦那様と大旦那様ご夫婦との仲は実の親子であっても冷たくなり、幾ら勧めても後添いは貰わず、大旦那様の屋台ずし稼業をあれよあれよという間に、すし会席なんていう高級料理にのしあげて富を築かれました。それが亡くなったお内儀さんへのせめてもの供養だと——」

——健斗さんは死んでも惚れ抜いているそんなお内儀さんの忘れ形見。父親としての想いは計り知れないはず——。大房屋がああなった今は、いずれ二人の仲を許すつもりになっていたのではないか？——

「信兵衛さんの文机を見せていただきます――」

季蔵は豪華な紫檀の文机の前に座ると、まずは引き出しを開けた。信兵衛の日記がある。

何日か前の日付で以下のようにあった。


　世間が大房屋の一件を忘れた頃二人のことは考えてもいい。これ以上わが息子に添うことのできない辛さを味わわせるのは酷だ。これまで、命運を賭けて大房屋と競っていた高岡屋は商売仇の娘を嫁にはできなかった。死んだ大房屋仙左右衛門には気の毒だがこの流れは二人にとって吉と変わるだろう。宿敵の娘との仲を反対し始めてからというもの、健斗とはほとんど口をきかなくなっている。これほど寂しいものはあろうか。河川や海で健斗と交替で舟を漕いで網を仕掛けたり、河岸で釣りをしたり、今時分はウニ取りに行ったことをなつかしく思い出して、起きると枕が濡れていることさえある。いつか越前ウニでではなく、江戸前のウニで江戸一のウニネタを拵えて客たちを唸らせてみたい。


――やはり信兵衛さんはこれほど深く健斗さんに父の愛を注いでいたのだ――

季蔵はこのことを烏谷に告げ、

「気になることがあるので飛脚問屋を調べてきます」

高岡屋を出た。

飛脚問屋の主は、

「何もお話しできません」

頑なだったが、

「おそらくあなたは文を預かっておられたはずです。そしてそれを高岡屋さんに渡された

──」

「そういうことはお客様に伺ってからでないとお話しできません。それにうちは飛脚屋で遠方だけの商いですから、市中間の文なら人に頼めば安く済むはずですし」

とりつくしまもない物言いに、

「これには依頼主の高岡屋さん親子の命が懸かっているのです。お願いします」

季蔵は声を大きく張った。

「ええっ」

驚いて気圧された主は、

「お役に立つかどうかはわかりませんが、高岡屋さんはここでわたしが預かっていた文をご覧になると、これ以上はないと思われる笑いを嚙み殺して出て行かれました。その時お渡しした文を落とされたのですがわたしは気づかず、そのままになっていたんです。お店の方へは届けていません。隠したいことが書いてあるから高値の飛脚問屋のわたしどもをお使いなのでしょうから」

と事情を話してくれて、忘れていった文を見せてくれた。

おとっつぁん、今時分の江戸前ウニのことはわたしも気になっていました。長い約束でしたものね。是非とも久々にウニ獲りを楽しみましょう。

健斗

「この文を見て高岡屋さんは相好を崩されていたというのですね。とすればウニ獲りを持ちかけた高岡屋さんからの文もここで預かっていたのでは？」

「そ、それが何か？」

主の声が震えた。

「誰が預けに来たのです？」

「年増女でした。着ているものも上等で大きな島田を結っていました。贔屓にしてもらっている料理屋の女将とだけ名乗りました。物腰が落ち着いていて、〝これを高岡屋信兵衛さんから預かってもらうよう頼まれました〟とだけおっしゃって、驚くほどの金子を置かれて行きました。こ、これ、わたしの咎になるんでしょうか？」

「その文を受け取りに来たのは？」

「若い男でした。お店者のようでしたが、どことなく面差しが高岡屋さんに似ていました、もしや親子？　まさか親子でこんな馬鹿げたやりとりなどしやしないでしょう？　ねえ？」

主の相づちには付き合わず、

「女はもう一度来たはずですが」

「ええ、その通りです。前と同じ額の金子をいただきました。やっぱり、これ悪いことでしょうか？」

その問いも無視して、

「ありがとうございました」

季蔵は礼を言って飛脚問屋を飛び出した。

——高岡屋さん父子は海に出ようとしていたはずだ——

本格的な漁師のウニ漁は小舟に乗り、覗き眼鏡で海底を凝視しつつ、同時に櫂を操ってウニを探す。ウニを見付けると柄付きの網、あるいはウニ漁用の鉤で捕獲するが、水の深さに合わせて柄の長さを接ぎ足さねばならない。単純にして熟練を要する漁法であった。

十一

季蔵は品川の海辺にある高岡屋の舟小屋へと向かった。そこには信兵衛や健斗が海釣りに使う専用の舟、網や竿等の釣り道具がしまわれている。閂は外されていた。舟が引きずられて浜へと出され柄付きの網や鉤等の道具が動かされた跡があった。ただし足跡は一人である。

——これは大柄な健斗さんの草履の跡だ——

確信した季蔵はすぐに浜へと走り出た。舟が引きずられた跡を追っていく。波打ち際で消えた。

――やはり健斗さんはウニ漁に出かけた――

季蔵は気がつくと海の中へと走り込んでいた。波が押し寄せて身の丈が立たなくなると泳いだ。水練は漁師たちほどではないが得手であった。何度も大きな波に呑み込まれそうになったが乗り切った。そして一時波が引いたところで人の頭がぷかりと浮いて見えた。

「健斗さん」

季蔵は叫んで頭の見えた場所を目指した。幸い大波が来るにはまだ間がある。季蔵は懸命に泳いで健斗の元へと近づいた。

「健斗さん」

「季――蔵――さ――ん？」

健斗は泳ぎ疲れて手足が痺（しび）れ気を失いかけていた。

「もう大丈夫です」

応えた季蔵は健斗の身体を仰（あおむ）向けにして、陸へと向かった。途中、健斗は、

「舟に穴が、穴が舟に――」

呟くように繰り返し、さらに、

「お波留さんの天麩羅、季蔵さんの握り飯――」

とも口走り、

——間違いなく大丈夫だ——

季蔵を安堵(あんど)させた。

季蔵は健斗を浜にあげた。二人は着物を脱いで、褌(ふんどし)姿になった。季蔵が健斗の身体を懸命にさすっていると、折よく子どもが通りかかった。

「駕籠(かご)を呼んでくれ」

季蔵が頼むと、子どもはこくりとうなずいた。

塩梅屋につくと、季蔵は健斗を離れで横にならせた。

——温かいものを飲んでもらわなくては——

勝手口から店に入り、竈(かまど)に火を熾(おこ)そうとして、

「三吉」

驚いたことに三吉がいた。

「本日休業の札がかかっていただろう？　どうしたんだ？」

「それがね」

答えようとした三吉を遮って、

「季蔵さん」

切羽詰まってすがりつくような声を出したのはお波留だった。天麩羅が皿に載せられている。

――三吉やお波留さんはこうしてわたしたちを案じてくれていたのだ――

「健斗さんは心配ありません。今離れにいます。行ってあげてください」

「はいっ」

お波留は飛び立つように離れへと走った。

「しかし、毎日、天麩羅を運んできていたお波留さんはともかく、おまえまで待っていてくれるとはな」

「だっておいらがいなかったら毎日来るお波留さん、心配になるだろ」

「本当は天麩羅が目当てだったんじゃないのか？」

「へ、バレちゃったか――」

そこで二人は笑い合い、

――溺れずに済んでよかった――

季蔵は思った。

――もうあと、一波、二波来ていたら呑まれて流されていたかもしれない――

「わ、季蔵さん、頭も濡れてて潮の匂いがする」

三吉に言い当てられた。

「季蔵さん、海で溺れかけてた健斗さんを助けたの？」

「お波留さんか――」

「ん。お波留さん、健斗さんが今時分、自分でウニ獲りをすること知ってた。ウニはお波留さんもだけど高岡屋の旦那さんの好物らしいよ」

——そうか、健斗さんはお波留さんと父親、二人の好物であるウニ獲りを通して何とかお波留さんとの仲を父親に許してもらおうとしていたのだな——

「あの辺りのウニは沖の深いところまで行かないと獲れない。舟が傷んで穴が空いていたのが不運だったのだろう」

「天下の高岡屋の舟だよ。穴なんて空いたままにするもんかな」

「まあ、高岡屋の奉公人たちは漁師さんではないのだから、つい見落として修繕を忘れることもあるだろう」

季蔵はその話を打ち切った。

——三吉の口に戸は立てられない。そんな話が知れ渡ったら、舟に穴を開けて健斗さんを殺そうとした下手人に警戒されてしまう。ここは——

季蔵はすぐに使いを烏谷のところへと走らせた。

「さて、俺たちも飯だ、食わないと疲れがとれない」

季蔵は釜の蓋を開けた。

「冷や飯か」

「そうだよね、鰹に冷や飯は合わないけど仕様がないでしょ、炊いてから時が経っちまったんだもん」

「鰹？」

季蔵は厨の魚籠に入っている鰹を確かめた。

「ん、いつもの届けてくれる漁師さんが置いていった。おいら、居なかったら受け取れなくて漁師さん、迷惑したんだよ」

「たしかにそうだな、ありがとう」

「ただし、お波留さんの天麩羅来ちゃったんでまだ、そのままにしてある。鰹って足早いよね。でも、どうしたらいいか、見当つかなくて。お波留さんに聞いたら、鰹の天麩羅っていうのも前はあったらしいけど、鰹って脂が多いからそれに衣つけて揚げるとかなりしつこいんだって。その場で飯に載せる握りに限るけどすしの方がまだましらしい」

「さんざんだな、鰹は」

「初鰹以外はね」

「そうでもないぞ」

思いついた季蔵はまず、七輪に火を熾して叩き用の鰹の皮側を強火で香ばしく焼いた。この手間で皮と身の間の脂がまろやかになる。これを包丁で荒く叩き、冷めた飯と塩で調味してよくこねる。粘りが出るくらいまでになったら丸い握りめしにして、真ん中を少し押さえて平たくする。七輪に丸網を載せてこんがりするまで表と裏を焼く。

「いい匂い」

「焼き握りと違って醬油は使っていない」

「それでこれだけの味出るんだもんね、凄いよ、鰹も季蔵さんも、アッチチチ」

三吉はすでにもう堪能している。

「この握り飯の名は聞かないのか？」

「旨すぎて忘れてた、何っていう名？」

「こなますという。とっつぁんの日記にあった日向国（宮崎）の漁師料理だそうだ。日向から江戸に出てきた海産物問屋さんに教えてもらったのだとか。ちなみにこなますというのは〝こねまわす〟で、拵え方を表しているのだそうだ」

お波留の天麩羅と一緒に焼き立てのこなますにありついた離れの健斗は、

「流されていたらこれらを味わえなかった。食ほど生きていることの喜びを感じさせてくれるものはありませんね」

声を詰まらせながら存分に食べた後、

「案じられるのは父のことです」

ふと眉を寄せた。

知らせを聞いて、訪れた烏谷は季蔵からことの次第を聞くと、

「そちの働きで事なきを得てよかった。だが――」

顔を顰めてうーんと腕組みをした。

「高岡屋信兵衛はまだ見つかっていない。加えて重七もいなくなってしまった」

「見張りがついていたのでは？」

「厠へ立った隙だという」

「怪しい者を見たという話は？」

「奉公人たちだけではなく、近所の者たちもそんな者は見ていないという。それに重七がいなくなったのはまっ昼間だぞ」

「でしたら本人自ら行方をくらましたということも考えられます。そしてまだ、高岡屋の中にいるということもあります」

「急ぎこれから高岡屋へ戻らねばならぬな」

「はい」

「よしっ、わかった」

烏谷は威勢よく応えると、残っていた天麩羅とこなますを素早く胃の腑に納めて立ち上がった。

高岡屋では大番頭がよろよろとした足取りで出迎えた。

「どうしてこのようなことが立て続きますのか――」

烏谷が季蔵とともにまずは見張られていた布団部屋へと急ごうとすると、

「厨の包丁が、またなくなっていませんか、確かめてきてください」

季蔵は大番頭の後ろに控えていた番頭に頼んだ。厨から戻ってきたその番頭は、

「一本出刃が足りないそうです」

やや青ざめた顔で告げた。

「重七さんはすでに自害されているかもしれません」

「そ、そんな、こ、この高岡屋で奉公人の自害などもっての外です」

大番頭は泣きそうな声でその場に蹲ってしまい、番頭たちが支えて立ち上がらせると部屋へと連れていった。

「この店の中で人の立ち入らない場所はありませんか？　あるいは奉公人さんたちの間で妙な噂が囁かれている――」

季蔵の問いに、

「それは――」

残っていた番頭が言葉を濁すと、

「そこへ案内せよ」

烏谷は相手が抗いがたい口調で命じた。

十二

烏谷と季蔵はやり手の番頭が落ちて来た米俵の下敷きになって死んだという元米蔵の前に立った。壁は蔵ならではの黒漆喰で墨色をした瓦屋根には大きな鬼瓦が並んでいる。如何にも大繁盛の高岡屋の蔵らしい堂々と自信に満ちているかのような風格がある。

すでにそこに居合わせた者たちは息を呑んでいた。重七は蔵の重厚な観音開きの扉の前で、まるで豪壮なその蔵に挑むかのように胸に自らの手で出刃包丁を突き刺したまま死んでいた。包丁の柄から握った右手が離れていない。まるでそれが固い意志でもあるかのような死に様であった。

　扉の閂は外されている。観音開きを左右に開くとそこには高岡屋信兵衛の骸があった。やはり胸を一突きされてこと切れている。

「旦那様」

　番頭が駆け寄ろうとしたのを、

「待て」

　烏谷は制した。

「おかしくはないか？」

　季蔵に相づちを求めた。

「たしかに」

　高岡屋信兵衛の骸は何とも不可解な様子だった。足が縛られていて口には手拭いを嚙まされている。だが両手は縛られていない。そして閂の外されている観音開きの出入口まではあと数歩という場所で死んでいた。

「もしや高岡屋さんは手が不自由になられていたのではありませんか？」

　季蔵は番頭の方を見た。

「ええ」

　相手は目を伏せたまま、

「両手の指の節をとりわけ痛められていらっしゃいました。それではすしは握れないとあって、病とわかった時分から若旦那様に寝る間も惜しんで厳しく教え、若旦那様もよくよく精進しておいででした。死んだ番頭に代わって屋台廻りをなさっていたのも、ご自身にできる役回りをおわかりになっていたからです。もちろんこの事実は秘されていました。てまえども近しい奉公人たちの間で話に出たことも一度もありませんでした」

と告げた。

「しかし、重七は知っていたようだな」

烏谷は重七の片袖（かたそで）に入っていた文を見つけて読んでいた。読み終えると季蔵に渡された。

それには以下のようにあった。

わたしの両親はしがない屋台のすし屋でしたが、コハダとアジの早ずしの美味さが評判を呼んで、まあまあの繁盛でした。ところが流行風邪禍で生ものはたとえ酢締めのものでも危ないとされてすっかり商いが廃（すた）れ、家族で途方に暮れ、高岡屋さんに借金して立て直すしかなくなったんです。その当時、わたしは上方にいました。向こうでは押しずしとも言われる早ずしの一流職人になりたくて修業に出ていたんです。両親からは江戸は流行風邪禍ゆえしばらくは戻って来るなという文が届いていただけでした。わたしは案じながらも上方に止（とど）まっていました。ですから、借金の取り立てに疲れ果てた両親と八つ違いの妹が死んだことを知った時、わたしがどれほど驚き絶望したかしれません。事情を知ると高岡屋に復讐を誓いました。高岡屋とて先代はただの屋台のすし屋だったというのに、いわば仲間うちだというのに酷い仕打ちすぎると思ったからです。

高岡屋のやり手の番頭の酒癖の悪さを聞きこむと祭りの日に尾行て恩を売りました。番頭に絡みかけたごろつきを雇ったのはわたしです。そしてその番頭のおかげで首尾よく潜り込んだ高岡屋で、わたしは滅私奉公を装い続けました。大房屋の手代蒼汰に出会ったのは偶然です。市中の居酒屋で出くわした蒼汰は酔いに任せて不平不満を言い募っていました。大房屋の娘お波留さんとの愚かにも身分違いの片想いにのめり込んで我を忘れている様子でした。お波留さんは高岡屋の若旦那と親同士が許さない恋に落ちていることも知っていました。わたしは蒼汰を尾行ました。見世物小屋で養われていた時知り合った大年増と話しているのも聞いていたんです。おきんという名のその女は人と言わず、雨風と言わず、声色に長けていて、何と大房屋の主に並々ならぬ恨みを抱いていました。

おわかりでしょう。わたしと蒼汰、おきんの三人は恨み成就の仲間になったんです。わたしは二人に誰にもわからないが当人にとっては最も残酷な殺し方を教えました。想を得たのは大房屋が目を高岡屋が指の節を病んでいたということからでした。ここを突いて思い知らせながら殺すのが一番だと思ったんです。その殺す方法を教える代わりに、おきんには飛脚問屋にてまえが書いた偽の文を持っていかせました。健斗父子をそこへ通わせるためです。もちろん、信兵衛の親心を突いてウニ漁に行かせようとしたのもてまえです。最初に息子に出した文だけは高岡屋自身が書いて、おきんがその旨を昼間高岡屋で働いている健斗に伝えました。これからは飛脚問屋を仲介して文を渡し合うことにしたと――。また、わたしは信兵衛を守るために尾行てなんぞおらず、たいていは手が不自由な信兵衛の手の代わりを務めて屋台廻りをしていたんです。信兵衛をもっとも酷く殺すにはこうした細工は欠かせなかったんです。息子の恋心ゆえに引き裂かれた父子の絆を取り戻しかけたとたん、ぷつんと双方の命が断たれて完全に断ち切られなければなりません。おきんのおかげであの父子は本当に自分たちが文を通わせていると思い込んだはずです。

悪事千里を走るとはよく言ったものです。恨みは晴らしたものの結果、蒼汰は自分の命も失いました。おそらくわたしも同様でしょう。でも、これだけの身代を持って立派な跡継ぎにも恵まれた高岡屋の末路は、その跡継ぎも海で溺れ死に自身も不自由な手ゆえに、目と鼻の先にある扉を開けられずに逃げられず、わたしに殺されるしかないんです。何という非業な死でしょう。何よりわたしは息子が先に死んだと教えてやった時の高岡屋の顔が見たかった、それを目にできれば捕らえられて首を刎ねられる前に自ら死ぬ覚悟です。高岡屋のように利かない手ではなく、よく利く自分の手でしっかりと刃物を握りしめたまま死にます。わたしは本望です。

こうして大房屋と高岡屋両主の殺害の真相が明らかにされた。

「とはいえ江戸の空はまだまだ荒れ模様だぞ」

烏谷は蒼汰と共に積年の恨みを晴らした大年増のことを気にかけていた。

そんなある日、季蔵は浅草の見世物小屋から出てきた女の後ろ姿に既視感を得た。

——あの女とはどこかで——

すると追いかけてきた見世物小屋の頭らしい大男が、

「姉さん、まだまだあんたやれるよ、感心したよ、風をやらしたらあんたの右に出る者はいない。なんせどんな風でも口一つで吹かせることができるんだからさ。腹の中に風が棲んでるのかい？　どうか、明日もやっちゃあくれねえか？」

と体つきに似合わない猫撫で声で話しかけると、

「そりゃあ、あんた、あたしの風に払ってくれるお代次第だよ。こっちにはね、あんたみたいな熊をやるしか芸がないんじゃない。男の首をぶった斬る幽霊女の役だってできる。これがウケて引っ張りだこなんだからさ——」

この時、季蔵は間違いないと確信した。

幽霊絵師河口幽斎の妻お里恵と名乗っていたおきんが捕縛された。おきんは大房屋殺しについて「どうせあたしも後から逝くのだから後悔はしていない。女の恨みの深さを思い知らせてやった」とあっさりと認めた。

また泉水寺で起きた、河口幽斎の幽霊画家の誇りを賭けた死に様は偽りであったと白状した。もともと夫婦でさえなかった。見世物の仕事にあぶれると昔の仲間の伝手で御定法に触れることもあるよろず稼業をこなしていて、あれはその一つにすぎないのだと。首と右手を斬られたはずの河口幽斎は生きていた。亡くなって日の浅い無縁仏を身代わりにしたのであった。幽斎の本名は河也と言い絵師ではあった。ただし御禁制の子どもの幽霊絵師で大人に弄ばれて怯え、泣き叫ぶ裸の女児や男児ばかり描いてきていた。これらの幽霊画は外に出せない代物であるがゆえに、この手の性癖のある者たちの間で高値がついた。京谷屋絹次郎もそのうちの一人だった。泉水寺の住職松庵と河也はこうした画を手掛けてきた。今年と四年前に神隠しに遭った器量好しの女児たちは、犯される図に描かれた後、殺されて泉水寺の裏手に埋められていた。

女児たちの小さな骨五体が見つかった日から、瑠璃は黙々と五体の布人形を作り始め、仕上げに色とりどりの綺麗な端切れを着物に仕立てて棚に置いた。瑠璃が手を合わせると虎吉も真似て座って両手を合わせているという。

松庵は寺の費えのためだと言い、河也はこれ以外描きたいものは無いと言い切り、二人とも即刻打ち首となった。京谷屋絹次郎は店の蔵を全て捜索された。何枚もの目にするのが辛い子どもの幽霊画が見つけられた。京谷屋は店の取り潰しの上、島送りと決まった。

唯一の救いは京谷屋絹次郎の娘の絹代が母お志麻の危機感とお波留の察知で難を逃れ得ていたことだった。漁師町の生まれのお志麻は幼馴染の男たちの助力を得て屋形船から絹代を救い出していたのであった。季蔵が推量していた通り、絹代はうろうろ舟に移されて連れ去られていたが、うろうろ舟の正体は漁師が扮していた白玉売りであったという。お志麻の様子からおおよそを知ったお波留は、いずれお志麻は夫の絹次郎に問い詰められるだろうと危惧し医者の家から逃したのであった。今、お志麻と絹代は市中から離れた小さな漁師町で親子二人、周囲の人たちの優しさ、温かさに触れつつささやかながら幸せに日々を暮らしている。

父の惨死とその真相を知った健斗もまた、お波留に倣って高岡屋の奉公人たちの身の立つようにと助力を惜しまず、それが終わるのを待って店を閉めた。そして同様に店仕舞いしたお波留と一緒に上方へと修業に旅立って行った。すしや天麩羅に拘らず料理全般を学び、末はどこかで名前に拘らずに足を向けてくれる小さな店を開きたいのだという。

「たとえば季蔵さんの塩梅屋みたいな――」

健斗の言葉に、

「とにかく温かい場所――」

お波留が頷いた。

「塩梅屋のような店を？　恐縮です」

知らずと季蔵は頭を垂れていた。

あれほどの大店の息子、娘だったというのに祝言の宴はせず、二人は神社へ参っただけだった。そんな二人が旅立つという日の朝、季蔵は健斗が大喜びしてくれた塩梅屋流の握り飯を拵えて餞別代わりにした。ウコン(ターメリック)、サバの甘粕漬けにぎり、ぼたん握り、こなますの四種に酒梅の佃煮にぎりを加えた。ちなみに酒梅の佃煮は酒、味醂、醤油、砂糖を入れた鍋で、梅酒の梅を焦がさないよう注意しながら、柔らかくふっくらトロっとして煮汁が少なくなるまで煮込む。

――これは独特の甘辛味のある握り飯だから、特にお波留さんに喜んで貰えそうだ――

季蔵が二人を日本橋から送った朝は五平も駆け付けていた。白と橙色の観賞用の生姜の花を手にしている。蘭によく似た花姿は大きく華やかだった。

「女房のおちずが好きで育てているんですよ」

照れ臭そうな顔で五平はお波留に渡していた。

見送った後、五平は帰りの道すがら、

「実は泉水寺で噺そうとしていたのは当世流の四谷怪談だったんですよ。昔ながらのは出世と金に目が眩んだ伊右衛門がお岩に毒を盛って化け物にしちまうでしょう。当世はそうじゃなくて、好き合ってて引き離されようとしてる二人が両方の親を手に掛けてしまい、その幽霊に悩まされて共に果てるという噺だったんですよ。客に泣いてもらわないと近頃はウケませんから。健斗さんとお波留さん、そんなことにならなくて本当によかった、よかった――ああ、もう駄目だ」

うれし泣きに泣いて、

「噺ではない、いい話は本当にいいですね」

季蔵も涙が止まらなくなった。

•

〈参考文献〉

『うかたま　発酵ごはんエブリデー』２０２１年秋（農山漁村文化協会）
『うかたま　夏野菜、どっさり。』２０２１年夏（農山漁村文化協会）
『うかたま　毎日食べたいやさしいおやつ』２０２２年春（農山漁村文化協会）
『すし、天ぷら、蕎麦、うなぎ』飯野亮一著（ちくま学芸文庫）
『幽霊名画集―全生庵蔵・三遊亭円朝コレクション』辻惟雄監修（ちくま学芸文庫）
『肉筆幽霊画の世界』安村敏信著（新人物往来社）
『日本幽霊画紀行：死者図像の物語と民俗』堤邦彦著（三弥井書店）
『週刊花百科フルール27　ジンジャーと秋の洋花』（講談社）

わ 1-57

さしみ朝膳（あさぜん） 料理人季蔵捕物控（りょうりにんとしぞうとりものひかえ）

著者　和田はつ子（わだはつこ）

2022年6月18日第一刷発行

発行者　角川春樹

発行所　株式会社 角川春樹事務所
〒102-0074 東京都千代田区九段南2-1-30 イタリア文化会館

電話　03(3263)5247［編集］　03(3263)5881［営業］

印刷・製本　中央精版印刷株式会社

フォーマット・デザイン＆シンボルマーク　芦澤泰偉

ISBN978-4-7584-4497-2 C0193

http://www.kadokawaharuki.co.jp/［営業］
fanmail@kadokawaharuki.co.jp［編集］ ご意見・ご感想をお寄せください。

和田はつ子
雛の鮨　料理人季蔵捕物控
書き下ろし

日本橋にある料理屋「塩梅屋」の使用人・季蔵（としぞう）が、手に持つ刀を包丁に替えてから五年が過ぎた。料理人としての腕も上がってきたそんなある日、主人の長次郎が大川端に浮かんだ。奉行所は自殺ですまそうとするが、それに納得しない季蔵と長次郎の娘・おき玖は、下手人を上げる決意をするが……（「雛の鮨」）。主人の秘密が明らかにされる表題作他、江戸の四季を舞台に季蔵がさまざまな事件に立ち向かう全四篇。粋でいなせな捕物帖シリーズ、第一弾！

和田はつ子
悲桜餅（ひざくらもち）　料理人季蔵捕物控

義理と人情が息づく日本橋・塩梅屋の二代目季蔵は、元武士だが、いまや料理の腕も上達し、季節ごとに、常連客たちの舌を楽しませている。が、そんな季蔵には大きな悩みがあった。命の恩人である先代の裏稼業〝隠れ者〟の仕事を正式に継ぐべきかどうか、だ。だがそんな折、季蔵の元許嫁・瑠璃が養生先で命を狙われる……。料理人季蔵が、様々な事件に立ち向かう、書き下ろしシリーズ第二弾！

時代小説文庫

和田はつ子の本

ゆめ姫事件帖

将軍家の末娘“ゆめ姫”は、このところ一橋慶斉様への輿入れを周りから急かされていた。が、彼女には、その前に「慶斉様のわらわへの嘘偽りのないお気持ちと、生母上様の死の因だけは、どうしても突き止めたい」という強い気持ちがあったのだ……。市井に飛び出した美しき姫が、不思議な力で、難事件を次々と解決しながら成長していく姿を描く、傑作時代小説。「余々姫夢見帖」シリーズを全面改稿。装いも新たに、待望の刊行。

時代小説文庫